카프카답지 않은 카프카

묘조 기요코 지음 — 이민희 옮김

카프카답지 않은 카프카

카프카

교유서가

일러두기

1. 이 책에서 사용한 카프카 텍스트는 『비평판 카프카 전집*Kritische Kafka-Ausgabe*』이다. 1982년부터 2014년까지 간행된 각 권의 서지정보와 약어는 권말에 실린 「이 책에서 사용한 카프카 텍스트」를 참조하기 바란다.

   1차 문헌에서 인용한 경우 번역본이 있으면 이를 참고하면서 지은이가 직접 번역했으며, 2차 문헌 인용은 기존 번역본을 따랐다. 단, 전후 문맥에 따라 번역어나 표기를 새롭게 고친 부분이 있으므로 이에 대해서는 양해를 구한다.

   또한 카프카 작품의 일본어 제목은 기본적으로 기존의 제목을 따랐다.

   본문의 인용 가운데 괄호( )는 원저자의 것이며, 대괄호〔 〕는 묘조 기요코의 주이다.

2. 한국어 번역본에서 사용한 카프카 텍스트는 다음과 같다.

   카프카 전집 1 『변신』(단편 전집), 이주동 옮김, 솔, 1997.
   카프카 전집 4 『실종자』, 한석종 옮김, 솔, 2003.
   카프카 전집 6 『행복한 불행한 이에게―카프카의 편지 1900~1924』, 서용좌 옮김, 솔, 2004.
   카프카 전집 9 『카프카의 편지―약혼녀 펠리체 바우어에게』, 권세훈 외 옮김, 솔, 2002.
   　　　　　　　『변신』, 루이스 스카파티 그림, 이재황 옮김, 문학동네, 2005.
   　　　　　　　『소송』, 권혁준 옮김, 문학동네, 2010.
   　　　　　　　『아버지에게 드리는 편지』, 이재황 옮김, 문학과지성사, 1999.
   　　　　　　　『카프카의 편지―밀레나에게』, 이인웅 옮김, 지식을만드는지식, 2014.

   대부분 번역문을 그대로 인용했으나 의미가 불분명하거나 원서의 일본어 번역문과 현저히 다른 경우에는 부득이 일본어 번역문을 기준으로 삼아 인용문을 조정했다. 이 과정에서 한국어 텍스트에 인명 등의 오류가 있을 때는 바로잡았으며 표기를 바꾼 부분이 있다. 이에 대해서는 양해를 구한다. 이 외에 아직 번역되지 않은 일기, 산문 등은 원서의 일본어 번역문을 번역했다. 또 작품 제목 중 「선고」는 원서의 내용에 맞추어 「판결」로 바꾸었다.

3. 카프카 텍스트 외에도 인용된 텍스트에 한국어 번역본이 있는 경우 이들을 참조하고 미주에 서지정보를 옮긴이가 주로 표시해두었다.

4. 원서에서 지은이가 「 」로 강조한 부분은 ' '로, 방점 및 〈 〉로 강조한 부분은 각각 굵은 글씨체와 고딕체로 표기했다.

5. 1은 원서의 일러두기, 2~5는 옮긴이의 일러두기이다.

작은 의문으로 이 책을 시작하고자 한다.

카프카는 왜 「판결Das Urteil」을 펠리스[1]에게 바쳤을까?

「판결」은 카프카에게 커다란 전환점이 된 작품이다.

그는 「판결」을 1912년 9월 22일 밤부터 23일 새벽까지 단 하룻밤만에 완성했다.

「판결」을 22일 밤 열시부터 23일 아침 여섯시에 걸쳐 단숨에 썼다. 너무 오래 앉아 있었기에 책상에서 일어날 수도 없을 만큼 다리가 굳어 있었다.[2]

이튿날 일기를 보면 그가 얼마나 집중해서 창작에 임했는지 알 수 있다.

카프카는 평소 그가 일기를 쓰는 데 사용하던 노트에 「판결」을 썼다. 따라서 이 소설은 앞에서 인용한 일기 바로 앞부분에 적혀 있다.[3]

9월 23일 일기에는 "「판결」을 쓰기 위해서는 신체와 영혼을 완전히 열어 이들을 연관시키는 수밖에 달리 방도가 없었다"[4]라는 대목도 나온다. 요컨대 그는 그날 밤 자신만의 방법을 획득했던 것이다.

이렇게 하면 글을 쓸 수 있다. 이런 확신이 그로 하여금 「판결」을 쓰도록 이끌었음이 틀림없다. 이틀 후 9월 25일의 일기 뒤에는 '열일곱 살의 카를 로스만은 [⋯]'[5]으로 시작하는 이야기가 매우 길게 쓰여 있다.

카프카의 나이 29세가 되는 1912년 9월 하순부터 대략 두 달 반 동안은 그의 생애에서 가장 풍요로운 작품 활동 시기라고 할 수 있다.

이후 장편소설은 순조롭게 진행된다. 카프카는 집필을 시작한 지 한 달 반쯤 지난 11월 11일 펠리스에게 편지를 보내 다음과 같은 보고를 한다. "제가 쓰고 있는 이야기는 [⋯] 제목은 『실종자*Der Verschollene*』이고 [⋯] 우선 5장, 아니 거의 6장이 끝났습니다."[6]

카프카는 그로부터 대략 일주일 후 『실종자』를 중단하고 「변신*Die Verwandlung*」에 착수한다. 자세한 내용은 뒤에 이야기하겠지만 11월 18일에서 19일로 넘어가는 한밤중에 쓰기 시작한 「변신」은 2주일 뒤인 12월 6일에 탈고했다.

이처럼 두 달 반 사이에 잇달아 집필된 작품들은 사실 카프카 생전에 책으로 출판된 작품의 절반 정도에 해당한다.

카프카가 직접 세상에 내놓은 작품은 그의 거대한 명성에 비해 놀랄 만큼 적다.

책이라는 형태로 세상에 나온 것은 아래의 일곱 편이 전부이다. 1904년부터 1912년 여름까지 쓴 짧은 스케치풍의 작품을 모은 단편집 『관찰*Betrachtung*』, 1912년 9월 하룻밤 만에 탈고한 단편 「판결—어느 이야기」, 그로부터 바로 며칠 뒤에 쓰기 시작한 장편 『실종자』의 제1장을 독립시킨 「화부*Der Heizer*—어느 단편」, 그리고 약 두 달 후에 완성한 「변신」, 그로부터 2년이 지난 1914년에 탈고한, 「변신」과 비슷한 분량의 작품인 「유형지에서*In der Strafkolonie*」, 이후 1917년까지 3년간 집필한 단편을 모은 『시골 의사*Landarzt Erzählungenr*—작은 이야기 모음』, 그리고 1922년부터 1924년 사이에 완성한 짧은 작품을 엮은 『단식 광대*Ein Hungerkünstler*—네 가지 이야기』. 이 가운데 『단식 광대』는 카프카가 죽기 직전까지 교정쇄를 보았지만 출판은 사후에 이루어졌으므로 엄밀히 말하자면 생전에 간행된 책은 여섯 권이라 할 수 있을 것이다.

다시 한번 말하지만 이들 여섯 권 중 절반에 해당하는 원고는 스물아홉 살의 가을부터 겨울까지 불과 두 달 사이에 집필됐다.

「판결」의 집필이 펠리스와의 만남과 깊이 연관되어 있다는 사실은 잘 알려져 있다.

카프카가 펠리스를 처음 만난 것은 1912년 8월 13일이었다. 그는 그날 밤, 출판을 앞둔 단편집의 차례에 대한 조언을 얻으려고 친구인 막스 브로트Max Brod의 집을 방문했다. 그때 그의 집에는 브로트 집안의 먼 친척뻘 되는 여성이 베를린을 떠나 여행을 하던 도중 잠시 머물러 있었다. 그녀가 바로 나중에 카프카와 두 번 약혼했다 두 번 파혼한, 당시 스물네 살이었던 펠리스 바우어이다.

그로부터 이틀이 지난 8월 15일 카프카의 일기에는 이런 내용이 적혀 있다. "몇 번이고—이름을 쓰려고 하면 왜 이렇게 당혹스러운가—펠리스 바우어를 생각했다."[7]

카프카는 그녀에게 강한 인상을 받았음이 분명하다. 이 대목만 보면 첫눈에 반한 것처럼 보일 수도 있다.

그러나 사실은 그렇지 않았던 것 같다. 닷새 후 8월 20일의 일기를 보자.

펠리스 바우어 양. 8월 13일 브로트를 만나러 그의 집에 갔을 때 그녀는 테이블에 앉아 있었는데 마치 하녀처럼 보였다. 그녀가 누군지 전혀 흥미가 없었지만 그런대로 봐줄 만했다. 깡마른, 명백히 멍청해 보이는 야무진 데라고는 찾아볼 수 없는 얼굴. 아무것도 걸치지 않은 목. 어깨에 아무렇게나 걸친 블라우스. 정말이지 살림에 쩌든 것만 같은 모습이었는데 나중에 안 사실이지만 전혀 그렇지 않았다. [···] 거의 구부러진 코. 금발에다 부스스해 매력적이라고 할 수 없는 머리카락. 굳세 보이는 단단한 턱.[8]

'첫눈에 반한' 여성을 묘사하는 말은 아닐 것이다. 외모에 관해 지나치게 냉정한, 아니 냉혹한 표현이 열거되어 있다.

그렇다면 그는 왜 그녀에게 그토록 신경을 쓴 것일까? 단서는 이 일기에 이어지는 다음 문장에 있다. "자리에 앉으면서 비로소 그녀를 찬찬히 바라보았다. 나는 착석과 동시에 이미 확고한 판단을 내렸다."[9]

요컨대 그는 '판단'했던 것이다. 감정보다는 이성을 동원해 판단을 내렸다. 이러한 판단은 판결이라고 바꾸어 말해도 좋을 것이다. 왜냐하면 이 판단을 뜻하는 독일어 Urteil이야말로 그 「판결」이기 때문이다.

이것은 과연 어떤 판단=판결인가. 그러나 그 지점에서 펜은 멎어 있다.

「판결」을 쓰게 만든 펠리스의 영향력을 이야기할 때, 다음과 같은 사실이 종종 상세하게 지적된다. 첫 만남 이후 대략 5주가 지난 9월 20일, 카프카는 베를린에 사는 그녀에게 처음으로 편지를 썼다. 전환점이 된 밤은 그로부터 이틀 뒤에 해당한다.

이 사실은 계속 지적되지만 거기서 한 걸음 더 나아가려고 하지는 않았다. 그 이유는 아마 모두들 이렇게 생각했기 때문일 것이다. 카프카는 사랑에 빠졌다, 그렇기에 「판결」을 쓸 수 있었다고.

그러나 아마 그것은 사랑이 아닐 것이다. 앞에서 본 일기가 이 사실을 시사하고 있다.

그리고 카프카 자신도 이 사실을 훗날 분명하게 돌이키고 있다.

첫 만남에서 2년이 지난 1914년 6월, 두 사람은 약혼했지만 곧이어 7월에 파혼한다. 그로부터 반년 뒤 둘은 어느 휴양지에 있는 호텔

에서 마주친다. 카프카는 바로 그날, 1915년 1월 24일 일기에 다음과
같이 적고 있다.

> 우리가 함께해서 좋았던 적은 단 한 번도 없었다. 나는 자유롭게 숨
> 쉴 수조차 없었다. F에게서는 추크만텔과 리바에서 맛보았던 사랑하
> 는 여자와의 달콤한 기분을 편지로만 느꼈을 뿐이다. 우리 사이에 있
> 었던 것은 끝없는 찬탄, 공순(恭順), 동정(同情), 절망, 그리고 자기혐
> 오뿐이었다.[10]

추크만텔과 리바는 카프카가 예전에 여름휴가를 보냈던 곳이다.
그곳의 요양소에서 그는 순식간에 사랑에 빠졌다. 그때 맛본 감미로
움은 약혼녀였던 펠리스와의 사이에서는 느낄 수 없었던 감정이었다.
1년 반 뒤 두 사람은 온천에서 함께 열흘을 보내고 두번째 약혼을
향해 크게 한발 내디딘다. 이때 카프카는 자신의 감정을 다시 확인한
다. 다음은 1916년 7월 12일 일기 가운데 한 부분이다.

> 나는 추크만텔에서의 일을 제외하고 여성과 친밀해진 적이 없다. 그
> 다음에는 리바에서 스위스 여자아이와 만났다. 추크만텔에서는 성인
> 여성과 만났는데 나는 아무것도 몰랐다. 두번째 여성은 거의 어린아
> 이나 다름없었고 나는 크게 당황했다. F와는 그저 편지 안에서만 친
> 했다. 인간으로서는 겨우 이틀 전부터 친해지게 됐다.[11]

첫 만남 이후 4년이 지난 때의 일이다. 카프카와 펠리스 사이에 있었던 감정은 역시 남녀 간의 **사랑**이 아니었다. 그렇다면 도대체 무엇이었을까.

그것은 분명 처음 만났던 밤에 내린 '판단=판결'과 관계가 있다.

「판결」의 집필이 펠리스와의 만남과 관련이 있다는 사실은 상식처럼 사람들의 입에 자주 오르내린다. 그러나 여기에는 아직 풀리지 않은 수수께끼가 있다.

어째서 그녀와 만난 이후 갑자기 글을 쓸 수 있게 됐을까. 그 '판단=판결'은 이것이 미친 영향을 바탕으로 집필된 「판결」과 어떤 관계에 놓여 있는가. 카프카의 전 생애에 걸쳐 가장 많은 작품 활동을 한 시기가 그 이야기를 쓸 수 있게 된 밤부터 시작된 것은 어째서인가.

여기서 확인해두어야 할 것은 매일 엄청난 양의 소설을 집필하고 있던 그 두 달 반 동안 카프카는 동시에 펠리스에게도 많은 편지를 썼다는 사실이다. 거의 매일, 어떤 날에는 하루에 여러 통씩 긴 편지를 쓰면서도 한편으로는 소설을 집필했다. 낮에는 지금으로 말하자면 공기업에서 공무원으로 일했고, 밤이 되면 맹렬한 기세로 펜을 놀려 편지를 쓰면서 『실종자』와 「변신」을 동시에 창작하고 있었던 것이다.

당시 그를 움직인 것이 사랑이 아니었다면 그것은 어떤 에너지였을까? 아니, 어쩌면 그것 또한 사랑일 수도 있다. 카프카에게는 이 역시 사랑이라고 할 수 있을지도 모른다. 카프카를 카프카로 만든 그 운명의 두 달 반은 어째서 그때여야 했을까.

헌사(獻辭)의 문제로 돌아가보자.

펠리스에게 「판결」을 바치기로 결심한 것은 탈고 직후이다.

늦어도 봄에는 라이프치히에 있는 로볼트에서 막스가 발행하는 『시문학 연감』이 나옵니다. 그 연감에 단편 「판결」이 실리는데 그 헌사를 "펠리스 B. 양에게"로 했습니다. 그대의 권리를 오만하게 침해한 것은 아닙니까? 더구나 그 헌사는 이미 한 달 전에 쓰였고 원고는 제 소유가 아니니 더 그러하겠지요?[12]

이 글은 1912년 10월 24일에 쓴, 펠리스에게 보낸 편지의 일부분이다.

이 편지는 또한 「판결」에 등장하는 여자의 이름과 펠리스 사이에 관련이 있다는 사실도 알려주고 있다. 여자의 이름은 프리다 브란덴펠트Frieda Brandenfeld로, 펠리스 바우어Felice Bauer와 머리글자가 같다. 위의 편지에서는 분명히 밝히고 있지 않지만, 소설에서 이 여자는 주인공 게오르크 벤데만의 약혼녀로 나온다.

오늘날 우리는 이미 두 사람이 약혼한 사실을 알고 있다. 따라서 펠리스의 이름과 관련 깊은 이름을 가진 아가씨가 '이미' 약혼녀로 소설에 묘사되어 있다는 사실에 그다지 의문을 품지 않는다. 그러나 「판결」이 집필된 시점으로 돌아가면 이야기는 달라진다.

카프카답지 않은 카프카

이 편지를 받은 펠리스는 어떤 생각이 들었을까? 편지 날짜는 10월 24일, 즉, 카프카가 펠리스에게 처음으로 편지를 쓴 이후 불과 한 달밖에 지나지 않은 시점이다.

단 한 번, 그것도 지극히 짧은 시간을 함께 보낸 여러 사람 가운데 하나에 불과했던 어느 남자가 자신에게 소설을 바쳤다. 거기에 자신의 이름과 동일한 머리글자의 여성이 등장한다. 게다가 소설이 공표될 때, 자신의 이름이 들어간 헌사가 소설과 나란히 실릴 것이라는 사실은 한 달도 전에 이미 결정되었다고 한다. 그러나 소설이 나오기 한 달 전, 그녀는 아직 한 통의 편지도 보내지 않았다.

이 헌사는 카프카식으로 말하자면, '당신에게 보내는 사랑의 징표'일 것이다.

잡지에 싣기 위해 교정쇄가 나왔을 때, 카프카는 1913년 2월 13일부터 14일에 걸친 편지에서 그녀에게 이렇게 보고했다. "어제 당신에 관한 작은 이야기의 교정본을 받았습니다. 제목에 우리 이름이 나란히 놓여 있으니 얼마나 멋지던지."[13]

'당신에 관한 작은 이야기.' 「판결」을 이렇게 부르고 있다는 사실은 중요하다. 그리고 이름이 '나란히 놓여 있는' 것을 기뻐한다는 사실도. 실제로 출판된 지면에는 지은이인 프란츠 카프카의 이름 바로 밑에 그녀의 이름이 나란히 자리잡고 있다.[14]

덧붙이자면 카프카는 나중에 헌사를 다시 썼다. 3년 후 1916년에 단행본으로 출판할 때, '펠리스 B. 양에게Für Felice B.'는 크게 생략되어 단순히 'F에게$^{Für F.}$'로 바뀌었다. 즉, 누구인지 전혀 알 수 없는, 남자인지 여자인지도 모를 머리글자 한 자로 바뀐 것이다. 이 책이 나온 시기가 첫번째 약혼 파기 직후라는 점을 감안하면 이렇게 바꾼 이유 가운데 하나는 그녀의 사생활을 지켜주기 위한 배려라고 할 수 있을 것이다.

만약 그렇다면 오히려 이상하다. 처음 잡지에 「판결」이 실렸을 때, 그는 왜 그녀의 사생활을 전혀 고려하지 않았을까. 그녀와 교제, 아니, 편지를 주고받는 행위조차 시작하지 않은 단계에서 카프카는 공적인 자리에서 지극히 공공연하게 그녀에게 작품을 바쳤다. 카프카의 주변 사람들, 그리고 펠리스의 가족은 오직 성(姓)만 생략된 헌사를 보고 누구에게 바쳐진 작품인지 금세 알아차렸을 것이다.

「판결」은 펠리스의 것이며, 그녀의 이야기다.

카프카는 이러한 메시지를 담았고 그렇게 읽히기를 바랐다. 다시 한 번 이야기하지만 당시 그들의 주변 사람이라면 그것이 **바로** 펠리스에게 보내는 작품이라는 사실을 쉽게 추측할 수 있었다. 또한 두 사람을 직접적으로 알지 못하는 사람일지라도, 헌사에 쓰여 있는, 'Frl.'이라는 미혼 여성에게 붙이는 경칭을 보면 누구든 「판결」이 여성에게 보내는 선물이라는 사실을 눈치챌 수 있었을 것이다.

그러나 여성에게 보내는 선물로 이보다 더 어울리지 않는 이야기는 없을 것이다. 비록 처음에는 부드럽고 안정된 분위기로 시작하지만, 그러한 안정감과는 딴판으로 이야기는 여봐란듯이 도중에 갑자기 거칠어지면서 무시무시한 속도로 전개된다.

그래서 카프카는 펠리스에게 직접 "유감스러워하지 않았으면 합니다"라고 이야기했던 것이다. 그는 1913년 2월에 쓴 편지에서 뻔뻔하게도—이렇게 표현해도 좋을 것이다—이렇게 쓰고 있다. "그대가 이 이야기를 읽기도 전에 그대의 이름을(물론 펠리스 B.라고만 썼습니다) 허락한 것에 대해 유감스러워하지 않았으면 합니다. 왜냐하면 이 이야기는 누가 봐도 분명 마음에 들지 않을 테니까요."15

뻔뻔할 뿐만 아니라 이해하기 어려운 이야기라고도 할 수 있을 것이다. 처음부터 펠리스는 동의 같은 건 하지 않았기 때문이다. 앞서 인용한 10월의 편지에는 이런 부분이 있다. "그 헌사는 이미 한 달 전에 쓰였고 원고는 제 소유가 아니니 더 그러하겠지요?" 요컨대 이 시점에서 헌사는 이미 철회할 수 없다는 사실을 우회적으로 드러내고 있다.

마치 이러한 모순을 감추려는 것처럼 카프카는 2월의 편지에서 이렇게 적고 있다. "그대가 설사 막았다 할지라도 내가 그대의 이름을 적었을 거라는 점이 그대에게 위안이 될 것입니다. 그 헌사는 사소하고 다소 모호하기도 하지만 그대에 대한 내 사랑의 명백한 표시이기 때문입니다. 이 사랑은 허락이 아니라 강요를 필요로 합니다."16

'사소하고 다소 모호한' 징표로서 드러나는 '나의 사랑'은 '강제적'이다. 분명 이렇게 적고 있다. 다른 말로 하자면 압력이고, 좀더 나아가자면 폭력이라고 할 수도 있을 것이다. 허락이 아니라 강요를 필요로 하는 그의 사랑에 그녀의 의사는 처음부터 전혀 고려의 대상이 아니었다.

폭력과도 같은 사랑의 징표, 이것이 그 유명한 「판결」에 나오는 헌사의 의미인 것이다.

이것이 카프카의 사랑이다.

조심스럽고 신중한 카프카, 고독한 구도자 카프카. 카프카에 대한 지금까지의 이미지와는 사뭇 다른 폭력적인 사랑—아니, 애초에 그것을 사랑이라 부를 수 있을까—을 밀어붙이는 남자의 이미지는 너무나도 어울리지 않는다.

그러나 만약 본래 카프카가 그런 남자라면? 그가 그런 남자라면 작품은 어떻게 바뀌는 것일까?

작품은 작품이다. 물론 그렇다. 작품은 작가와 분리해 읽어야만 한다는 말은 정론이다. 그러나 과연 그럴까? 진정 카프카의 작품은 그동안 작품으로만 읽혀왔을까?

카프카답지 않은 카프카가 「판결」이나 「변신」을 썼다면?

이때 우리의 판단이 바뀐다면 우리가 읽은 것은 무엇일까.

제1장

＿

편지와 거짓말

편지와 타자기

편지를 쓸 수 있게 된 것이 집필의 계기가 되었다. 우선 이 문제부터 생각해보자.

어떤 편지였을까?

앞서 살펴본 바와 같이 「판결」은 그가 일기를 쓰던 노트에 적혀 있다. 노트에서 보았을 때, 이야기 직전에 '20'이라는 날짜(9월 20일)를 나타내는 숫자에 뒤이어 다음과 같은 문장이 나온다. "어제는 뢰비와 타우시히 양에게, 오늘은 바우어 양과 막스에게 편지를 보냈다."[1] 즉, 카프카는 잇따라 네 통의 편지를 썼던 것이다.

간단하게나마 이들에 대해 설명하자면 다음과 같다. 뢰비는 카프카가 당시 가깝게 지내던, 유대인 극단에 속해 있던 배우 이츠하크 뢰비이고, 타우시히 양은 당시 브로트의 교제 상대이자 이후 아내가 되는 여성 엘자 타우시히, 막스는 두말할 필요도 없이 카프카의 가장 친한 벗 막스 브로트로서 그 또한 작가인 동시에 카프카가 남긴 유고를 처음으로 편집한 편집자로 잘 알려진 인물이다. 그리고 바우어 양은 물론 펠리스 바우어를 가리킨다.

펠리스에게 보낸 편지를 살펴보기에 앞서 그전에 쓴 두 통의 편지(뢰비에게 보낸 편지는 분실됐다)를 잠시 확인해보자.

우선 엘자에게 보낸 편지는 한마디로 말하면 감사를 표하는 편지이다. 당시 브로트는 친구와 여행중이었는데, 엘자에게 부탁해 그때의 여행 일기를 카프카에게 보내도록 했던 것이다. 엘자에게 보낸 편지에는 그렇게 해서 받은 일기에 대한 감사의 마음이 적혀 있다. 여기서는 이 짧은 편지에 다음과 같은 부분이 있다는 사실에 주목하고 싶다.

> 부디 한마디만 적어주십시오. 언제, 어디서 그대를 만날 수 있을지. 그러면 기꺼이 가겠소. [···] 그런데 혹시 우리가 언제 그 노당숙님을 함께 방문하면 어떨까요. 막스가 우리 모두와 그간 떨어져 있으니, 그래도 우리 모두는 함께 하나라오.[2]

카프카는 밝은 말투로 친구의 연인을, 그것도 친구가 집을 비운 틈을 타서 놀러가자고 꾀고 있다. 카프카를 묘사할 때 자주 사용되는 '어둡다' 혹은 '고독하다'라는 말과는 너무나도 어울리지 않는 모습이 엿보인다. 이런 밝은 이미지는 그로부터 이틀 후 브로트 앞으로 보낸 편지에서도 발견된다.

> 자네의 아가씨는 그것을 나에게 당장에 보낼 만큼 그렇게 친절했어. 〔…〕 나 역시 그녀에게 신속하게 고마움을 표시하고, 솔직히 말하자면 내가 그녀에게 데이트를 청했다네. 자네 당숙님 댁 방문을 제안했는데 자네도 기뻐하리라 생각하면서 말이야.[3]

사교적이고 붙임성 좋은 인물의 모습이 떠오를 것이다. 이어지는 편지의 서두에서는 다소 성실하지 못하다는 인상마저 받게 된다.

> 근무 시간중에 자네들에게 편지를 쓰는 기쁨을, 물론 매우 신경쓰이는 기쁨을 맛보고 있네. 만일 내가 여전히 타자기 없이 편지를 쓸 수만 있다면야 그렇게 하지 않을 것이야. 하지만 이 기쁨은 너무도 커. 그리고 대개는 기분이 완전히 내키지 않는다 해도, 손가락 끝은 항시 거기 가 있다네. 이게 자네들에게 매우 흥미롭다고 가정할 수밖에 없어. 왜냐하면 내가 너무도 급히 이것을 쓰고 있으니까.[4]

카프카는 근무시간에, 그것도 직장의 타자기로 이런 편지를 쓰고 있다. 편지지에는 그의 직장인 보헤미아 왕국 노동자재해보험공사의 레터헤드letterhead(편지지의 윗머리에 인쇄된 기업명이나 연락처, 마크 등.—옮긴이)도 찍혀 있다. 그 전날 엘자에게 보낸 편지도 마찬가지로 보험공사의 편지지에 타자기를 사용하여 썼다. 위에서 인용한 "매우 신경쓰이는 기쁨"이라는 말은 상사나 동료들의 눈을 피하면서 타자기로 편지를 쓰고 있음을 의미한다. 요컨대 카프카는 스릴을 즐기면서 편지를 쓰고 있는 것이다.

펠리스에게 보낸 편지는 같은 날, 분명 위의 편지 바로 다음에 썼을 것이다. 이 편지도 공기업의 공용 편지지와 타자기를 사용했다. 이 편지에는 자기소개에 이어 곧바로 어떤 약속에 대해 말하고 있다. "제 이름은 프란츠 카프카이며 [⋯] 그러고는 지금 타자를 하는 이 손으로 그대의 손을 잡았습니다(내년의 저의 팔레스티나 여행에 동행하겠다는 약속을 확신시켜주던⋯⋯)."5

이 편지를 반쯤 읽으면 상대가 약속을 이행하도록 만드는 것이 목적인 듯 보인다. 그러나 돌연 그런 목적과는 상당히 먼—스스로도 다음과 같이 자각하고 있다—'고백'이 이루어진다.

좋지 않게 들릴지도 모르고 또 지금 막 제가 한 말에 잘 맞지 않는다고 생각할지도 모르지만 그래도 고백할 게 있습니다. 저는 편지 쓰기를 좋아하는 사람이 아닙니다. 만일 저에게 타자기가 없었다면 사정은 분명 지금보다 더 나빴을 것입니다. 설사 편지를 쓸 기분이 아니더라도 타자를 할 수 있는 손가락 끝은 여전히 있으니까요.6

요컨대 여행 때문에 연락한다면서도 자신은 편지를 잘 못 쓴다고 하고 있다. 그뿐만 아니라 이렇게 덧붙이고 있다. "그에 대한 보답으로 답장이 정확한 시간에 도착하리라는 기대는 하지 않습니다."7

오늘날의 시점으로 이 부분을 읽는 우리는 **지금**은 분명해진 사실에 비추어 이 편지의 **거짓**을 지적할 수 있다. 편지 쓰기를 좋아하지 않는다고 했지만 실제로 카프카만큼 편지를 많이 쓴 사람은 없다. 현존하는 것만 족히 1500통은 된다. 또 이 편지를 보면 언제나 타자기로 글을 쓰는 것 같지만 현재 남아 있는 편지의 거의 대부분은 손으로 썼다.

단, 이 타자기 부분은 정확하게 말하자면 타자기가 아니면 글을 쓸 수 없다기보다는 타자기가 가까이에 있었기에 글을 쓸 수 있었음을 의미한다. 타자기가 있으면 그다지 쓸 마음이 없어도 손가락만 있으면 일이 해결된다. 말하자면 그렇게 이야기하고 있다.

타자기 덕분에 글을 쓸 마음이 없어도 쓸 수 있었다.

이는 어디선가 들어본 듯한 말이다. 이 표현은 같은 날 브로트 앞으로 쓴 편지에 있었다. '타자기라면 흥미로울 테니까 시험해봐'라고 남자 친구들에게 권했던 것이다.

그렇다면 카프카는 이 편지를—표면적으로는 매우 형식적으로 보이는 이미지와는 반대로—단순히 장난치는 기분으로 쓴 것일까.

이어지는 부분은 이 의문이 타당하다고 할 만한 내용을 전달하고 있다.

타자기에 새 종이를 끼워 넣으면서 어쩌면 실제의 내 모습보다 더 까다롭게 제 자신을 묘사했을지도 모른다는 생각이 듭니다. 이런 실수를 한 것은 당연할지도 모릅니다. 아니라면 무엇 때문에 제가 여섯 시간을 근무한 뒤에, 그것도 별로 익숙지도 않은 타자기로 이 편지를 쓰겠습니까?[8]

카프카는 이 편지에서 만약 자신이 스스로를 까다로운 사람으로 묘사했다면, 그것은 '실수'라고 밝히고 있다. 그리고 그러한 실수의 원인으로 일 때문에 피곤하다는 것과 익숙하지 않은 타자기를 사용했다며 변명하고 있다.

즉, 타자기 덕분에 편지를 쓸 수 있었다고 말한 다음 곧장 자신의 잘못은 타자기 탓이라고 말을 바꾼 것이다. 말하자면 타자기에 죄를 뒤집어씌우고 있는 셈이다.

사실 카프카에게 타자기는 특별한 기계다. 이러한 사실은 3개월 후 펠리스에게 보낸 편지에서 엿볼 수 있다.

12월 20일부터 21일에 걸쳐서 쓴 편지에서 카프카는 '자연스럽게 타자기에 이끌린다'[9]고 말하고 있다. 왜냐하면 자신은 '뱀처럼 책임감에서 빠져나오는' 인간이기 때문이다.

카프카는 기계로 쓴 문자는 '익명적'이라고 표현한다. 손으로 쓴 문자에서 표현되는 개성과 신체성은 타자기로 찍은 문자와는 아무런 관련이 없음을 시사하고 있는 것이다.

카프카는 타자기야말로 일종의 속임수를 쓰는 도구라는 사실을 간파하고 있었을 것이다. 타자기로 찍은 텍스트는 **실제로** 쓴 사람이 누구인지 눈으로 봐서는 알 수 없다. 따라서 타자기를 쓰면 완전히 타인이 되어 글을 쓸 수 있다. 어쩌면 평소 상상하지 못했던 일, 마음과는 정반대의 글을 쓸 수도 있다.

이 사실을 일찍이 인식하고 짓궂은 편지를 쓰는 데 이용할 수 있다고 생각한 게 아마 그날일 것이다. 그리고 친구들에게 타자기를 사용해 가벼운 마음으로 편지 쓰기를 권했다. 이로써 그동안 쓸 수 없었던 이 편지도 장난치는 기분으로 쓸 수 있게 됐다.

이러한 이해를 바탕으로 앞서 편지에 나온 여행에 대한 약속 부분을 다시 읽으면, 거기에 무서운 사실이 암시되어 있음을 깨닫게 된다. 그녀와 만나던 날 밤, 함께 팔레스티나로 여행을 가자는 약속의 악수는 '타자기를 치고 있던 이 손'으로 이루어졌다. 즉 못된 장난의 기계를 조작하고 있던 그 손으로 약속의 악수를 나누었던 것이다.

카프카는 편지의 맺음말에서도 재차 타자기라는 말을 등장시킨다.

그러나—타자기로 편지를 쓸 때 유일한 단점은 이야기의 맥락이 끊어진다는 것입니다—저를 여행의 동반자로, 안내자로, 거추장스런 짐으로, 권위적인 사람으로, 그리고 제가 될 수 있는 무엇으로든 저를 동반하는 일에 반대하는 마음이 있더라도—실제적인 반대 말입니다—또 저를 편지 왕래의 상대자로 인정하지 않더라도—당장은 그것이 문제지만—처음부터 저와의 편지 왕래를 단호히 반대하지 마시

고 저를 시험해보시기 바랍니다.[10]

　　카프카는 이런 식으로 글이 진행되는 것은 타자기 탓이라고 또다시 타자기에게 죄를 떠넘기면서 에둘러 말하는 듯하지만, 분명 그녀에게 편지를 교환하자고 유혹하고 있다.

믿을 수 없는 편지

이어서 펠리스에게 보낸 두 통의 편지도 살펴보자.

나는 성실하게 편지를 쓰지도 못하고 타자기가 아니면 좀처럼 글을 쓸 수 없다. 그러니까 답장도 기대하지 않는다. 카프카는 이렇게 '고백'한 사실을 전혀 기억하지 못하는 것처럼 두번째 편지에서 재빨리 첫번째 편지와는 전혀 다른 자신의 모습을 보여준다.

펠리스의 답장이 그의 손에 도착한 것은 첫번째 편지를 쓰고 나서 열흘 뒤이다. 카프카는 9월 28일, 답장을 받아든 즉시 답장에 이렇게 쓴다. "편지를 타자기로 쓰지 않아서 죄송합니다. 당신에게 쓸 말은 너무 많은데, 타자기는 저 밖 복도에 있습니다."[11] 즉, 이번에는 타자기를 쓰지 않았음을 강조하고 있는 것이다.

이 편지 또한 직장의 공용 편지지에 쓰였다. 다만 그날이 휴일인 까닭에 근무시간에 편지를 쓰지는 않았다. 이는 "이곳 보헤미아는 오늘 휴일입니다. [⋯] 오랫동안 하지 않았던 콧노래를 부르며 사무실에 도착했습니다. 당신의 편지를 가지러 온 것이 아니라면 제가 왜 휴일에 사무실에 왔겠습니까"라는 내용에서 확인할 수 있다. 이 편지에서 먼저 화제로 삼은 것은 그녀의 주소이다.

어떻게 주소를 얻었냐구요? 그게 막상 그대가 묻고자 하는 질문은 아니겠지요. 저는 주소를 알기 위해 구걸했습니다.[12]

그는 분명 자신이 어떻게 펠리스의 주소를 알아냈는지 자랑하고 있다. 처음에는 당신이 다니는 어느 주식회사의 이름을 들었는데, '마음에 들지 않아서' 더 캐물어 겨우 자택 주소를 알아냈다. 이 편지만으로는 누구로부터 주소를 알아냈는지 알 수 없지만 분명 그녀의 친척인 브로트에게 물어보았을 것이다.

덧붙여두자면, 그 '주식회사'는 그녀의 근무처, 카를 린트슈트룀 주식회사를 가리킨다. 베를린에 살았던 스물네 살의 펠리스는 당시로서는 아직 보기 드문 커리어우먼이었다. 당시 그녀는 이처럼 젊은데다가 독일에서 가장 큰, 최첨단 미디어 기기인 구술용 녹음기phonogram 및 축음기gramophone 제조 회사의 중역 자리에까지 올라 있었다.

카프카는 이런 놀라운 사실을 처음 만난 날 밤에 알아차렸다. 이는 앞서 인용한 첫인상을 적은 글에 나오는 "살림에 찌든 것만 같은 모습이었는데 〔…〕 전혀 그렇지 않았다"라는 문장이 말해준다.

카프카는 두번째 편지에서 주소에 관한 이야기 다음에 첫번째 편지를 쓰기까지의 나날에 대해 이렇게 회상하고 있다. "신경과민 증상이 비처럼 끊임없이 내 위로 쏟아져 내립니다." 카프카는 그 스스로 과장은 피하고 싶다고 말하면서도, 그런 '비참한 편지'를 쓸 수 있게 되기까지의 고심을 꽤나 과장되게 표현하고 있다. "첫번째 편지를 쓰기 위해 얼마나 많은 밤을—과장하지 않고 열흘 밤이나—보내야 했는지요."13

자신의 섬세함을 호소하는 카프카의 글은 뒤로 갈수록 점차 다른 뉘앙스를 풍기기 시작한다.

> 왜 첫번째 편지가 저에게 그토록 중요한지 이해해주십시오. 그 편지에 대한 답으로 당신이 지금 제 옆에 있는 이 편지를 보내주었기 때문입니다. 당신의 편지는 저를 무한히 기쁘게 해주었으며, 지금 저는 그 편지를 가지고 있음을 느끼기 위해 편지 위에 손을 얹어놓았습니다.14

펠리스의 편지를 손에 받아든 그는 매우 기뻐하고 있다. 자신의 손 밑에 그녀의 편지를 두고 느끼는 기쁨은 '소유'의 기쁨이다.

이후 마치 봇물이라도 터진 듯 솔직한 말들이 잇달아 나온다.

곧 다시 편지를 보내주십시오. 편지를 쓰는 데는 노력이 필요하지만 그러지 마세요. 그래도 한 사람은 그 편지를 읽을 것입니다. 그저 저에게 작은 일기를 써 보내주십시오. 일기는 편지에 비해 노력이 덜 들지만 더 많은 것을 알려줍니다. 물론 당신만을 위해 쓰는 일기보다는 더 많이 써야 합니다. 정말로 저는 당신에 대해 아는 게 전혀 없으니까요. 예를 들어 당신이 몇시에 사무실에 도착하는지, 아침식사로 무엇을 먹었는지, 사무실의 창으로 무엇이 보이는지, 사무실에서 어떠한 일을 하는지, 친구들의 이름은 무엇인지, 〔…〕15

분명 그의 태도는 달라졌다. 그는 분명 첫번째 편지에서 답신을 기대하지 않는다고 적었다. 그런데 이 편지에서는 당당하게 요구하고 있다. 게다가 단순한 편지가 아니라 '작은 일기'와 같은 편지를 기대하고 있다. '소소한 생활, 직장의 모습, 인간관계까지 모두 알려주면 좋겠다'는 것이다.

다시금 의심을 품으면서 처음 인용한 부분을 읽어보면 깨닫게 되는 사실이 있다. 카프카는 왜 그녀에게 자택의 주소를 알려주지 않았을까. 휴일임에도 불구하고 그녀의 편지를 받으러 직장에 나온 까닭은 첫번째 편지에서 알려준 주소가 집이 아닌 직장이었기 때문이다.

첫번째 편지 끝부분에는 그가 근무하는 노동자재해보험공사 주소(Pořič 7)가 분명하게 적혀 있다. 게다가 처음에는 자택 주소 (Niklasstrasse 36)를 타자기로 쳤지만 나중에 손으로 직장 주소로 고쳤다.16 즉 그녀에게 직장 주소를 알려준 것은 어떤 의도가 있었기 때문이다.

만약 그가 당시 모든 편지를 직장에서 받았다면 이에 대해 신경 쓸 필요는 없을지도 모른다. 그러나 적어도 당시 출판사 사장인 에른스트 로볼트에게 보낸 편지에는 집주소가 적혀 있다.[17] 부모나 누이동생에게 여성이 보낸 편지를 들키고 싶지 않은 마음이 작용했던 것일까? 만약 그렇다면 베를린에서 가족과 함께 살고 있는 그녀 또한 자신과 마찬가지로 배려해도 좋지 않은가. 그녀 또한 직장이 있으니 얼마든지 거기서 편지를 받게끔 할 수 있다. 무엇보다 그는 애초에 사무실 주소를 먼저 알았던 것이다.

카프카는 그녀의 집주소를 손에 넣은 만족감은 그토록 노골적으로 드러냈으면서도, 어째서인지 자신의 집주소는 알려주지 않았다.

여기서 잠시 「판결」을 살펴보자. 이야기는 이렇게 시작된다.

화창한 봄날 어느 일요일 오전이었다. 젊은 상인 게오르크 벤데만은 [⋯] 이층 자기 방에 앉아 있었는데, 그 집들은 단지 높이와 색깔만이 조금씩 다를 뿐이었다. 그는 외국에 있는 어릴 적 친구에게 막 편지를 다 쓰고 나서 그것을 장난하듯 천천히 봉한 다음, 팔꿈치를 책상에 괴고 창 너머로 강과 다리와 푸르스름한 빛으로 덮인 건너편 둑 언덕을 바라보았다.[18]

지금 편지를 다 쓴 게오르크 벤데만은 '장난하듯' 편지를 봉하고는 창밖을 내다보고 있다.

이 소설은 편지를 막 끝낸 남자에 관한 이야기이다. 그런데 이야기의 세계는 현실 세계와 고스란히 겹친다. 다른 점이 있다면, 이야기에 나오는 편지는 여성이 아닌 남성 앞으로 보내는 편지이다.

이어지는 문장을 살펴보자. "그는 이 친구가 고향에서의 출세에 불만을 품고 몇 년 전 단호하게 러시아로 도망치듯 가버렸던 일을 생각해보았다."[19]

여기서부터 이야기는 게오르크의 생각을 전달하기 시작한다. 친구는 페테르부르크에서 사업을 하고 있었지만 최근에는 생각만큼 잘되지 않았던 모양이다. 고향으로 돌아온 그의 얼굴을 보면 병에도 걸린 듯하다. 이야기를 듣자니 거기에는 친구도 없는 듯하고 평생 독신으로 지낼 작정인 것 같다. "분명 역경에 빠져 있어 동정이 가지만 아무런 도울 길이 없는 이런 사람에게 어떻게 편지를 쓸 수 있겠는가."[20]

이후 그는 쓰려 했으나 차마 쓸 수 없었던 편지의 내용을 회고한다. 고향으로 돌아오라고 충고하는 게 옳았는지 모른다. 그러나 그렇게 하면 쓸데없이 그에게 상처만 주지 않을까. 그렇게 괴롭혀서라도 그가 돌아온다면야 다행이지만, 처음부터 그는 돌아올 마음이 없었던 것은 아닐까. 만약 그렇다면 충고 탓에 고향 친구와 소원해지기만 하고, 홀로 이국에 머물게 된다. 어찌어찌 충고에 따라 돌아왔다 하더라도, 옛친구들과 어울리지 못하거나 그들의 도움을 받을 수밖에 없어 스스로를 비참하게 여기게 되지 않을까.

텍스트는 곤경에 빠진 친구를 염려하는 게오르크의 마음을 드러
낸다. 다음 대목은 언뜻 보면 동정심이 가득하다.

이런 이유로 게오르크는 편지 연락을 계속하는 것이 꺼려지고, 아주
멀리 떨어져 있는 친지에게도 주저 없이 보낼 수 있는 그런 소식조차
도 전할 수 없었다.[21]

그러나 과연 그럴까?

이 부분은 지금까지 편지를 써온 게오르크가 전혀 솔직하지 않았
음을 말해준다. 아주 멀리 떨어져 있는 친지에게도 마음 편하게 써서
보낼 수 있는 내용조차 쓰지 못했다. 그는 이렇게 회고하고 있는 것이
다. 사실을 말하자면, 그는 지금껏 단 한 번도 편지를 쓰지 않았다.

잘 알려진 것처럼 「판결」은 일관되게 주인공의 시점에서 이야기를
끌고 간다. 주인공에 시점을 집중시키는 것이 카프카의 특징이며, 나
아가 그러한 수법을 「판결」에서 확립했다는 사실 또한 확인된 바이
다. 이 시점에 관해서는 나중에 상세히 살펴보겠지만 여기서 알아두
어야 할 것은 이야기 세계에서 등장하는 친구의 모습은 전부 주인공
의 주관에 비친 것이라는 사실이다. 친구는 고독에 빠졌다. 그러므로
그에게는 솔직한 편지를 쓸 수 없다. 일견 타당해 보이는 이러한 이야
기를 과연 그대로 믿어도 괜찮은 것일까.

어쩌면 이 주인공은 수상한 인물, 믿을 수 없는 인물인지도 모른

다. 적어도 그가 어릴 적 친구에게 쓴 편지는 진실을 말하고 있다고 볼 수 없다. 그는 아마 친구에게 언제나 거짓된 편지를 썼을 것이다.

거짓말을 잘하는 남자

"그는 거짓말을 못하는 사람입니다." 밀레나 예젠스카는 이렇게 역설했다.

밀레나는 카프카보다 열세 살 아래의 저널리스트로 두 사람은 작품 번역을 계기로 만났다. 1920년 당시 36세였던 카프카는 펠리스와 두번째 파혼 이후, 율리에 보리체크라는 여성과 세번째 약혼중이었다. 이 약혼은 카프카가 기혼자인 밀레나와 만난 지 몇 달 만에 깨졌다.

밀레나의 말은 1920년 8월에 브로트에게 보낸 편지에 나온다. 그녀는 브로트에게 카프카가 '거짓말을 못한다'는 이유를 들어 빈에서의 데이트를 거절한 사실을 다음과 같이 토로한 바 있다.

그 사람은 휴가를 낼 수 없었습니다. 국장에게 저를 만나러 가야 한다는 말을 꺼내지 못했던 것이지요. 다른 핑계를 대라고 하자 이번에는 놀라움을 금치 못하는 편지가 날아왔습니다. 뭐라고요? 거짓말이라니! 국장님에게 거짓말을 하라니! 절대로 그럴 수 없습니다.[22]

밀레나의 이 편지에 따르면 카프카는 '타자를 아주 빨리 한다'는 이유로 근무처 상사인 '국장님'을 존경했다고 한다. 또한 그녀의 남편이 '1년에 100번도 넘게 바람을 피운다'는 말을 듣고는 '얼굴에 경외심을 드러냈다'고도 한다. 카프카는 실무에 밝은 공무원이나 난봉꾼 남편과는 다르다. 그가 그런 속된 남자들을 존경하는 것은 그들처럼 살 능력이 없기 때문이다. 이것이 밀레나가 힘주어 말한 내용이다.

우리가 그럭저럭 살아갈 수 있는 것은 언제고 거짓 속으로 도망칠 수 있기 때문이지요. 맹목, 열광, 낙천주의, 확신, 비관주의 혹은 그와 유사한 그 무언가로. 그러나 프랑크(밀레나는 카프카를 이렇게 불렀다)는 그것이 어떤 것이든 간에 단 한 번도 자신을 보호해줄 피난처로 도망치지 않았습니다. 술에 취할 수 없는 것과 마찬가지로 거짓말 또한 절대로 할 수 없는 것이지요.[23]

카프카는 분명 거짓말을 할 수 없는 사람이다. 변명을 늘어놓아 발뺌하거나 남을 속이는 따위의 처세술과는 전혀 무관한 사람이었다고 밀레나는 거듭 이야기하고 있는 것이다.

위의 편지를 아무런 선입관 없이 읽으면 그녀의 말대로 설득 당할 지도 모른다.

그러나 우리는 이미 눈치채고 있다. 카프카는 그만큼 순수하지 않다. 적어도 그는 타자기가 어떤 기계인지 잘 이해하고 있었다. 그렇다면 카프카가 '타자를 아주 빨리 한다'는 이유로 국장을 존경했다는 말은 어쩌면 곧이곧대로 믿어야만 하지 않을까.

밀레나 또한 이런 사실을 알고 있었을 것이다. 생각해보면 당시 밀레나는 기혼자였고 카프카는 약혼중이었다. 이것이 과연 거짓과 눈속임이 불가능한 사람들 사이에서 맺어진 관계였을까.

그렇다면 밀레나는 거짓말을 한 것일까.

카프카는 자신을 만나러 오지 않았다. 왜냐하면 그는 거짓말을 못하기 때문이다. 그렇다면 밀레나는 카프카가 자신에게 거짓말을 하고 있다는 사실을 알면서도 그는 거짓말을 못한다고 거짓말을 하고 있는 것일까.

그런데 그의 거짓말을 거짓말이라고 인정하는 것은 과연 무엇을 의미하는가. 이런 식으로 생각하기 시작하면 거짓말이란 과연 무엇인지 도무지 알 수 없어진다.

거짓말이 아니고서는 전할 수 없는 말을 전하기 위한 거짓말은 과연 거짓말일까?

어쨌든 카프카는 여기서 분명 거짓말을 하고 있다. 카프카는 휴가를 내고 만나러 가지 않은 일에 대해 1920년 7월 31일, 밀레나에게 쓴 편지에서 이렇게 변명하고 있다.

직장에 거짓말을 할 수가 없기 때문에 난 갈 수 없었어요. 직장에 거짓말을 할 수도 있겠지요. 그러나 단 두 가지 이유에서만 그럴 수 있답니다. 하나는 불안 때문이지요(그건 사무적인 일로서 사무실에 속하는 것입니다. 그럴 때면 아무런 준비도 없이, 외우기라도 한 듯 영감에 따라 거짓말을 하지요). 다른 하나는 궁극적인 위급함 때문이지요(그러니까 "엘제가 아프다"라고 할 경우랍니다. 그대가 아니라, 엘제, 엘제가 아플 때 말이지요. 밀레나, 그대는 병들지 않습니다. 그건 내가 결코 말하지 않을 최종적 위급함일 것입니다). 그러니까 이런 위급함이 생겼을 때 난 즉시 거짓말을 할 수 있을 겁니다. 이럴 때는 전보가 필요한 것이 아니라, 위급함 자체가 직장에 대항할 수 있는 그 무엇이지요. 그렇게 되면 허가가 있든 없는 난 떠나갑니다. 그러나 거짓말하기 위한 이유들 중에서 행복이, 행복의 위급함이 주된 이유일 경우에는 거짓말을 할 수가 없어요. 20킬로그램짜리 역기를 들 수 없듯이 말입니다.[24]

자신이 거짓말을 할 수 있는 것은 '불안'하거나 '위급함'에 처한 상황 단 두 가지 경우뿐이다. 그마저도 '행복'이 이유일 때는 거짓말을 할 수 없다. 이 얼마나 교묘한 거짓말인가.

이 인용문에서는 두 사람 사이에 이미 거짓에 대한 양해가 이루어진 상황이라는 사실을 읽어낼 수 있다. '엘제가 아프다'는 이들 두 사람이 합의한 가짜 전보문을 말한다. 이 거짓말을 핑계로 휴가를 내는 것이 두 사람 간의 약속이었던 셈이다.

카프카는 거짓말을 잘하는 사람이었다. 특히 상사에게, '국장님'에게 거짓말을 잘했다.

「판결」을 하룻밤 만에 쓴 다음날 아침, 당시 상사였던 오이겐 푸폴에게 이런 편지를 보냈다.

> 저는 오늘 아침 일찍 가벼운 기절을 했고 약간의 열이 있습니다. 그런 연유로 집에 머물러 있습니다. 그러나 그것은 틀림없이 큰 의미가 있는 것은 아닐 것이며, 틀림없이 오늘, 비록 아마도 열두시 이후가 되겠지만, 사무실에 나갈 것입니다.[25]

앞서 언급한 바와 같이 카프카는 밤을 새워 집중해서 단숨에 「판결」을 완성했다. 따라서 어쩌면 **정말**로 잠깐 기절했을지도 모른다. 열이 났을 수도 있다. 그러나 일하러 갈 수 없을 정도로 몸 상태가 나빴을 리 없다. 맨 처음에 인용한 「판결」을 완성한 이튿날 일기에는 그날 아침 일찍감치 누이동생들에게 방금 막 집필을 끝낸 소설을 소리 내어 읽혔다는 내용이 적혀 있다. "누이동생 방으로 조심조심 들어간다. 낭독."[26]

상사에게 보낸 짧은 편지는 엄밀하게 말하면 메모에 가깝다. 이 글은 편지지가 아닌 카프카 자신의 명함 뒤쪽에 적혀 있다. 지금도 남아 있는 이 명함에는 실제로 출근한 날이 「판결」을 완성한 날이 아니라 그다음날이라는 사실을 알려주는, 직장 동료가 쓴 날짜와 서명이 들어간 메모가 첨부되어 있다. 명함은 약간 큰 사이즈의 두꺼운 종이로 뒷면을 바로 읽을 수 있도록 보관되어 있는데, 그 두꺼운 종이에 이 메모가 적혀 있다.[27] 결국 '틀림없이 오늘, 사무실에 나가겠습니다'라는 말은 거짓이 되었다.

카프카가 꾀병으로 출근하지 않은 날은 분명 이때뿐만이 아닐 것이다. 어쩌면 그는 상습적인 꾀병 환자였을지도 모른다.

카프카에게는 신경질적이고 병약한 남자라는 이미지가 따라다닌다. 분명 그는 폐결핵으로 40세에 요절했다. 그러므로 절대 건강하고 튼튼한 사람이었다고 할 수는 없다. 그뿐만 아니라 노이로제 기미가 있어 불면증을 앓았다는 사실 또한 일기나 편지로 확인할 수 있다. 이러한 사실은 앞서 나온 펠리스에게 보낸 편지에도 엿보인다.

그렇다면 1912년 6월 17일에 제출한 휴가원 또한 과연 사실을 이야기한다고 볼 수 있을까.

충직한 본 서명자는 상당 기간 이래 병적인 신경 장애로 고생하고 있는 바, 주로 거의 그치지 않는 소화 장애와 불면증으로 나타납니다. 그로 인해서 본 서명자는 합목적적인 치료를 위한 요양원에 들어가도록 종용받고 있으며, 존경하는 지사장님께서 한 달간의 병가를 선처해주시기를 청합니다. 본 서명자는 그 기간을 정기 휴가와 연결하여 당 요양원의 치료에 사용할 수 있기를 바랍니다.
첨부한 의사 진단서는 상기 청원의 근거가 될 것입니다.[28]

카프카답지 않은 카프카

이 편지에는 마지막에 적힌 대로 의사의 진단서가 첨부되어 있다. 의학박사 지그문트 콘이라는 서명이 쓰여 있는 진단서에는 카프카가 호소하고 있는 바와 같은 증상이 적혀 있다.[29] 그가 병에 걸렸다는 사실은 공식적으로 증명된 셈이다.

사실이 이렇다 해도 그에게 의심의 눈길을 던지지 않을 수 없다. 왜냐하면 그가 당시 진단서로 취득한 요양 휴가 일주일과 합쳐 한 달이나 되는 여름휴가를 매우 힘차고 활동적으로 보냈기 때문이다. 적어도 이 여름의 일기를 보면 아무리 생각해도 휴가원에서 말하는 것처럼 상태가 심각하지 않다.

처음 열흘간은 브로트와 함께 라이프치히와 바이마르 등지를 여행했다. 라이프치히에서는 책 출판과 관련하여 출판사와 상의했으며, 바이마르에서는 문호 괴테와 쉴러의 연고지를 돌아다녔다. 바이마르에서는 일주일 동안 머물면서 괴테관(館) 관리인 딸과 잠깐 사랑놀음에 빠지기도 했다.

나머지 3주 동안은 본래의 요양 계획대로 융보른에 있는 요양소에서 지냈다. 그러나 거기에서도 매일같이 산책을 즐기고, 체조나 강연 행사에 적극적으로 참여했다.

물론 표면적으로는 밝고 쾌활하게 보여도(그렇게 쓰여 있어도), 내면에는 고뇌를 안고 있었을 수도 있다. 그러나 카프카가 괴로움을 말로 표현하기를 주저하지 않는 사람임을 감안하면, 당시 휴가원에 적혀 있는 대로 심각한 '병적인 신경 장애'를 앓고 있었다고 보기는 어려울 것 같다.

여기서 이 여름의 일기뿐만 아니라 카프카 일기 전반에 나타나는 어떠한 특징을 같이 언급해두고 싶다. 우선 예를 하나 들어보겠다. 융보른에 있는 요양소에서 쓴, 같은 해 7월 12일 일기 가운데 한 부분이다.

두 사람의 자매. 작은 여자아이들. 한 아이는 갸름한 얼굴에 칠칠치 못한 모습, 포개지며 움직이는 입술, 앞으로 돌출된 뭉뚝한 코, 미처 뜨지 못한 말간 눈. [⋯] 내 시선은 이 아이보다 여성스러운 동생 쪽에 사로잡힌다. [⋯] 부스스한 짧은 금발 머리. 채찍만큼이나 말랐다. 걸친 것이라고는 스커트, 블라우스, 속치마뿐. 그리고 저 걸음걸이![30]

앞서 인용했던, 펠리스와 만난 첫인상을 열거한 문장이 떠오를 것이다. 카프카는 여성의 외모를 자주, 매우 상세하게 관찰했다. 그리고 그것을 교묘한 말로 표현했다.

또 한 군데, 요양소에서의 댄스파티에 관한 7월 20일 일기도 살펴보자.

여자에게 말을 건 쪽은 나다. [⋯] 밖에서 봤을 때부터 점찍어두었다. 꽃무늬 퍼프 슬리브가 붙은 흰 블라우스. 사랑스럽고도 걱정스러운 듯 얼굴을 갸웃거리면, 상반신이 조금 앞으로 나오며 블라우스가 부풀어올랐다. [⋯] 그녀가 댄스 플로어를 두 계단 내려오던 바로 그때 말을 걸었다. 우리의 가슴과 가슴이 맞닿을 듯하면 그녀는 획

카프카답지 않은 카프카

뒤로 돌았다. 우리는 춤을 추었다.[31]

카프카가 여성에 강한 관심—성적인 부분을 포함해서—을 갖고
있었고, 주저하지 않고 여성들과 적극적으로 접촉했다는 사실을 분명
히 알 수 있을 것이다.

휴가원에 대한 의혹은 여기서 그치지 않는다.

카프카는 위와 마찬가지로 3년 전에도 병을 이유로 '8일간'의 특별
휴가를 신청한 적이 있다.[32] 1909년 8월 19일자로 낸 휴가원에도 진
단서가 첨부되어 있는데, '신경증'과 '빈번한 두통'이라는 증상이 적혀
있다. 서명한 사람도 역시 의학박사 지그문트 콘이다.[33] 재빠르게도
이 청원은 이튿날 보험공사의 허가가 났는데, 그 허가서(20일자)에는
'예외적으로'라는 말이 쓰여 있다.[34]

그때 여행한 곳은 북이탈리아의 리바였다. 카프카는 열흘간 막스
브로트, 그리고 그의 동생 오토 브로트와 함께 가르다 호수 물놀이
터에서 여름휴가를 보냈다.

이때의 일기는 남아 있지 않아 구체적으로 어떻게 지냈는지는 확인
할 길이 없다. 그러나 그 가운데 딱 하루는 꽤 상세하게 알 수 있다.

1909년 9월 9일에 카프카는 브레시아라는 마을에서 개최된 비행
쇼를 견학하고서 이를 9월 29일자 신문에 「브레시아의 비행기」라는

제목의 기사로 내보냈다. 이 글은 카프카가 쓴 소설이 아닌 논픽션이며 그가 직접 세상에 내보낸 몇 안 되는 작품 중 하나다.

카프카답지 않은 이 작품에는 흥미로운 점이 여럿 발견된다. 잠깐 소개하면 다음과 같다.

우선 첫 부분에서는 꽤 많은 분량을 할애해 다음 사건에 대해 적었다.

전날 밤 그들은 브레시아에 도착하자마자 승합마차를 타고 서둘러 시내로 가려 했다. 마부는 3리라를 달라고 했지만 그들은 2리라를 불렀다. 그러자 마부는 짐짓 거절하는 척하면서도 '진심에서 우러나온 친절한 마음에서' 그들의 행선지가 얼마나 먼 곳인지 알려주었다. 그들은 황송해하면서 마부에게 3리라를 지불하기로 했다. 그러나 불과 1분도 안 되어 도착했다. 그들 중 가장 나이 어린 오토가 1리라도 많다며 으르댔다. '무슨 소리냐! 이건 사기다. 3리라를 주기로 약속하지 않았냐?'라며 잠시 옥신각신하던 끝에 결국 1리라 50으로 합의를 보았다.[35]

쇼를 보러 가는 도중에 발생한 사건이지만 이 일은 쇼와는 전혀 상관이 없다. 그럼에도 이 일을 자세히 쓴 것을 보면 카프카가 매우 강한 인상을 받았음을 읽어낼 수 있다. 이것이 무엇을 의미하는지는 뒤에서 다시 생각해보기로 하자.

20세기 초였던 당시, 비행 쇼는 작은 비행기로 비행 거리나 비행 시간을 다투는 일종의 경주였다. '하늘의 서킷'이라고도 불렸으며 지금으로 치면 국제 자동차 경주대회 F1 그랑프리 같은 화려한 볼거리였다고 할 수 있다.

아무래도 카프카는 이런 세속적인 오락에 의외로 밝았던 모양이다. 이어지는 문장에서 콕피트, 즉 비행기 조종석 앞에 장식한 조종사의 이름을 쓴 간판을 보면서 출전 선수를 확인하는 모습이 이를 말해준다.

흥미롭게도 카프카는 조종사뿐만 아니라 그들의 가족에 대해서도 잘 알고 있었던 듯하다.

> 여기서 조금 떨어진 곳에 루제 부인이 있다. 몸에 꼭 끼는 흰옷을 입고서 삐져나오려는 머리카락을 작은 검은 모자로 꾹 누르고 있다. 미니스커트 아래로 드러난 다리를 조금 벌리고 서서 내리쬐는 열기를 멍하니 바라보고 있다. 작은 머리에 일에 대한 걱정이 가득한 여성 사업가이다.[36]

또한 카프카는 당시 스타 조종사였던 블레리오의 '젊은 아내'를 바로 알아보고는, 그녀의 '아름다운 옷'은 '이런 날씨에는 숨막힐 듯 더울 것 같다'[37]라고 평하기도 한다.

「브레시아의 비행기」를 보면 카프카가 고급 관람석을 점령하고 있던 '이탈리아의 유명 귀족들이나 파리에서 온 화려한 귀부인들'에 대해서도 상당히 상세한 지식을 갖고 있었다는 점을 엿볼 수 있다. 어느 시대나 죽음을 두려워하지 않는 남자들이 보여주는 쇼를 구경하는 장소는 상류계급 사람들의 사교장이기도 하다. 카프카는 군중 가운데서 공주와 백작부인을 구별하고 이름을 거론하면서 그들이 교류하는 모습을 묘사한다. 시인 가브리엘레 단눈치오는 '몸집이 작고 연약해 보이며' 백작 앞에서 '벌벌 떨고 있다'고 표현하기도 하고, 작곡가 푸치니가 여전히 '애주가 특유의 코'를 갖고 있다고도 적고 있다.[38]

앞서 나온 일기에서 지적한 것처럼 여성의 외모에 대한 관심 또한 재차 확인할 수 있다.

상반신에 걸쳐진 헐렁한 옷이 주저하는 듯한 뒷모습을 내비치고 있다. 이런 귀부인들이 주뼛거리며 내 앞에 나타나면 내 마음은 또 얼마나 복잡하고 어지러워질는지. 코르셋이 꽉 죄어 터지기 일보 직전이다. 허리가 굵어 보이는 것은 전체적으로 날씬하기 때문이다. 요컨대 이런 여성들은 남자의 팔에 꼭 안기고 싶어하는 것이다.[39]

기사의 마지막 부분에는 브레시아로 향할 때와 마찬가지로 돌아오는 길에 겪었던, 언뜻 불필요해 보이는 에피소드가 덧붙어 있다.

이번에는 마차 안에서 막스 브로트가 '적절한 발언'을 했다. 프라하에서도 이런 종류의 사업을 일으켜야 한다, 상금을 걸지 않아도 보수를 제공하면 선수들을 쉽게 불러모을 수 있다, 그들은 기꺼이 달려올 것이다, 베를린에는 라이트 형제가 있고, 빈에서도 블레리오가 하늘을 난다, 그들에게 프라하에 들렀다 가라고 부탁하자. 이런 막스의 의견을 동생 오토와 카프카가 말없이 듣고만 있었다는 데 이어 "잠자코 있었던 것은 피곤해서였으며, 딱히 이견을 내세워야 할 아무런 이

유도 없었다"[40]라고 적고 있다.

브레시아에 갈 때와 마찬가지로 돈이 얽힌, 세속적으로 보이는 이야기다. 어째서 이런 이야기를 했는지는 나중에 다시 살펴보겠다.

거듭 이야기하지만 병을 이유로 '예외'적인 휴가를 받은 그는 이런 하루를 보냈다.

이 작품은 대담하게도 실명으로 그 지방 신문에 공표되었다.

대담한 남자와 장삿속이 밝은 여자

카프카는 꽤나 대담한 남자다. 아니, 어쩌면 넉살이 좋다고 해야 할지도 모르겠다. 이는 펠리스 앞으로 보낸 세번째 편지를 보면 알 수 있다.

카프카가 펠리스에게 일상의 모든 일을 적어서 보내달라는 두번째 편지를 보낸 이후, 그녀의 회신은 좀처럼 오지 않았다. 3주가 지난 10월 23일이 되어서야 간신히 답장을 받은 그는 곧바로 답장을 쓰기 시작한다. 그것도 근무시간 중에 상사 앞에서.

세 명의 상사가 모두 제 책상 주위를 둘러싸고 제 펜을 내려다보고 있다 하더라도 저는 곧장 당신에게 답장을 써야 합니다. 그대의 편지가 3주나 헛되게 바라다보던 구름으로부터 내려오듯이 저에게 떨어

졌기 때문입니다(지금 막 직속 상사의 지시를 한 건 처리했습니다).[41]

그의 눈앞에는 **지금** 상사가 세 명이나 서 있다. 짬짬이 그들을 상대하면서 그녀에게 편지를 쓰고 있는 것이다. 게다가 그러한 가운데 자신이 대응하는 모습을 괄호 안에 넣어 이른바 실황중계를 하고 있다.

〔…〕 물론 거기에 3주 동안 그대에게 썼던 세 통의 작은 편지도 포함시킬 수 있는데(지금 막 죄수들의 보험에 관한 질문을 받았습니다. 맙소사!) 그중 둘은 필요하다면 지금 당장 부칠 수 있으나 나머지 한 통은(사실은 맨 처음에 쓴 편지인데) 부칠 수가 없습니다. 그리고 그대의 편지가 분실되었다면(지금 막 카타리나베르크에 있는 요제프 바그너의 행정상의 탄원에 대해 아는 바가 없다고 설명해야 했습니다), 제 질문에 대한 답은 받지 못하겠군요. 그렇다고 편지의 분실에 대해 비난하고 싶지는 않습니다.[42]

이 부분은 그의 대담함뿐만 아니라 남다른 적극성도 보여준다. 위의 내용에 따르자면 카프카는 편지를 기다리던 3주 동안 단지 우체통에 넣지 않았을 뿐이지 이 외에도 그녀에게 세 통의 편지를 더 썼다. 편지를 잘 쓰지 못한다고 '고백'한 그 남자가 말이다.

사실 카프카는 이 3주 동안 그녀에게 보낼 편지만 쓴 것이 아니다. 펠리스에게 답신을 받으려고 다른 사람에게도 편지를 썼다. 아래는 카프카가 10월 14일에 브로트의 여동생 조피 프리드만에게 보낸 편지의 첫머리 부분이다.

> 저는 오늘 우연히, 그리고 허락도 없이—그 때문에 저에게 화를 내시
> 지는 않겠지요—당신이 부모님께 보내는 편지에서 저와 바우어 양이
> 활발한 편지 왕래를 하고 있다고 말한 부분을 읽었습니다. 어느 정도
> 는 사실이지만 다른 한편으로는 진정으로 제가 바라는 바입니다. 친
> 애하는 부인, 당신이 말한 것에 대한 해명을 몇 자 적어 보내주시기
> 바랍니다.[43]

상식적으로 생각했을 때 이 부분은 매우 이상한 일이 벌어졌다는
사실을 시사하고 있다. 카프카는 자기 앞으로 온 것도 아닌, 조피가
그녀의 부모에게 보낸 편지를 '허락도 없이' 읽어버린 셈이니까.

어떻게 그는 자기에게 온 것도 아니고, 그렇다고 자신의 부모 앞으
로 온 것도 아닌 편지를 읽을 수 있었을까? 이는 브로트가 그에게 조
피가 쓴 편지를 몰래 보여주었다고 생각할 수밖에 없다(조피의 부모는
브로트의 부모이기도 하다). '우연'이라고 강조하고 있지만, 분명 우연
이 아니며, 그러한 행위에 대한 죄의식이 있었음은 '화를 내시지는 않
겠지요'라는 대목에서 엿볼 수 있다.

이 편지에서 카프카는 자신과 펠리스 사이에 편지 왕래가 활발하
다는 것은 사실과 거리가 멀고, 그녀의 답신은 한 통밖에 오지 않았
다고 호소하고 있다. 그리고 조피에게 어떻게 하면 또 편지를 받을 수
있을지 하소연하고 있다.

곰곰이 생각해보면 또 의문이 생긴다. 조피는 어떻게 카프카와 펠리스가 서로 편지를 주고받는다는 사실을 알았을까? 그 시점에서 카프카는 아직 두 통밖에 편지를 보내지 않았는데 말이다. 도대체 누가 조피에게 알려준 것일까.

분명 그런 정보를 누설한 사람은 펠리스 자신일 것이다. 조피의 남편 막스 프리드만은 펠리스의 사촌이다. 그랬기에 펠리스는 그날 밤 친척인 브로트의 집에 방문했던 것이다. 아마도 펠리스는 스치듯 딱 한번 만난 남자로부터 갑자기 편지를 받자 당황하여 그 남자의 친구의 여동생이자 사촌오빠의 아내이기도 한 조피에게 상담을 했을 것이다.

여기서 펠리스도 카프카 못지않게 생각을 바로 행동으로 옮기는 여성이라는 사실을 알 수 있다. 게다가 그녀는 곧바로 조피의 오빠인 브로트에게도 직접 편지를 써서 보냈다.

이러한 사실은 카프카가 펠리스에게 보낸, 앞서 언급한 10월 23일자 편지에서 읽어낼 수 있다. 이 편지에서 카프카는 자신이 회사에 들고 다니는 가방 안에는 '당신'이 보낸 '두 통'의 편지가 들어 있다고 밝히고 있다. 물론 한 통은 자신에게 온 그녀로부터의 답신, 다른 한통은 '당신이 막스 앞으로 보낸 편지'다.

요컨대 그들은 서로 정보를 흘렸던 것이다. 편지 왕래가 시작되자마자 그들은 편지 내용을 주변의 가족이나 지인들에게 잇달아 누설했다. 이런 대수롭지 않은 배신행위를 좀 놀리기라도 하듯 카프카는 펠리스가 브로트에게 보낸 편지를 자신이 '졸라서 받아냈다'고 알린 후, 이렇게 덧붙인다. "이런 행동이 조금 노골적이긴 합니다만, 기분

상하지 않을 줄로 믿습니다."[44]

카프카의 10월 23일자 편지에는 펠리스의 행동력을 보여주는 또 다른 부분이 있다.

> 그리고 그대는 늘 선물을 받게 될 것입니다! 제가 보낸 책들하며 봉봉 과자며 꽃들이 그대의 사무실 책상 위에 놓여 있나요? 제 책상 위에는 온통 어수선한 무질서뿐입니다. 그대의 꽃은(감사의 표시로 그대의 손에 입맞춤을 보냅니다) 재빨리 제 서류 가방에 보관했습니다.[45]

펠리스는 일찍부터 카프카에게 꽃을 보낸 듯하다. 어떤 꽃인지, 왜 보냈는지는 이 편지에서 알 수 없지만, 적어도 그녀가 사교에 빈틈 없는 사람이라는 사실만은 확인할 수 있다. 이 편지에는 추신도 한 줄 덧붙어 있다. "조피 부인의 생일이 언제인지는 내일 편지에 적어 보내겠습니다." 그녀는 분명 두 사람 사이를 주선해준 조피에게도 무언가 답례를 하려고 생일을 물어봤을 것이다.

카프카는 세속적으로 살아가는 데 얼마나 무능력한 사람이었던가. 이를 호소한 앞서 밀레나의 편지에는 이런 부분을 부각시키기 위한 사례로 펠리스를 언급하고 있다.

당신이 그 사람에게 어째서 첫번째 약혼녀를 좋아하게 되었냐고 묻는다면 아마도 이렇게 대답할 것입니다. "그 여자는 정말로 장삿속이 밝았어." 그리고 그렇게 대답한 그 사람의 얼굴은 외경심으로 빛날 것입니다.[46]

밀레나는 카프카가 펠리스에게 **반한** 이유를 이렇게 답함으로써 그가 얼마나 잇속에 어두운지를 강조하고 있다. 금전적인 이해에 민감하지 못한 탓에 자신에게 없는 기질을 갖고 있는 그녀를 동경하게 되었다는 것이다. 이와 관련된 펠리스에 대한 카프카의 생각은 가정(假定)으로만 전해지고 있다. 따라서 그가 정말로 그렇게 말했는지는 확인할 길이 없다. 그렇다고 해도 밀레나와 카프카가 이와 비슷한 이야기를 했던 적은 있었을 것이다.

어쩌면 카프카의 평소 이야기를 바탕으로 밀레나 혼자 그렇게 믿고 있었을지도 모른다.

어찌됐든 사실 여부를 알 수 없는 밀레나의 말에는 그녀가 카프카를 어떻게 생각하는지 사람들에게 전하고 싶은 하나의 이미지가 포함되어 있다. 카프카는 잇속을 챙기지 못하는 사람이라는.

정말로 그녀는 그렇게 생각했을까?

펠리스는 분명 사교적이고 처세에 밝은 여성이었다. 위에서 본 일련의 행동이 이를 뒷받침한다. 남자로부터 편지를 받아도 그 자리에서 바로 답장하지 않는다. 그러기 전에 편지를 보낸 남자의 지인에게,

그리고 그 지인의 여동생에게 편지를 써서 상담한다. 답신을 보내도 괜찮다고 판단이 서면 그제야 손수 꽃을 보낸다. 신세를 진 사람의 생일을 신경쓴다.

그뿐만 아니라 펠리스는 카프카에게 초콜릿도 보낸 모양이다. 앞서 언급한 편지를 쓴 날로부터 나흘 후인 10월 27일자 편지에는 다음과 같은 추신이 있다. "아직 끝이 아닙니다. 대답하기 어려운 질문이 하나 있습니다. 초콜릿을 얼마나 오랫동안 상하지 않게 보관할 수 있을까요?"[47] 덧붙이자면 카프카는 이 초콜릿을 먹지 않았다. 이러한 사실은 그로부터 열흘 후인 11월 7일자 편지의 다음 부분에서 알 수 있다. "저는 담배도 피우지 않고 술은커녕 커피나 차도 마시지 않으며, 원칙적으로—이것이 저의 허위적인 침묵을 벌충해주지만—초콜릿도 먹지 않습니다."[48]

'허위적인 침묵'이라는 표현이 이 문장이 덧붙은 이유를 설명하고 있다. 그는 자신이 초콜릿을 먹지 않는다는 사실을 일부러 말하지 않은 것이다. 여기서 앞서 추신에 나오는 '어려운 질문'의 의미가 분명해진다. 겉으로는 유통기한을 묻는 것 같지만 안에는 다른 메시지가 담겨 있다. 이 질문이 '어려운' 까닭이 여기에 있다.

이와 같이 카프카의 편지에는 장치라고 할 만한 종류의 말이 상당히 많이 눈에 띈다. 단순하게 말하자면 그의 말에는 속내가 따로 있다. 도처에 깔려 있는 수수께끼 같은 표현은 분명 뒤에 숨어 있는 다른 의미의 존재를 시사하고 있다.

다시 이야기를 앞으로 돌리겠다. 펠리스는 달리 말하자면 세상살이에 상당히 능숙한 여성이다. 밀레나의 편지에 나왔던 '장삿속이 밝다'는 말은 직접적인 '장사'라기보다는 '세상 물정에 밝다'에 상당하는 말임에 틀림없다.

실제로 앞에서 계속 '장삿속이 밝다'로 번역한 말의 어원, 즉 밀레나가 편지에서 사용한 독일어는 'geschäftstüchtig'이다. 이것은 'Geschäft'라는 명사와 'tüchtig'라는 형용사가 합성된 말이며, 'tüchtig'는 '유능한'에, 'Geschäft'는 '장사'에 해당한다.

지금까지 이 말은 '장삿속이 밝다'로 번역되어왔으므로 여기서도 이를 따랐지만, 한편으로는 과감하게 '사업에 유능하다'로 번역하는 쪽이 본래의 의미에 더 가까울지도 모르겠다.

'장사'라는 말은 현대적 감각으로는 꽤나 명백하게 상품 판매 행위를 연상시키지만, 독일어 'Geschäft'는 그보다 넓고 애매하게 쓰여서 공적·사적인 일이나 거래 혹은 가게라는 의미까지도 포함하고 있다. 이는 영어의 business에 가깝다.

펠리스가 사업에 유능하다는 사실은 밀레나나 카프카의 편지를 볼 필요도 없이 젊은 그녀가 큰 기업의 중역이라는 사실을 떠올리면 분명해진다.

잠시 펠리스의 약력을 살펴보자면 고등학교를 졸업한 1908년, 속기 타이피스트로 레코드 회사 오데온에 취직한 그녀는 이듬해인 1909년에 카를 린트슈트룀 사로 이직한다. 그로부터 3년 후쯤 독일 최대의 축음기 제조 회사에서 거의 최고의 자리에까지 오른다. 직급은 Prokuristin(지배인)이며, 이사의 업무 대리 권한을 갖고 있었다.

과연 이런 이유로 카프카가 그녀에게 **반했을까?** 아니, 반했다는 표현 자체가 적절하지 않을지도 모른다. 당시 그는 '판단'했던 것이니까.

그렇다면 카프카는 펠리스가 사업에 유능하다고 '판단'했기 때문에 그녀에게 접근한 것일까.

카네티의 해석

펠리스와의 만남과 「판결」 집필 사이의 연관성.

첫머리에서 무슨 이유에서인지 이 문제에는 아무도 발을 들여놓으려 하지 않는다고 지적했다. 그러나 내가 아는 한 단 한 명, 그 문제의 입구에까지 들어선 사람이 있다. 그는 바로 소설가 엘리아스 카네티Elias Canetti이다.

카네티는 에세이 『또하나의 심판Der andere Prozeß: Kafkas Briefe an Felice』에서 카프카가 펠리스에게 보낸 수많은 편지를 참조하면서 연애의 관점에서 카프카의 작품을 해석했다. 제목에서 알 수 있듯이 이 에세이가 주로 다루고 있는 작품은 장편 『소송Der Prozeß』이다. 그러나 펠리스와의 연애를 생각하면 이들의 만남에서 「판결」 집필까지의 과정은 빼놓을 수 없으므로 처음으로 이 부분을 둘러싸고 약간의 고찰이 이루어졌다.

결론부터 말하자면 카네티는 약한 카프카가 강한 그녀를 만나면서 집필에 필요한 에너지를 얻었다는 사실을 제시하고 있다.

> 그녀의 유능함과 건강함, 그리고 그의 우유부단함과 연약함 사이에는 하나의 연결, 하나의 운하가 만들어져야만 한다. 그는 프라하와 베를린 사이, 이들 사이의 거리를 극복하고 그녀의 기백에 매달리고 싶었던 것이다.49

우선 카네티는 카프카가 펠리스에게 보낸 편지에서 카프카의 연약함을 읽어냈다. 분명 그 편지에는 상당한 양의 푸념이나 넋두리가 쓰여 있다. 우리가 앞서 확인한 바와 같이 카프카는 그녀에게 자신의 불면이나 신경증에 대해 토로했으며, 육체적으로도 여위어 있음을 강조하곤 했다.

카네티에 의하면 이렇게 연약한 카프카는 첫 만남이 이루어진 날 밤, 비록 짧은 시간이었을망정 펠리스의 강인함을 꿰뚫어보았다. 카네티는 그 근거로 상당히 긴 10월 27일자 편지를 들고 있다. 이 편지에는 그날 밤 그녀의 행동이나 언동이 상기되고 있다. 예를 들면 펠리스가 어릴 적에 형제나 사촌 오빠들에게 맞아 시퍼런 멍투성이가 되었다면서 왼팔을 걷어올렸다든지 집으로 돌아갈 때에 재빨리 방을 빠져나와 잽싸게 슬리퍼를 갈아 신었다는 이야기가 나온다(그날은 비가 내려서 젖은 신발을 말리고 있었다). 카프카가 상세하게 기억하고 있는 이 일들은 거의 모두 그녀의 강함과 관련되어 있다고 카네티는 말한다.

더욱이 문제의 악수—팔레스타인을 함께 여행하자는 약속의 악수에 대해서도 카네티는 이렇게 이해하고 있다.

> 약속할 때의 신속함, 여행을 약속했을 때 그녀의 확실한 태도. 그가 받은 그녀의 첫인상은 이러했다. 그는 이 악수를 마치 그 뒤에 약혼이라는 말이 숨어 있는 서약이라도 되는 것처럼 여겼다. 그리고 우유부단한 그, 수많은 의심 때문에 목표를 향해 나아가려는 생각에 가까워지기는커녕 점점 멀어지는 그는 이러한 그녀의 민첩함에 매혹되지 않을 수 없었다.[50]

즉, 카네티는 이 악수를 통해 카프카가 펠리스의 결단력을 확신하고 그 이면에는 '약혼'에 대한 암시마저 있었다고 해석하고 있는 것이다.

그러나 문제는 악수다.

과연 그런 의미의 악수였을까.

카네티의 에세이가 최초로 문예지에 발표된 것은 1968년이다. 카프카가 펠리스에게 보낸 편지가 처음 공표된 때가 1967년이니까 그 이듬해다(더욱이 에세이는 그다음해에 책으로 출판되었다). 다시 말해 펠리스에게 보낸 카프카의 편지를 사람들이 막 읽기 시작했던 때에 그 악수는 이미 저명한 작가에 의해 해석이 제시되고 있었던 셈이다.

약한 카프카와 강한 펠리스. 카네티가 제시한 이러한 구도는 그때까지 정착되어 있던 섬세한 카프카의 이미지와 모순되지 않았고, 어떤 의미에서는 받아들여지기 쉬웠다. 따라서 이 구도에 대한 재검토는 이루어지지 않은 채 오히려 출발점의 기반이 되면서 이후 두 사람의 관계와 작품 간의 연관성을 둘러싼 해석이 구축되어왔다고 판단된다.

그러나 과연 이 기반은 믿을 만한 것일까.

우선 '악수'부터 살펴보자.

우리는 이미 카네티가 카프카가 펠리스의 강인함을 확신한 순간이라고 간주한 그 악수를 완전히 새롭게 이해하고 있다. 이것은 못된 장난을 치는 타자기를 치던 손으로 한 악수이며, 이는 곧 못된 장난의 연장선상에서 이루어진 악수인 것이다.

카프카는 앞에 나온 10월 27일자 편지에서 이 악수에 대해 가볍게나마 또 한 차례 언급하고 있다. "팔레스티나 여행에 관해 이야기했죠. 그대는 그때 제게 손을 내밀었는데, 더 정확히 말하면 영감으로 제가 그 손을 끌어냈다고 할 수 있습니다."[51] 이 짧은 대목이 우리에게 전하는 바는 다음과 같다. 여행을 다짐하는 악수의 손을 먼저 내민 사람은 분명 펠리스였다. 그러나 그 손은 '내가 그렇게 하도록 만든 것'이다. 즉 펠리스는 카프카의 유혹에 감쪽같이 속아넘어갔던 것이다. 이것이 암시하는 바는 바로 카프카의 승리다.

이뿐만 아니라 이 장문의 편지에는 카네티와는 정반대로 해석할 수밖에 없는 부분이 여럿 있다. 이들은 표면적으로는 펠리스의 강인함을 나타내는 것처럼 보인다. 예를 들어 카프카는 펠리스가 브로트가 쓴 장편소설을 끝까지 다 읽을 수 없었다고 하자 "그 말은 불필요하면서도 이해할 수 없는 무례한 말"이라고 섬뜩해하며 "이런 말을 듣고 몸이 뻣뻣해졌습니다. 저를 위해서, 그대를 위해서, 그리고 모두를 위해서 말입니다"라고 말한다. 그런 한편 이렇게도 이야기한다.

> 그런데도 그대는, 우리가 그대가 책 쪽으로 숙인 머리를 바라보는 동안, 겉으로 보기에 구제불능인 그 상황을 여장부처럼 뚫고 나가시더군요. 무례한 말이 아니었다는 것이 밝혀지는 순간이었습니다. 예, 온건한 비판도 아니었습니다. 단지 그대도 이상하게 생각하는 하나의 사실일 뿐이었습니다. 〔…〕 그 일은 그보다 더 좋게 해결될 수는 없었겠죠.[52]

펠리스가 커뮤니케이션에 매우 뛰어났음을 보여주는, 그야말로 사업에 능한 측면이 나타나 있는 부분이라 할 만하다.

여기서 또 한 가지 예를 들자면 호텔까지 펠리스를 바래다주었을 때, 카프카는 그녀가 엘리베이터 보이에게 말을 거는 모습을 이렇게 떠올리고 있다. "그대는 보이와 당당하게 간단한 말을 나누었는데 그 소리가―잠시 멈추고 있으면―아직도 내 귀에 울립니다."[53]

이것도 나름대로 사업에 능숙한 펠리스의 모습을 보여준 사례라 할 수 있다. 타인에게 '당당하게' 말을 거는 모습은 그녀가 사람과 사람 사이의 상하관계 내지는 권력관계를 '목소리'로 표현하는 데 익숙하다는 사실을 엿볼 수 있는 대목이다.

그러나 이와 같은 펠리스의 강인함에 대한 표현은 뒤집어보면, 카프카의 강인함을 표현했다고도 볼 수 있지 않을까? 왜냐하면 위와 같은 그녀의 행동이나 언동을 관찰하여 평가를, 그리고 판단을 내린 주체가 다름 아닌 카프카 자신이기 때문이다.

한 단계 높은 곳에서 내려다보는 듯한 카프카의 시선은, 앞에서 예로 든 브로트의 장편소설에 관한 부분에서 분명히 확인할 수 있다. 펠리스가 그 소설을 끝까지 다 읽을 수 없었다고 언급한 사실을 '모욕'에 가깝다고 느낀 것은 바로 카프카 자신이다. 요컨대 여기에는 분명 친구의 소설에 대한 완성도를 둘러싼 그의 주관적 야유가 담겨 있는 것이다(카프카는 나중에 그녀가 이 소설에 대해 비평한 것은 아니라고 자진해서 덧붙이고 있다).

생각해보면 카프카가 펠리스의 목소리나 표현에 관심을 갖고 있었다는 사실은 그것들이 무엇을 의미하는가, 즉, 사람들과 커뮤니케이션을 하는 미묘한 테크닉을 그가 잘 알고 있었음을 말해준다. 그렇다면 표면적으로는 그녀의 강인함을 찬양하는 것처럼 보이는 편지의 문장은 그러한 강인함을 간파하고 있는 자신의 강인함을, 강한 그녀보다 한 단계 높은 곳에 서 있는 자신의 우위를 넌지시 드러내고 있다고 볼 수도 있는 것이다.

지나치게 깊이 파고드는 것인지도 모르겠지만, 이런 시각으로 보면 다음과 같은 부분에서도 아무렇지 않게 끼워 넣은 우월감을 알아차릴 수 있다. 카프카는 그날 밤 펠리스가 히브리어를 배우고 있다는 말을 듣고 놀랐다고 적고는 다음과 같은 문장을 덧붙였다. "나중에는 텔 아비브를 번역하지 못하는 게(즉, 그것이 '봄의 언덕'을 의미한다는 사실을 모른다는 것) 은근히 기뻤습니다."[54]

또한 그날 밤 주소에 관해 주고받은 이야기를 상기하는 부분에서는 사소하게나마 비밀스레 숨어 있는 악의마저 읽힌다. 카프카가 브로트의 집에서 호텔까지 펠리스를 바래다주는 도중에 펠리스가 그에게 주소를 물었다고 한다. 그런데 카프카는 그 질문을 교묘하게 얼버무리면서 집주소를 가르쳐주지 않았다. 좀더 정확히 말하면 얼버무렸다고 직접적으로 쓰지는 않았다. 사람들은 이 부분에 대해 펠리스가 카프카의 주소를 알고 싶어한 까닭이 '가는 길이 같은 방향인지'를 확인하고 싶어서라고 추측하고 있다. 게다가 카프카는 변명을 해가며 이런 식으로 돌이키고 있다.

비참하게도 바보인 저는 그대가 혹시 제 주소를 알고 싶어하는지를 되물었지요. 왜냐하면 그대가 베를린에 도착하자마자 곧 불타는 열의로 팔레스티나 여행에 대해 편지를 하리라고 가정했기 때문이며, 나의 주소를 모르는 절망적인 상태에 내맡겨지기를 그대가 원하지 않는다고 가정했기 때문입니다.[55]

이것이 승리의 표현이 아니면 무엇이겠는가. 그도 그럴 것이 카프카는 자신을 '비참한 바보'라고 부르며 우스꽝스러운 자부심을 강조하고 있다. 이 부분만 따로 떼어 읽으면 오히려 후회에서 비롯된 고백으로 읽을 수도 있다. 그러나 우리가 이미 앞에서 본 바와 같이 카프카는 이전에 펠리스에게 보낸 여러 통의 편지에서 그녀의 자택 주소를 이미 입수했다는 사실을 그토록 자랑스럽게 떠들어대지 않았던가. 이렇게 놓고 보면 카프카가 펠리스와 만났던 그날 밤, 그녀가 자신의 주소를 물어도 가르쳐주지 않았다고 일부러 쓴 데에는 이런 의미가 숨어 있다고 해도 좋을 것이다.

'당신은 내 주소를 모르지만 나는 당신의 주소를 알고 있다.'

그런 카프카가 드디어 펠리스에게 자택의 주소를 알려준 것은 그로부터 몇 통의 편지를 더 교환한 이후인 11월 6일에 쓴 편지에서이다. "저의 집주소는 니클라스 가 36번지입니다."[56]

이쯤 되면 '카프카는 약하지 않다'고 해도 되지 않을까.

카프카는 결코 카네티가 말한 것처럼 펠리스의 강인함에 매달려 힘을 얻고자 한 약한 남자가 아니다.

그는 오히려 무서운 남자일지도 모른다.

폭력에 가까운 편지

　카프카는 펠리스한테 처음으로 편지를 받았을 때, 그것을 자신의 손 밑에 두었다. 손바닥으로 그녀의 편지를 덮으면서 그는 소유의 기쁨을 느꼈다. 그녀는 내 손 안에 있다—그런 유쾌함과 기쁨을 맛보았다고 한다면 지나친 해석일까.

　그가 실체로서의 그녀를 원하지 않았다는 사실은 분명해 보인다. 카프카는 결코 펠리스를 직접 만나려 들지 않았다. 나중에 그녀가 아무리 만나자고 졸라도 카프카는 이런저런 구실을 내세워 만남을 회피했으며, 그녀에게 요구한 것은 오로지 편지 쓰기뿐이었다.

　요컨대 카프카가 원했던 것은 펠리스의 편지이며 그녀에 관한 정보였다.

　두번째 편지에서 편지가 도착하는 즉시 일상의 모든 것에 대해 쓰도록 요구한 카프카는 이후에도 가정이나 직장에서 일어났던 사소한 일들을 가능한 상세하게 써서 보내달라고 거듭 요청했다. 그가 이토록 펠리스에 관한 정보를 원했던 까닭은 아마 망상을 하기 위해서였을 것이다.

펠리스의 주소는 카프카의 망상을 가장 격심하게 불러일으키는 중요한 정보였다. 이 사실은 다음의 10월 13일자 편지에서 여실히 드러난다. 두번째 편지(그는 이 편지에서 주소를 알았다는 사실을 자랑하고 있다) 이후 약 3주 동안 그녀로부터 답신이 없었다. 펠리스의 두번째 답장을 기다리는 사이 앞서 이야기한 것처럼 그는 부칠 수 없는(아직 그녀로부터 답장이 오지 않았으므로) 편지를 세 통 썼다. 이 가운데 세번째 편지는 첫 편지부터 센다면 실제로는 다섯번째에 해당한다.

그러한 가운데 카프카는 어째서 펠리스로부터 답장이 오지 않는지 이런저런 상상을 거듭한다. 자신의 편지가 도착하지 않은 것은 아닌지, 그녀는 편지를 부쳤지만 어디선가 분실된 것은 아닌지. 이런 내용을 쓰는 사이 독일의 우편 시스템에 불신을 품기 시작한 카프카는 펠리스의 집으로 직접 편지를 가져다주는 몽상을 하기에 이른다.

만일 제가 이 편지를 그대의 집에 배달하는 임마누엘 키르히 거리의 우편집배원이라면 놀란 당신의 가족들 중 그 누구도 나를 저지하지 못하도록 하면서 모든 방들을 지나 곧장 당신의 방으로 걸어들어가 손 위에 편지를 놓아줄 텐데요. 아니면 이보다 더 좋은 방법으로, 문

앞에서 한없이, 내가 누릴 수 있을 만큼, 모든 긴장을 해소할 수 있을 만큼 오래오래 즐기며 벨을 누르고 서 있을 텐데요.[57]

당신이 사는 집까지 찾아가서는 방으로 들어가 당신의 손에 편지를 건네고 싶다. 아니, 당신 집 문 앞에서 만족스러울 때까지 언제까지나 계속 벨을 누르고 싶다는 무서운 이야기가 쓰여 있는 구절이다. 카프카는 펠리스의 사정 같은 것은 안중에도 없다. 그녀에게, 그리고 그녀의 가족에게 폐를 끼치는 것도 신경쓰지 않는다. 그에게 중요한 것은 '내가 누릴 수 있을 만큼' 그것도 '긴장을 해소할 수 있을 만큼' 오래 즐기는 것뿐이다.

카프카가 펠리스에게 보낸 편지 곳곳에는 명백히 욕망의 과잉이 드러난다. 위의 망상도 결코 단순한 망상으로 끝나지 않는다. 그는 이러한 욕망의 일부를 즉시 실행에 옮긴다. 약 한 달 뒤인 11월 5일자 편지에서 카프카는 펠리스가 사는 거리를 두고 "저는 그 거리를 그대에게 묘사할 수 있습니다. 들어보세요"라며 먼저 밝히고는 다음과 같이 이야기한다.

알렉산더 광장부터 길고 활기 없는 거리인 프렌츠로어 거리, 프렌츠로어 가로수길이 뻗어 있습니다. 그 길엔 골목길이 여럿 있지요. 이 골목길 가운데 하나가 임마누엘 키르히 거리입니다. 조용하고, 한적하며, 늘 붐비는 베를린에서 좀 떨어진 곳이지요.[58]

그러나 이 부분은 카프카 본인이 직접 쓰지 않았다. 친구인 이츠하크 뢰비가 그에게 보낸 편지에서 일부를 발췌해 썼다. 이어지는 부분의 설명에 따르면 카프카는 마침 극단 공연으로 베를린에 와 있던 뢰비에게 '이유를 말해주지 않고' 임마누엘 키르히 거리에 가서 그 모습을 묘사해달라고 부탁했다. 요컨대 카프카는 자기 대신 친구를 펠리스가 사는 곳 근처까지 직접 보냈던 것이다. 이른바 대리인, 자신의 분신을 그녀의 생활공간에 침입하게 했다. 그리고 그런 행동을 자랑스러운 듯 즉시 펠리스에게 보고했다.

카프카는 결코 자신의 난폭한 욕망을 숨기려 들지 않았다. 오히려 여봐란듯이 몇 번이고 강조했다.

카프카는 이튿날인 6일에 쓴 편지에서도 펠리스의 기분을 무시하며 그녀에게 편지를 억지로 떠맡기는 몽상을 한다. 그는 왜 일부러 등기로 보내는지를 설명하면서(카프카는 그때까지 쓴 모든 편지를 등기로 보냈다) 이렇게 말한다.

> 저는 건장한 베를린의 우편집배원이 죽 내밀고 있는 손을 늘 상상해봅니다. 우편집배원은 그대가 거절한다 해도 부득이한 경우엔 강제로라도 편지를 손에 쥐여줄 것입니다. 의존적인 사람은 조력자가 아무리 많아도 지나치지 않습니다.[59]

또다시 일방적으로 자신의 욕망을 강제하는 모습을 망상하고 있다. 그리고 이번에도 실행하는 사람은 그의 대리인, 자신의 분신이다.

'내가 누릴 수 있을 만큼 〔…〕 오래오래 즐기며 당신 집의 벨을 누르고 싶다……'

앞서 살펴본 바와 같이 카프카는 이런 무서운 구절을 적은 편지를 썼다. 그러나 바로 보내지는 않고 보관했다 나중에 보냈다. 11월 16일에 쓴 편지에 동봉한 것이다. 그날의 편지는 매우 감정적으로 시작된다.

사랑하는 이여, 나를 괴롭히지 마시오. 그대는 오늘, 토요일에도 편지 한 통 없이 나를 내버려두는군요. 바로 오늘, 밤이 지나면 아침이 오듯 편지가 오리라 생각한 날입니다. 누가 완전한 편지를 원했나요. 그저 두 줄, 하나의 인사말, 하나의 봉투, 엽서 하나를 원했지요. 〔..〕60

카프카는 편지에서 펠리스의 답장이 늦어지는 것에 대해 심하게 책망하는 편지의 끝에 '그대의 편지를 기다리는 것이 처음이 아님'이라고 적고 있다. 전에도 같은 일이 있었다는 증거로 동봉한 것이 바로 앞서 나온 무서운 편지이다.

카프카는 편지가 오지 않는다고 한탄한다. 그러나 이 편지 전후의 다른 편지들에 한해 확인되는 바로는 답장이 오지 않은 것은 불과 하루이틀이다. 그럼에도 앞에서처럼 그녀에게 편지를 요구하고 있는 것이다. 그야말로 비상식적인 행동이라 할 수 있다. 내용도 내용이거니와 막무가내로 부친 편지의 양 또한 이상하리만치 많다. 이 편지를 쓰기 하루 전인 11월 15일만 해도 14일부터 15일에 걸쳐서 한밤중에 한 통, 15일 낮에 직장에서 한 통(노동자재해보험공사의 편지지를 사용했다), 그리고 15일 한밤중에 한 통, 합계 세 통의 편지를 썼다.

펠리스의 편지가 늦어진 이유는 '아파서'였던 모양이다. 책망하는 편지를 쓴 다음날인 11월 17일자 편지는 다음과 같이 시작한다.

사랑하는 이여, 저주받을 놈인 나는 건강한 그대를 아프게 하는 데 탁월합니다. 몸조심하세요. 제발 몸조심하세요. 제발 나를 위해 나로 인해 생긴 병을 이겨내세요.[61]

과연 카프카는 펠리스를 위로하고 있는 것일까?

그는 그녀가 병든 원인이 자신에게 있다는 사실을 인정하고 있다. 심지어 자신을 '저주받을 놈'으로 매도하기까지 한다. 그러나 한편으로는 아무렇지도 않게 자신이 건강한 그녀를 병들게 만드는 데 '탁월하다'고 적고 있다. '몸조심하라'는 말은 다소 공허하게 들린다. 아무튼 카프카는 반성의 기미가 전혀 없다. 반성은 고사하고 오히려 펠리스로부터 많은 편지가 오기만을 망상한다.

그저께 밤에 두번째로 그대의 꿈을 꾸었습니다. 한 우편집배원이 그대가 나에게 보낸 두 통의 등기 우편을 가지고 왔습니다. 편지를 각각 한 손에 하나씩 들고는—증기기관의 피스톤 막대가 거세게 움직이듯이—팔을 멋지고 정확하게 움직이며 건네주었습니다. 맙소사, 마법의 편지였습니다. 봉투에서 계속 여러 장을 끄집어냈으나 비지가 않았습니다. 나는 계단 중간에 서 있었는데 봉투에서 다른 편지들을 끄집어내기 위해 읽은 편지지를—나쁘게 여기지 마십시오—계단 위로 던져야 했습니다. 온 계단이 위부터 아래까지 읽은 편지들로 뒤덮이고, 떨어져 겹쳐진 채 탄력적인 종이들은 큰 소리를 냈습니다. 정말로 소망이 이루어졌습니다.[62]

카프카가 원했던 것은 많은 편지이다. 그것도 어마어마한 양의 편지. 그렇게 받은 편지를 잇달아 '던지면서' 읽는 꿈을 꾼다. 카프카의 대리인인 집배원은 기계처럼 정확하게 그의 시중을 든다. 폭군과도 같은 욕망이라 할 수 있다. 여기서도 그는 자신의 욕망이 폭력적임을 넌지시 과시하고 있다. 더욱이 카프카는 위의 편지에 나타난 자신의 냉혹함을 표현하는 데도 자각적이었다. 그는 펠리스가 병에 걸렸다는 사실을 알고는 '불행했을 것'이라 말한다.

그러나—이제야 본성이 드러납니다—그대가 아프지 않으면서도 편지를 하지 않았다면 더 불행했을 것입니다. 이제 우리는 서로를 다시 소유하고 있습니다. 서로 악수한 뒤 서로를 더 건강하게 만들어야 합니다. 함께 건강한 삶을 이어갑시다.[63]

자기 탓에 병이 든 여성에게 호소하는 글이라고 하기에는 분명 '본성이 드러나는' 매정한 문장이다.

이때는 그들의 서신 교환이 중요한 전환기를 맞이하는 시기이다. 정확한 날짜를 짚자면 11월 11일이다. 카프카는 이날 처음으로 편지에서 펠리스를 'du'로 부른다(참고로 영어의 'you'에 해당하는 독일어는 존칭인 'Sie'와 좀더 허물없이 쓰는 비칭 'du'가 있다). 일반적으로 독일어 대화에서 'Sie'가 'du'로 바뀌는 순간은 상당히 신경이 쓰이는 긴장된 순간이다. 그러한 한 획을 그은 날이 바로 11월 11일이다. 그날부터 일주일 동안 카프카가 쓴 편지는 매우 중요하다. 왜냐하면, 여기에 저 유명한 작품, 카프카의 대명사가 된 작품의 비밀이 숨어 있기 때문이다. 카프카가 「변신」을 쓰기 시작한 것은 11월 17일 밤부터이다.

'당신에 관한 이야기'

펠리스에게 처음으로 편지를 쓴 것이 「판결」 집필로 이어진다. 편지에서 펠리스한테 처음으로 'du'라고 친밀하게 말을 건 것이 「변신」 집필로 이어진다.

앞서 살펴본 바와 같이 전자는 많은 사람들이 이미 지적했다. 그러나 후자는 내가 아는 바로는 전무하다고 해도 좋을 만큼 인식하고 있는 이가 드물다. 따라서 이런 관점으로 작품에 접근하여 해석한 논의가 없는 것은 당연하다.

우선 시간 순서에 따라 정리해보자.

8월 14일, 카프카는 브로트의 집에서 처음으로 펠리스를 만난다. 9월 20일, 그녀에게 처음으로 편지를 쓴다. 9월 22일부터 23일에 걸쳐 하룻밤 사이에 「판결」을 쓴다. 그로부터 이틀 후인 9월 25일, 장편

소설 『실종자』 집필을 시작한다. 9월 28일, 펠리스로부터 처음으로 편지가 도착한다. 곧바로 그녀에게 답장을 쓴다. 그로부터 약 3주 동안 펠리스에게서는 아무런 편지도 오지 않는다. 10월 23일, 그녀에게서 두번째 편지를 받는다.

이때를 경계로 두 사람 간에는 점차 서신 교환이 순조로워진다. 그뒤 2주 사이에 카프카는 열 통이 넘는 편지를 쓴다. 그중 한 통이 앞서 언급한, 매우 긴 10월 27일자 편지다.

11월 7일에는 마치 브레이크가 고장난 것처럼 하루에 두 통의 편지를 쓴다. 게다가 내용마저 상당히 감상적이다. 이 시기에 펠리스가 쓴 편지 내용 중에 카프카를 화나게 한 부분이 있었던 모양이다. 현재 그녀가 쓴 편지가 남아 있지 않아서 상세한 내용은 알 수 없지만, 이튿날인 8일, 카프카가 부친 편지에는 노여움을 나타내는 문구—당신의 편지가 나를 '당황하게 만들었다' 혹은 나는 당신의 편지를 '스무 번'이나 읽고는 '어찌해야 좋을지 모르겠다' 등—가 눈에 띈다. 그 다음 날인 9일에는 드디어 감정이 폭발한 듯한 편지를 쓴다.

제게 편지하지 마십시오. 저도 당신에게 편지하지 않겠습니다. 제 편지가 당신을 불행하게 만들었습니다. 어쩔 수가 없습니다. [······] 그럼에도 제가 당신에게 집착하려 했다면 당연히 저주받을—이미 저주받은 게 아니라면—만합니다. [······] 허깨비 같은 저를 빨리 잊으시고 이전처럼 즐겁게, 편안하게 생활하십시오.64

이 편지는 우체통에 넣지 못했지만, 카프카는 실제로 이튿날부터 그가 말한 대로 편지 쓰기를 멈춘다. 그런데 그 이튿날인 11일, 펠리스로부터 한꺼번에 세 통의 편지를 받게 되자, 이번에는 하루에 세 통씩이나 편지를 쓴다. 11월 11일자 두번째 편지에는 다음과 같은 부분이 나온다.

> 그 소설은 당신의 것이기도 합니다. 또한 당신에게 제 안에 존재하는 장점에 대해서, 긴 일생 동안 보내는 긴 편지 속의 암시적인 말들보다 더 선명한 개념을 줄 것입니다. 제가 쓰는 이야기는 미완으로, 구상 중입니다. 잠정적으로 암시하면 제목은 『실종자』이고 북미가 배경입니다. 우선 5장, 아니 거의 6장이 끝났습니다. 각각의 장들은 1장 화부, 2장 외삼촌, 3장 뉴욕 교외의 별장, 4장 람제스로 향한 행군, 5장 옥시덴탈 호텔에서, 6장 로빈슨 사건으로 제목을 달았습니다.[65]

이 부분은 이 편지와 소설의 관계에 대해 매우 중요한 사실을 말해주고 있다.

『실종자』는 '당신의 것'이며, 그것은 당신에게 보내는 그 어떤 편지보다도 '내 안에 있는 장점'을 '선명하게 전달할 수 있다'고 말하고 있다. 「판결」 역시 앞에서 확인한 것처럼 여러 편지에서 '당신에 관한 이야기'라고 했다. 애초부터 「판결」은 펠리스에게 바쳐진 작품이다. 그리고 앞으로 확인하겠지만 일주일 후에 쓰기 시작한 「변신」 또한 「판결」과 마찬가지로 '당신에 관한 이야기'다.

즉, 펠리스에게 보낸 편지와 연동하는 것처럼 쓰인 이 세 작품은 펠리스에게 보내는 대규모 편지였다고 간주할 수 있는 것이다.

그렇다면 카프카는 이런 대대적인 편지로 펠리스에게 도대체 무엇을 전하려 했을까.

11월 11일의 두번째 편지에서 소설 집필 상황을 살짝 언급한 것은 앞으로 자신은 편지가 아니라 소설 쓰는 일에 전념하고 싶다는, '마지막 숨을 거둘 때까지 소설을 위해 자신을 모조리 소비하고 싶다'는 생각을 그녀에게 알리고 싶었기 때문이다.

11월 11일, 그날 또다른 한 통의 편지를 쓴 것은 그런 자신의 생각을 보다 더 강조하고 싶었기 때문일 터이다. 세번째 편지는 이렇게 시작한다. "지금부터 저는 당신에게 정말로 정신 나간 이야기처럼 들릴 부탁을 하겠습니다." 이 부탁이란 너무 자주 편지를 쓰지 말아달라는 것이다.

당신의 편지를 일요일에 받을 수 있도록 일주일에 한 번만 제게 편지를 해주십시오. 매일 보내는 당신의 편지를 견딜 수 없습니다. 참을 수 없습니다. 당신의 편지에 답장을 쓰고 겉으로 보기에는 조용히 침대에 누워 있습니다만 심장의 두근거림은 온몸을 관통하고 당신 이외에는 다른 어떤 것에도 관심을 둘 수가 없습니다. 나는 '그대에게' (Dir) 속합니다. 그것을 달리 표현할 길이 없습니다. 이 표현도 너무 약합니다. 이런 이유로 그대가 무슨 옷을 입고 있는지 알고 싶은 것은 아닙니다. 나는 너무 혼란스러워 살아갈 수가 없습니다. 그래서 당신이 나를 좋아하는지 알고 싶지 않습니다.[66]

여기에서 'du'가 처음 사용된다. "나는 '그대에게'(Dir) 속합니다." 이런 표현을 통해 상대를 단숨에 자기 수중으로 끌어들인 다음 곧바로 결혼 이야기를 꺼낸다. 나는 왜 전차를 타고 당신을 만나러 가지 않고 직장이나 집에 앉아만 있는가라는 물음을 던지고는, 왜냐하면 '슬픈 이유'가 있기 때문이라면서 이렇게 말을 잇는다.

〔…〕 나의 건강은 겨우 제 한 몸을 위해서만 좋을 뿐이지 결혼을 하기엔 좋지 못합니다. 아버지가 되는 것은 말할 것도 없구요. 그러나 그대의 편지를 읽을 때는 지나쳐서는 안 될 문제를 지나칠 수 있는 것 같습니다.[67]

도대체 이 편지에서 전하고자 하는 바는 무엇일까. 전혀 의미를 알 수 없다. 편지를 쓰지 마라, 그러나 나는 당신 것이다. 하지만 당신이 어떤 옷을 입고 있는지 알고 싶지는 않다, 당신이 나를 좋아한다는 사실 또한 몰랐으면 한다, 어째서 당신을 만나러 가지 않는가, 나는 결혼할 수 없기 때문이다, 아이도 가질 수 없다, 그래도 당신과 함께라면 지나쳐서는 안 될 문제를 지나칠 수 있을 것 같다.

카프카가 펠리스에게 전하고 싶은 말이 '호의'인지 '거절'인지조차 알 수 없는 글이다. 그러한 가운데 '한 획'을 그었다. 보통 'du'를 쓰면

급격히 친밀해지게 되는데 이 단어가 여기서 처음 사용되었다. 그러나 과연 이 말을 사용한 이유가 그들이 한층 더 친밀해졌음을 나타내기 위해서였을까.

카프카는 자신이 어떤 식의 편지를 쓰고 있는지 충분히 자각하고 있다. 그렇기에 앞의 구절에 이어 다음과 같이 말하고 있는 것이다.

지금 그대의 답장을 받을 수 있다면! 얼마나 끔찍하게 그대를 고문하고 있습니까. 그대의 조용한 방에서 이 편지를—그대의 책상 위에 놓인 편지 가운데 가장 고약한 편지를—읽으라고 얼마나 강요하는지요.[68]

카프카의 말대로 이것은 '고약한 편지'다. 상대를 '끔찍하게 고문하는' 편지다. 그가 이 편지 첫머리에서 밝힌 것처럼 '정신 나간' 글이다. 상대를 단숨에 자기 수중에 끌어들이듯 친밀함을 나타내는 2인칭으로 바꾸어 부르면서도 마지막에 가서는 단호히 거절한다. "[…] 이 편지 끝에 겨우 남아 있는 기력으로 그대에게 부탁합니다. 우리가 우리의 삶을 아낀다면 그 모든 것을 그만둡시다."[69]

불쾌함은 여기서 그치지 않는다.

카프카는 브로트에게도 펠리스를 괴롭히는 일을 돕기를 부탁한다. 그때 마침 브로트는 11일을 전후해 며칠 동안 베를린에 머물고 있었다. 11월 13일에 카프카가 브로트 앞으로 보낸 편지에는 이런 대목이 있다.

베를린에서는 물론 아무것도 오지 않았네. 그런데도 어떤 바보 녀석이 무언가를 기대했었다? 자네는 그곳에서 사람이 호의, 이성, 그리고 예감을 가지고서 말할 수 있는 가장 극단적인 것을 말했지. 하지만 거기서 자네 대신 한 천사가 그 전화를 했을지라도 나의 악의의 찬 편지에는 대항하지 못했을 게야.[70]

요컨대 브로트는 펠리스에게 전화를 걸었다. 그리고 카프카는 브로트에게 그 이야기를 듣고 그녀로부터 곧장 어떤 반응이 있을 것이라고 기대했다.

제멋대로 건 기대라고 할 수 있겠다. 왜냐하면 제아무리 천사라도 달리 손쓸 방도가 없는 '악의'를 담은 편지를 보냈다는 사실을 자각하고 있으니까. 그는 상대의 기분을 거스르는 편지를 보내는 한편, 친구를 시켜 전화를 건 것이다.

참고로 이 편지의 주된 용건은 펠리스에 관한 이야기가 아니라 카프카가 이튿날 친구인 오스카 바움의 집에서 예정되어 있던 낭독을 취소하고자 한 것이다. 낭독하기로 한 소설이 전날부터 잘 써지지 않았기 때문이다. 여기서 소설이란 집필중인 『실종자』를 말하며, 불과 며칠 전 펠리스에게 보낸 편지에서 원활한 진척 상황에 대해 자랑스럽게 보고했던 바로 그 작품이다. 카프카는 일정을 하루 앞두고 갑작스럽게 약속을 취소하는 위의 편지에서 당연히 예상되는 사죄의 말을 지시하는 말로 살짝 바꿔치기한다. "그래서 자네에게 남는 것은 다만 내 약속의 파기를 두 가지 선을 행함으로써 갚아주는 일이네.

첫째, 나에게 화내지 말게. 그리고 둘째, 자네가 직접 낭독하게."[71]

이 편지에 대해 또 한 가지 지적할 사항이 있다. 이 편지는 카프카가 직접 쓰지 않았다. 그가 침대에 누운 채 누이동생인 오틀라에게 말한 내용을 그녀가 받아 적은 것이다.

> 안녕(나는 지금 대필자 오틀라와 함께 산책을 가려네. 누이는 저녁에 상점에서 이리로 왔고 내가 파샤처럼 침대에 누운 채 누이에게 받아 쓰기를 시켰지. 그러면서 누이에겐 입을 닫으라 명령하지. 왜냐하면 누이로서도 뭔가를 언급하려고 중간 중간 주장하거든).[72]

앞서 확인한 폭군과도 같은 욕망의 일단이 여기서도 엿보인다. 자신은 침대에 드러누운 채 가게에서 일하고 돌아와 피곤한 여동생에게 편지를 쓰게 한다. 그녀가 뭔가 할말이 있다 해도 아무 말도 못하게 한다. 이 편지가 받아쓰기한 것이라는 사실은 또하나의 '싫은' 속사정이 있음을 시사하고 있다. 카프카 본인뿐만 아니라 그녀의 여동생 또한 그가 베를린에 있는 여성에게 '악의를 담은' 편지를 저쪽 의사에 관계없이 보내버렸다는 사실을 너무나도 명백히 알고 있던 것이다.

폭군인 카프카의 **연애**를 위해 여동생이 편지를 쓰고 친구가 전화를 건다. 행동을 실행하는 사람은 또다시 그의 대리인, 아니 좀더 정확히 말하자면 하인들인 것이다.

「변신」과 생일

카프카가 펠리스에게 보낸 11월 14일자 편지는 '기분 나쁜' 편지임에도 불구하고 결국 그녀로부터 답신이 왔다는 사실을 말해준다. 그리고 펠리스 또한 카프카를 따라 'du'를 사용한 것도 확인할 수 있다. "나를 꽉 붙들고 있는 것은 단지 그대였는지 모릅니다. '그대^{Du}' 이 말에 대해 나는 그대에게 무릎을 꿇고 감사를 드립니다."[73]

카프카가 14일에 다른 또 한 통의 편지를 쓰고, 그 이튿날인 15일에 세 통이나 되는 편지를 쓴 것은 앞서 살펴보았다. 여기서 15일에 쓴 세번째 편지가 답장을 주지 않는다고 펠리스를 책망하면서 한 달 전에 쓴 무서운 편지를 동봉한, '오래오래 즐기며 벨을 누르고 서 있겠다'고 말한 바로 그 편지다.

다시 말해서 이 며칠 동안 쓴 카프카의 편지는 기분 나쁘다기보다는 지리멸렬하다고 할 수 있다. 자신에게 편지를 보내지 말라면서도 편지가 오지 않는다며 몰아세우고, 그것도 모자라서 공포감마저 감도는 편지를 멋대로 보낸다. 그런 다음에 보낸 것이 바로 병든 그녀를 위로하는 듯 보이지만 결코 그렇지 않은 17일자 편지이다.

앞서 잠시 살펴본 17일자 편지는 매우 중요하다. 최근 며칠 동안 잘 진행되지 않는 장편소설 대신 새로운 소설의 착상을 얻은 사실이 마지막 부분에 제시되어 있기 때문이다.

> 그렇더라도 오늘—아직 뛰어다녀야 할 일이 많고, 비참함 가운데 침대 속에서 떠오른 일, 곧 나를 가장 괴롭히는 단편을 써야 하지만— 다시 그대에게 편지를 쓰겠습니다.[74]

여기서 말하는 '이야기'는 물론 「변신」이다.

참고로 이야기하자면, 카프카가 침대에서 고민한 내용은 편지에 쓰인 말을 그대로 받아들이는 한, 잘 진행되지 않는 장편소설과 오지 않는 펠리스의 답장이다. 편지를 기다리고는 있지만 정작 '베를린에 가려 하지는 않았다'. 대신 '편지가 올 때까지 침대를 떠나지 않겠다'고 결심했다고 적고 있다. 침대에서 편지를 기다리며 몸부림치며 생각해낸 것이 바로 그 유명한 「변신」인 셈이다.

이 편지를 쓴 직후 카프카는 그날 밤 「변신」 집필에 착수했다. 이러한 사실은 17일에서 18일 사이의 심야에 쓴 다음의 편지로 알 수 있다. "새벽 한시 반입니다. 지난번에 말했던 단편은 아직 마무리짓지 않았습니다. 오늘은 소설을 한 줄도 쓰지 못했습니다. 거의 아무런 영감 없이 잠자리에 듭니다."[75]

「변신」을 쓰기 시작한 것은 명백히 11월 17일에서 18일 사이의 밤이다. "어느 날 아침 그레고르 잠자가 불안한 꿈에서 깨어났을 때 그는 침대 속에서 한 마리의 흉측한 갑충으로 변해 있는 자신의 모습을 발견했다"라는 유명한 첫 문장은 바로 그날 밤에 쓰인 것이다.

이 날짜는 매우 중요하다. 11월 18일은 펠리스의 스물다섯번째 생일이었다. 분명 그는 그녀가 스물네 살에서 스물다섯 살이 되려고 할 때 '벌레'가 된다는 문장을 쓰기 시작했다.

물론 카프카는 이런 사실을 잘 알고 있었다. 앞서 밝힌 바와 같이 11월 11일 카프카는 마침내 펠리스에게 'du'를 사용하여 편지를 썼다. 그로부터 이틀이 지난 13일에 그는 여동생을 시켜 쓴 편지 직전에 다음과 같은 편지를 쓴다.

범죄의 말을 하고 난 뒤 순결한 장미를 보내려는 궁색한 시도! 그러나 바로 그렇습니다. 한 사람 안에 들어 있는 모든 것을 억제하기엔 외부 세계는 너무 작고 너무 솔직하고 너무 정직합니다—좋습니다. 그러나 이 사람은 적어도 자신이 의존하고 있다고 생각하는 그 사람을 위해 정신을 차려야 합니까?—더구나 바로 제정신을 유지하기 불가능한 곳에서요?[76]

이 편지에는 통상 반드시 나오는 '친애하는'으로 시작하는 수신인을 부르는 말이 없으며, 발송인의 서명 또한 없다.

문장과 형식 모두 수수께끼 같아서 좀처럼 이해할 수 없는 이 편지를 카프카는 장미 꽃다발에 끼워서 11월 17일에 베를린에 있는 펠리스가 받게끔 그날 안에 수배했다. 이 편지에는 마땅히 있어야 할 '축하한다'는 말도 당연히 없다.

11월 18일, 카프카는 펠리스의 생일 당일에 전보도 쳤다. "아프십니까 = 카프카 + +"[77]

아마도 그는 펠리스가 꾀병이라고 의심했던 모양이다. 이는 이튿날 19일자 편지에서 엿볼 수 있다. 카프카는 "이것은 결코 비난이 아닙니다. 단지 설명에 대한 부탁입니다"라고 먼저 말한 다음, 펠리스가 보낸 편지에 관한 설명을 이해할 수 없다며 조목조목 따지더니 "이상하고 놀라운 것은 다음 사실"이라며 이렇게 이야기한다.

> 그대는 반나절이나 아팠는데도 한 주일 내내 연습 공연에 참석했다는 것입니다. 그대는 아파도 토요일 밤에 춤추러 가고 아침 일곱시경 집에 돌아와 새벽 한시까지 안 자고 있다가 월요일 저녁엔 개인 무도회에 가시나요. 세상에, 무슨 삶이 그러합니까! 사랑하는 이여, 부디 설명을, 설명을 해주세요.[78]

분주하게 생활하는 펠리스에 대한 위로의 말이라고 볼 수도 있겠지만, 한편으로는 그녀가 병에 걸렸다는 사실을 의심하는 말로도 읽힌다. 이후 카프카의 편지는 점점 감정적이고 '기분 나쁘게' 변해간다.

카프카답지 않은 카프카

19일부터 20일에 걸친 그날 밤에는 이렇게 썼다.

내가 할 수 있는 말은 제발 내 곁에 머물러달라는 것과 떠나지 말라
는 것입니다. 만일 내게서 그 어떤 적의가 나와 그대에게 어제 오전
편지 같은 그런 편지를 쓰더라도 믿지 마세요. 그 편지를 무시하고
내 마음을 보십시오.[79]

이튿날인 20일에는 이런 말도 썼다.

내가 그대에게 어떻게 했다고 나를 그렇게 괴롭히십니까? 오늘도 편
지가 없습니다. [⋯] 정말로 나를 괴롭히시는군요! 반면에 그대의 편
지 한 통은 나를 무척 행복하게 할 텐데요. 그대는 나에게 싫증이 났
습니다. 그 밖엔 달리 설명할 길이 없습니다. [⋯][80]

카프카의 편지에서는 펠리스에 대한 불신뿐만 아니라, 우편 시스
템에 대한 짙은 불신 또한 확인할 수 있다. 21일 편지에는 편지가 분
실된 것이 아닌지 등기로 부치지 않은 것이 화를 부르지는 않았는지
의심하면서, 펠리스에게 '금요일(11월 8일로 추정) 이후'에 쓴 '열네 통
이나 열다섯 통의 편지'[81]를 확인하라고 요구한다.

카프카는 이에 그치지 않고 21일에 쓴 세번째 편지에서 자기 가족
에 대한 불신도 드러내고 있다. 이 편지에 의하면 그날 카프카는 어
머니가 그의 주머니에 든 편지를 훔쳐 보는 바람에 펠리스에게 편지

를 쓴 것을 들켰던 모양이다. 이에 대한 분노는 부모에 대한 상당히 엄중한 비판으로 이어진다.

> 나는 부모님을 늘 박해자로 느꼈습니다. 1년 전까지 온 세상에 대해 냉담했듯 이 부모님에 대해서도 생명이 없는 물건을 대하듯 냉담했습니다. 그러나 이제 알겠는데 그것은 단지 억제된 불안과 근심과 슬픔이었습니다. 부모님은 그저 나를 옛 시절로 끄집어내리려고만 하십니다.[82]

카프카의 어머니인 율리에가 펠리스에게 쓴 11월 16일자 편지에는 '답장을 쓸 거면 이쪽으로 쓰라'며 사서함 주소가 적혀 있다.[83] 자식과 마찬가지로 어머니 또한 신중했던 모양이다.

사실 브로트가 전화를 건 이후, 브로트와 펠리스 사이에도 편지가 오고갔다. 21일 펠리스에게 보낸 세번째 편지에는 브로트가 카프카에게 그런 사실이 있음을 '자백'한 내용이 쓰여 있다. "모든 것을 다 말하라고 막스에게 충분히 강요할 수는 있었습니다."[84]

요컨대 「변신」의 집필은 이렇게 불신이 가득한 상황에서 진행됐다.

일반적으로 이 소설은 비극으로 이해되고 있다. 어느 날 아침, 벌레로 변해버린 주인공은 그때까지 줄곧 가족을 위해 열심히 일했음에도 그날을 경계로 가족과 소원해지다 결국 학대를 받기에 이른다. 마음 착한 주인공은 그런 가족의 마음을 헤아리면서 끝까지 가족이 행복해지기만을 바라며 죽어간다.

아마도 사람들이 알고 있는 대강의 줄거리는 이럴 것이다.

그런데 과연 그럴까?

'약한' 아버지와
사업을 좋아하는 아들

편지로서의 작품

그렇다면 「판결」은 무엇을 말하고 있을까.

앞 장에서 「판결」이 펠리스 앞으로 보낸 커다란 편지일 가능성을 확인했다. 「판결」이 여성에게 보내는 편지, 즉 일종의 연애편지라면—하지만 이것이 진정한 **사랑**이었을까—이 작품은 무엇을 전하려 했을까.

그러나 이런 의문을 품고 「판결」을 읽는다 해도 그저 곤혹스러워질 뿐이다. 「판결」에는 연애소설다운 구석이 전혀 없고, 사랑이라 할 만한 그 무엇 하나 묘사되어 있지 않다. 앞서 주인공의 약혼녀인 프리다 브란덴펠트는 펠리스 바우어를 비튼 이름이라고 말했다. 그러나 펠리스를 떠올리게 하는 이 약혼녀는 소설 안의 **현실**에는 등장하지 않는다. 편지 쓰기를 마친 주인공의 뇌리에 언뜻 떠오르는 정도다. 소설 안의 **현실**에 등장하는 이는 오직 게오르크와 그의 아버지뿐이다.

전반부는 이제 막 쓰기를 마친 편지에 대해 이런저런 생각을 하는 게 오르크의 속마음이며, 후반부는 그런 편지를 주머니에 넣고 아버지의 방을 찾은 그가 아버지와 나누는 대화다.

예전부터 「판결」은 아버지와 아들의 이야기로 해석되어왔다. 특히 카프카의 실제 부자관계가 투영되어 있으며, 아버지의 압력에 시달리는 아들의 비극을 묘사한 작품이라는 해석이 지배적이다. 분명 「판결」의 마지막 부분에서 아버지로부터 빠져 죽으라는 선고를 받은 아들은 다리 아래로 몸을 던진다. 이야기는 어느 평온한 봄날 일요일의 광경에서 시작되지만 순식간에 아버지가 자식을 단죄하는 공포의 결말로 바뀐다.

무서운 아버지와 두려움에 떨고 있는 아들.

소설 속에서 아들은 끊임없이 아버지에게 마음을 쓴다. 아버지의 방이 어둡다는 사실을 알아채고는 자신의 방과 바꾸자고 제안한다. 아버지가 제대로 식사도 하지 못할 만큼 약해졌음을 걱정하며 당장 내일이라도 가게를 접자는 말을 꺼낸다. 거동이 불편한 아버지를 침대로 옮겨서 쉬게 한다. 이처럼 따뜻한 말과 행동이 거듭되는데도 아버지의 불신은 더해만 간다.

아니, 그보다 오히려 아버지는 처음부터 아들을 의심한다. 아들이 '몇 달 만에' 아버지의 방을 찾은 이유를 친구에게 자신의 약혼녀가 누구인지 알리는 편지를 썼다는 사실을 '미리 아버지에게 말해두고 싶었기' 때문이라고 한다. 아들의 이야기를 들은 아버지는 곧바로 이렇게 말한다.

들어봐. 너 그 일 때문에 나에게 상의하러 왔단 말이지. 그건 물론 칭찬할 일이야. 그렇지만 네가 지금 진실을 숨김없이 말하지 않는다면 그건 아무것도 아니다. 아니지, 불쾌할 뿐이지.[1]

지금 우리는 이 이야기를 수긍하고 그대로 받아들일 수 있다. 앞 장을 읽었다면 아버지의 이 이야기가 전혀 다른 어조로 다가올 것이다. 아들은 사실을 말하지 않았다. 아버지의 감은 적중했다. 이 아들은 신용할 수 없다.

지금까지 카프카 작품의 다의성(多義性)에 대해서는 충분한 검토가 이루어졌다. 아들이 친구에게 보내는 편지에서 거짓을 말해왔다는 가능성은 이미 여러 번 지적되었다. 아들의 자상함을 **진짜**로 볼 것인가 하는 의문 또한 거듭 제기되었다. 침대에서 아버지에게 이불을 덮어주는 자식의 행위가 '간계(奸計)를 부리다'라는 다른 의미를 암시한다는 사실도 알려져 있다. 그럼에도 그보다 더 근본적인 구도는 어째서인지 재고된 바가 없다.

사람들은 「판결」을 강력하게 고정된 어떤 틀 안에서만 읽으려는 것 같다. 그리고 어째서인지 그 안에서 빠져나오려 하지 않는다. 아마도 고정된 틀이 **옳음**을 모두가 믿고 있기에 이를 무너뜨리고 새로운 읽기를 시도하려 하지 않는 것 같다. 이 틀을 간결하게 명시하려 들면 방금 살펴본 논의를 반복하게 된다. 즉, 「판결」은 카프카의 실제 부자관계를 반영한 작품이며, 강한 아버지는 섬세한 아들을 억압하고 있다.

이 틀의 앞부분은 맞는 것일 수도 있다. 그리고 이는 기존에 생각했던 것 이상으로 **옳을지도 모른다.** 이 소설은 본질적으로 소설이 아니라 편지다. 그러므로 불특정의 독자를 위한 공적인 작품이기에 앞서 한 개인 앞으로 보낸 사적인 메시지로 간주할 수 있기 때문이다.

펠리스에게 무언가를 전달하기 위해 썼다. 만남을 시작하고자 하는 여성에게 자신의 본래 모습을 온전히 이해받고 싶다는 의도가 있었음이 분명하다. 그렇다면 거기에는 가장 그다운, 카프카다운 모습이 그려져 있을 터이다.

우리는 그것이 무엇인지 이미 예감하고 있다. 앞 장에서 읽은 '기분 나쁜' 카프카의 편지가 암울함이나 연약함, 그리고 매사에 서툴다는 지금까지의 이미지를 뒤집어엎는 것과 마찬가지다. 요컨대 여기서 우리가 확인하고 있는 카프카다운 카프카는 지금까지의 통념으로 보자면 가장 카프카답지 않은 카프카인 셈이다.

카프카 해석을 살펴보면 이상한 구석이 발견된다.

흔히 문학작품은 작자와 분리하여 읽어야 한다고 주장한다. 작품이란 작자의 의도를 초월한 곳에서 자립적으로 존재한다고 말하기도 한다. 카프카도 그러한 견해를 따르면서 거듭 해석되어왔다. 그러나 정녕 자립적으로 해석되어온 것일까.

이 책에서 시도하는 독해는 물론 그런 방법과는 정반대 방향에 놓여 있다. 이 책에서는 철저하게 카프카 본인의 상(像)을 다시 살펴보고자 한다. 단, 그러한 카프카의 상 또한 카프카가 쓴 것에 기초하고 있다는 사실에 유의해야 한다. 카프카는 이미 **죽은 사람**이므로 우리가 아무리 카프카의 본래 모습에 다가가려 해도 망령을 뒤쫓을 수밖에 없다. 카프카가 쓴 편지나 일기를 해석하여 그를 둘러싼 이미지를 조직하는 것은 그의 말을 해석하는 행위에 다름 아니다.

'편지나 일기는 작품이 아니다'라는 말도 자주 듣는다. 그러나 만약 카프카의 작품이 편지라고 한다면 어떨까. 작품이야말로 진정한 편지라면.

작품이란 도대체 무엇일까.

적어도 카프카의 경우, 작품이든 편지든 일기든 글을 쓰면서 탐색하려 했던 것은 오직 하나뿐이라고 할 수 있다. 나는 도대체 누구인가. 카프카의 주인공이—게오르크 벤데만, 그레고르 잠자, 요제프 K—모두 작가 자신의 분신인 까닭이 여기에 있다.

그렇다면 과연 카프카는 누구인가. 수수께끼는 모두 이 의문과 연관되어 있다. 그의 작품을 이해하고 싶다면 우리는 작가인 카프카 자신의 이야기를 더 읽어야만 한다. 살아 있었던 그의 망령과도 같은 이야기를 가능한 한 정확하게 읽어야만 하는 것이다.

문제는 이 틀의 뒷부분이다. 카프카는 폭군 같은 아버지로 인해 위축된 아들이다. 이 신화가 무너지지 않는 한 카프카를 둘러싼 수수께끼의 **의미**에 대한 탐구는 쳇바퀴 돌리기를 거듭할 뿐이다.

카프카는 실제로 그런 아들이었을까.

『아버지에게 드리는 편지』와 「판결」

열쇠는 역시 편지가 쥐고 있다.

카프카의 아버지가 가난을 극복하고 가게를 번성시켜 부를 축적한 인물이라는 사실은 익히 알려져 있다. 이에 비해 아들은 문학을 지망하는 고독하고 섬세한 청년이었다. 따라서 부자간에 충돌이 끊이지 않았다. 다시 한번 강조하지만 지금까지 이러한 구도는 사실로 받아들여졌다. 이러한 사실의 주된 출전은 카프카가 직접 아버지 앞으로 보낸 장문의 편지다. 『아버지에게 드리는 편지*Brief an den Vater*』로 알려진 이 편지는 1919년 그의 나이 36세가 되던 해에 썼지만 결과적으로 아버지에게 전달하지는 못했다.

지금까지 「판결」을 해석할 때는 반드시라고 해도 좋을 만큼 이 『아버지에게 드리는 편지』를 참조했다. 그리고 여기서 엿보이는 부자관계가 「판결」의 부자관계에 겹쳐졌다. 예를 들면 1970년대에 정신분석적인 카프카 비평으로 영향력을 발휘한 발터 조켈Walter Sokel은 「판결」에 대한 논문에서 이렇게 밝힌 바 있다.

> 「판결」에서 엿보이는 부자간의 불화가 어디서 비롯되었는지 파헤쳐보면 『아버지에게 드리는 편지』와의 중요한 유사성을 알아차릴 수 있다. 이 편지는 자립과 자아의 발전을 원하는 아들의 자연스러운 요구를 짓밟고 기를 죽이려는 위압적인 아버지에 대한 고발이다.[2]

이어서 조켈은 아버지가 '교육'으로 억눌러 일그러뜨린 부분이 소설 속의 외국에 사는 친구로 형상화되었다고 해석했다. 한편 게오르크는 아버지가 바랐던, '카프카 자신 안에 감춰져 있어 현실이 되지 못한' 아들이다.

과연 저 편지는 '고발'하는 글이 맞을까. 저 대담하고 뻔뻔한 욕망에 사로잡힌 남자가 정말로 '기가 꺾인' 인간일까?

우리는 이미 카프카의 편지를 일반적인 방법으로 읽어서는 안 된다는 사실을 너무나도 잘 알고 있다. 그렇다면 우리 모두가 강한 아버지와 약한 아들의 이야기로 알고 있는 『아버지에게 드리는 편지』는 정반대의 사실을 전하려는 것일지도 모른다는 의심의 눈으로 보아야만 하지 않을까.

과연 이 편지에는 종래의 견해를 뒷받침하는 듯한 수많은 기술(記述)이 눈에 띈다. 그중에서도 유소년 시절의 추억을 상세하게 설명하

제2장 '약한' 아버지와 사업을 좋아하는 아들

는 대목에서는 독선적인 아버지의 모습이 선명하게 그려져 있다. 예를 들면 어린 자식이 한밤중에 목이 말라 보채자 침대에서 들어올려 파블라취(발코니형 복도)로 내쫓고는 속옷 차림으로 세워둔다. 아들에게는 반찬 투정을 못하게 하면서도, 자신은 가정부가 짐승이나 먹는 '먹이'를 먹였다며 욕을 퍼붓는다. 남에게는 음식을 흘리지 말라면서 정작 자기 발밑에는 가장 많은 음식물 부스러기가 떨어져 있다. 식탁에서는 먹기에만 전념하라면서 자신은 손톱이나 연필을 깎기도 하고, 어떤 때는 이쑤시개로 귀까지 후빈다. 게다가 카프카는 아버지가 체격으로도 아들을 압도했다고 말하고 있다.

> 그 한 예로 아버지와 제가 종종 같은 수영장 탈의실 안에서 함께 옷을 벗었던 기억이 납니다. 저는 깡마르고, 허약하고, 홀쭉했고, 아버지는 강하고, 크고, 어깨가 떡 벌어지신 체격이었지요. 탈의실 안에서부터 이미 저는 제 자신이 초라하고 여겨졌었지요. 아버지 앞에서만이 아니라 온 세상 앞에서 말입니다. 왜냐하면 아버지는 제게 세상 모든 사물들의 척도이셨으니까요.[3]

아버지는 언제나 '절대적인 자신'을 갖고 있었고, 자신의 의견만 '절대적으로 옳고, 남은 죄다 제정신이 아니고, 엉뚱하며 비정상'으로 여겼다고도 말한다. 자신과 다른 의견이 나오면 이를 모조리 매도하고, '체코 사람을, 독일 사람을, 그리고 유대인을 매도했으며' 주위 사람들을 '전면적으로 철저히' 부정했다고 한다. 또 이런 말도 한다. "제가 보기에 아버지는 역사상의 모든 폭군들이 그랬던 것처럼 어떤 수수께끼 같은 면모를 지니시게 되었습니다. 적어도 저한테는 그렇게 보였지요. 그들은 자신의 권리가 어떤 사상에서 비롯된 것이 아니라 그 개인의 탁월함에서 비롯된 것이라 여겼던 자들이었으니까요."4

이렇게 발췌한 글을 정리하자면 『아버지에게 드리는 편지』에서 카프카가 떠올리고 있는 무서운 아버지에 관한 추억은 너무나 상세해 그 상세함과 어떤 의미에서의 집요함은 그 자체만으로 이 '고발'—고발이 맞는다면—이 이상함을 느끼게 한다.

어쨌든 이러한 상세한 추억에 관한 묘사는 표면적으로는 역시 강하고 위압적인 아버지의 모습을 보여주고 있다고 하겠다. 그러나 예를 들어 아버지의 매도에 대해서는 이렇게 말하는 대목도 있다.

> 아버지가 노골적인 욕설로 대놓고서 저를 욕하셨던 기억은 없습니다. 그럴 필요가 없었지요. 아버지한테는 다른 수단들이 얼마든지 있었으니까요. 집에서나, 특히 가게에서 다른 사람들과의 대화 중에 그들을 향해 퍼붓는 아버지의 욕설들이 제 주변에서 빗발치듯 난무할 때가 있었는데, 어쩌나 심했던지 어린아이인 저로서는 때때로 귀가 먹먹해질 정도였습니다. 그때 저한테는 그 욕들이 저와 무관한 게 아니라는 생각이 들었지요.5

요컨대 아버지는 주위 사람들은 매도해도 아들을 직접 욕하지는 않았다. 여기서 주의깊게 읽어야 할 부분은 아들의 두려움이 타인에 대한 매도를 자기 일로 받아들인 데서 생겨났다는 점이다.

편지는 분명 아버지가 횡포하고 독선적인 면도 있다는 사실을 말해준다. 그러나 동시에 아들에 대한 아버지의 염려, 아들을 이성적으로 대하는 태도를 보여준다고도 할 수 있다.

> 아버지가 실제로 저를 때리신 적은 거의 없었다는 것 또한 사실입니다. 하지만 고함을 지르시고 얼굴을 붉으락푸르락하신다든가, 멜빵을 홱 풀어서 의자 등받이 위에다 툭 던져놓곤 하시던 행동이 저한테는 더 무서웠습니다. 그건 마치 교수형이 있기 전의 분위기와도 같았지요. [⋯] 게다가 저의 경우엔 아버지가 분명히 밝히신 말씀대로라면 얻어맞아야 마땅했지만 아버지의 자비 덕분에 간신히 몽둥이찜질을 면하게 되었던 때가 무수히 많았는데 그때마다 그 일들은 고스란히 쌓여 다시 하나의 커다란 죄의식만을 형성할 뿐이었지요.[6]

여기에는 '교수형'이나 '몽둥이찜질'과 같은 과격한 말이 나오는데 이는 독자에게 **공포**의 이미지를 환기시킨다. 그러나 잘 읽어보면 이 단어들로 말하고 있는 것은 어디까지나 망상이다. 풍부한 상상력의 소유자인 아들이 제멋대로 망상을 부풀리면서 떨고 있을 뿐이다. 사실 아버지는 한 번도 아들을 때린 적이 없다.

물론 카프카 자신도 이러한 사실을 자각하고 있었다. 언제부터인지 그는 아버지가 아무리 화를 내도 '아버지를 경계하지 않게 되었다'고 하며, 아무리 위협해도 '위협이 계속되다 보니 신경이 무디어지기도 했다'고 한다. 또한 '두들겨맞지 않을 거라는 확신도 점차 굳어졌다'7고 분명히 적고 있다.

　그렇다면 우리의 예감은 적중한 것 같다. 카프카는 결코 일방적으로 아버지에게 억압받고 짓눌리지 않았다.

'약한' 아버지

어쩌면 아버지는 약한 사람이었을지도 모른다.

『아버지에게 드리는 편지』를 주의깊게 읽으면 오히려 이를 뒷받침한다고 읽을 수도 있는 대목이 여럿 발견된다.

사실 카프카는 이 편지에서 '신세 한탄'을 '적어도 내게는 효력을 상실하지 않는 설득 수단'의 한 예로 들고 있다. 거기에는 아버지가 언제나 '드러내놓고 신세 한탄을 했다'고 적혀 있다. 단, 카프카는 그런 우는소리를 '믿지 않았고' '너무나도 명백한 교육의 수단이자 경멸의 수단'으로 해석했다고 한다. 왜냐하면 '아버지한테 자식들의 동정심이나 자식들의 도움 같은 것이 대단한 것이리라고는 생각지 않았기 때문'[8]이었다.

앞서 살펴본 매도나 폭력에 대해 거론한 부분과 마찬가지로 이 편지에는 아버지의 행위를 전하는 말 뒤에 반드시 자식의 해석이 덧붙어 있다. 그리고 그 해석으로 인해 표면적으로는 공포나 강인함이 부각되며 약하다는 인상은 지워져버린다.

그러나 그러한 해석을 제외하고 읽었을 때 확인할 수 있는 것은 아버지가 언제나 자식에게 신세한탄을 늘어놓았다는 사실이다.

아마도 아버지는 약하고 자상한 남자였을 것이다. 편지에는 이를 명백히 드러내는 에피소드도 적혀 있다.

어느 무더운 여름 한낮, 아버지는 사무용 책상에 팔꿈치를 괴고 선잠을 자고 있었다. 일요일마다 녹초가 되어 자식들이 머무는 피서지를 찾아왔다. 어머니가 중병에 걸렸을 때는 책 상자를 부둥켜안고 몸을 떨면서 울었다.

〔…〕 혹은 최근에 제가 병을 앓고 있는 동안 제가 있던 오틀라의 방으로 슬며시 오셔서 문지방에 가만히 서 계신 채 침대에 누워 있는 저를 보시려고 목만 안으로 들이미시고는 저를 생각하셔서 그냥 손으로만 인사를 건네셨을 때가 바로 그런 때였지요. 그럴 때면 저는 너무도 행복한 나머지 엎드려 울곤 했답니다. 그리고 지금 그것을 이렇게 쓰고 있는 동안에도 다시 눈물이 북받쳐오릅니다.9

가족을 생각하는 섬세한 아버지의 모습을 엿볼 수 있다. 또한 카프카는 이렇게 적고 있다. "아버지는 또한 만족스러우시거나 상대방을 인정하실 때면 조용히 지으시는 미소가 있습니다. 그건 아주 보기

좋고 또한 매우 보기 드문 형태의 미소로 그 미소의 세례를 받는 사람을 아주 행복하게 만들 수 있는 힘이 있습니다."[10]

과연 이런 멋지고 자상한 미소를 지을 줄 아는 남자가 매일같이 상처를 주고 절망의 심연으로 아들을 밀어넣었다고 상상할 수 있을까?

『아버지에게 드리는 편지』에는 아버지가 병에 걸렸다는 사실도 적혀 있다.

단, 이 역시 아들의 해석이 첨부되어 있어서 사실이라는 인상은 뚜렷하지 않다. 카프카의 주장에 따르면 아버지는 '신경성 심장 질환'을 앓고 있다는 사실을 역으로 이용하여 '더욱 엄격하게 지배하기 위한 하나의 수단'으로 사용했다. 그리고 아버지가 일절 반론을 허용하지 않는 교육방침을 내세웠던 것은 그가 병을 앓는다는 사실을 떠올리면 반항심이 '누그러졌기'[11] 때문이라고 한다.

실제로 아버지는 오랫동안 병을 앓았던 모양이다. 1911년 8월 26일 일기에는 이런 대목이 있다.

요즘 아버지는 너무 흥분한 나머지 밤에 잠들지 못했다. 장사 걱정을 하다 병까지 악화된 것이다. 가슴 위의 젖은 손수건, 구토, 호흡곤란, 한숨을 달고서 왔다갔다했다.[12]

카프카의 일기나 편지에는 아버지가 심장병을 앓고 있었다는 언급이 여러 군데 나온다. 오래된 것부터 살펴보면 1908년 11월과 1909년 4월에 쓴 편지는 아버지의 몸 상태가 좋지 않다는 내용(1909년에는 어머니와 할아버지도)을 여러 번 보고하고 있다.[13] 『아버지에게 드리는 편지』를 쓴 것이 1919년이므로 아버지는 적어도 10년 동안 병을 앓았다고 할 수 있다. 앞의 일기에는 다음과 같은 부분이 이어져 있다.

> 불안에 휩싸인 어머니는 새로운 위안거리를 찾았다—그는 늘 활력이 넘치고 매사에 어려움을 극복했다. 나도 말했다—장사가 힘든 날이 계속되어도 고작 3개월뿐, 고비를 넘기면 반드시 좋아진다고. 그래도 아버지는 한숨을 쉬고 고개를 가로저으면서 이리저리 돌아다닌다.[14]

여기서 엿볼 수 있는 것은 사소한 일에도 걱정하며 고민하는 섬세한 남자의 모습이다. 아버지는 가게가 잘 돌아가지 않자, 한숨을 쉬고 온 집안을 서성이며 방황한다. 처자식에게 위로를 받아도 좀처럼 불안감은 사라지지 않는다.

요컨대 아들은 어릴 적부터 아버지의 **약함**을 쭉 보아왔던 것이다.

의지가 되는 아들

　세속적으로 성공한 **강한** 아버지는 실제 사회에 적응하지 못하는 **약한** 아들에게 지속적으로 압력을 행사했다. 지금 우리에게 익숙한 이러한 구도는 어떤 중요한 부분을 간과했기에 성립된 것이라는 사실을 알아야만 한다.

　과연 아버지는 **언제** 성공했을까.

　『아버지에게 드리는 편지』에는 '없는 것 없이 편안하고, 따뜻하고 풍족하게 살고 있는 아들'에게 아버지가 언제나 불만을 토로했다고 회상하는 부분이 있다. 거기서 아버지가 이야기하는 자신의 과거를 정리하면 다음과 같다.

　어릴 적에는 온 가족이 단칸방에서 지낼 정도로 가난해서 아버지는 일곱 살부터 손수레를 끌고 행상을 시작했다. 늘 먹을 것이 모자라 어쩌다 감자가 나오는 날이면 남 부러울 것 없이 행복했다. 옷도 제대로 얻어 입지 못해서 겨울에는 다리 여기저기가 갈라 터지기 일쑤였다. 아직 어린 나이에 먼 도시로 장사를 하러 다녀야 했다. 집에서는 한푼도 받은 게 없었고, 오히려 군대에 들어가 받은 돈을 집으로 부쳤다.[15] 요컨대 카프카의 아버지 헤르만은 이런 환경에서 가게를 일으키고 자수성가하여 가족을 부양했다.

아버지가 맨몸으로 시작한 일은 고급 잡화 도매업이었다. 취급했던 상품은 귀금속 액세서리, 리본, 스카프, 장갑, 우산 따위의 패션잡화 혹은 자질구레한 인테리어 소품 등 모두 장식에 관련된 사치품이다. 다시 말해서 그가 했던 장사는 경기에 따라 부침이 심한 일이었다. 아버지 헤르만 카프카의 장사가 번창하기 시작해 마침내 프라하에서 가장 땅값이 비싼 지역인 킨스키 궁전에 가게를 연 것은 1912년 10월, 카프카의 나이 29세 되던 해이다. 그렇다면 이런 축복받은 성장환경—가정부, 가정교사, 하인 등의 시중을 받으며 고등교육을 받고 법학박사 학위도 취득하여 관료가 된—은 실제로 아버지의 고생과 허영 덕분이라고 할 수 있다. 섬세하고 나약한 남자가 가족을 부양하기 위해 날마다 얼마나 큰 중압감과 싸워왔는지 상상하기란 그리 어렵지 않다.

앞서 인용한 일기 가운데 한 대목은 가게를 이전하기 꼭 1년 전인데 그날 이후의 일기를 보면 집세도 제때 지불할 수 없을 만큼 자금 변통에 어려움을 겪었다는 사실을 확인할 수 있다("불쌍한 어머니는 내일 집주인에게 부탁하러 갈 작정이다"[16]). 다른 날의 일기(1911년 12

월 24일)에는 가족의 분위기가 늘 장사의 부침에 따라 좌우되었다는 사실을 분명히 밝히고 있다.

> 어릴 적 불안했던 일, 아니, 불안하기보다 불쾌했던 일은 장사꾼 아버지에게는 잦은 일이었지만, 아버지가 '말일'이나 '마감일'에 대해서 이야기할 때였다. 나는 호기심이 그리 많지 않았고, 설령 아버지에게 질문을 했다 했더라도 답변을 재빨리 소화하지도 못했으며 [··] 따라서 나에게 '말일'이라는 표현은 거북한 비밀로 남아 있었다. 그래서 좀더 귀기울여 들어보니 '마감일'이라는 말이 그다지 무서운 의미가 아니었는데도, 그 비밀은 한층 커졌다.[17]

1911년 하반기에 찾아온 경영 위기는 매우 심각했던 모양이다. 그해 10월 16일 일기는 그로 인해 큰 사건까지 발생했음을 말해준다.

> 어제는 힘든 일요일이었다. 점원들이 전부 아버지에게 회사를 그만두겠다는 의사를 밝힌 것이다. 그들이 병이 들었다든가 지금의 위기, 과거의 위세, 경험, 현명함 따위를 나름 성의껏 교묘하게 이야기하자 아버지는 개별적으로 그들을 설득하면서 어떻게든 모두를 만류하려 들었다.[18]

이어지는 대목이 전하는 바에 따르면, 가게 경영주임이 퇴직해 새롭게 자기 가게를 열면서 점원들을 전부 **빼돌리려** 했던 모양이다. 아버지는 그들의 배신에도 불구하고 퇴직을 만류하기 위해 설득에 힘썼지만 실패로 끝났다는 것이 이 부분의 의미이다.

그런데 이런 위기를 벗어나는 데 도움이 된 것이 바로 아들 프란츠였다. 이날 이후 며칠간의 일기에서는 (아마 아직 거의 알려지지 않은) 카프카의 일상생활에서 드러나는 중요한 한 측면을 읽어낼 수 있다. 이에 대해 잠시 상세하게 살펴보자.

앞서 인용한 1911년 10월 16일 일기는 카프카가 궁핍한 아버지의 가게를 돕기 위해 자진해 점원들을 만류하는 공작에 나섰다는 내용을 계속해 적고 있다. 그날 카프카는 가게 장부를 담당하는 점원이 살고 있는 프라하 교외 지슈코프 지구(地區)까지 찾아가 가게에 남아달라는 교섭에 나섰다. 당시의 모습을 카프카는 다음과 같이 말하고 있다.

> 체코어로 설득해도 효과가 없다. 그럴수록 [···] 점점 그의 얼굴은 고양이처럼 변해간다. 이야기가 끝나갈 즈음 몹시 유쾌해진 나는 다소나마 연기를 한다. 조금 멍한 얼굴로, 눈을 가늘게 뜨고는 마치 넌지시 내비쳐야 할 말을 제대로 표현하지 못해서 변해가는 그의 모습을 눈으로 좇는 듯한 표정으로 조용히 방안을 둘러본다. 이런 노력은 거의 효과가 없어서 그 점원으로부터는 다른 말을 듣지 못했고, 처음부터 다시 그를 설득해야 한다는 사실을 알면서도 나는 이런 상황

을 불행하게 여기지 않았다.[19]

　이 부분만 보면 카프카는 교섭을 전혀 부담스럽게 생각하는 것 같지 않다. 그와는 반대로 이런 상황을 즐기고 있다. 상대방의 얼굴이 '고양이처럼' 변해가는 모습을 관찰하며 자신 또한 '유쾌한 기분'으로 연기를 한다.

　이날 오후에는 또다른 회계 담당자를 만류하기 위해 라도틴 지구에 가기도 했다. 일기에 따르면 당시 카프카는 실로 교묘한 책략을 써서 이 회계원에게 직접 이야기를 하지 않고 '그를 우리 가게로 데리고 온' '하만 씨'의 집을 먼저 찾아갔다. 이른바 뒷문으로 들이닥치듯이 힘있는 사람에게 '영향력을 발휘해주기를'[20] 부탁한 것이다.

　이날의 일기에는 특징적인 부분이 있다. 사실 하만 씨네 집에서 있었던 일을 이야기하고 있는 이 일기에는 교섭 자체를 언급한 부분은 거의 없다. 대신 그 집에서 아이를 돌보는 여자아이에 대해 상세하게 쓰고 있다. 카프카는 이 아이가 숨어서 몰래 자신을 보고 있다는 사실을 알아채고 여자아이를 관찰한다. 그 아이의 겉모습이나 내면에 대한 망상(그 아이가 자신을 어떤 사람이라고 생각하는지 등)이 주로 묘사되어 있다.

　그리고 이튿날인 17일 일기에는 이런 내용이 적혀 있다.

　다시 라도틴에 왔다. 그러고 나서 홀로 추위에 떨면서 목초가 난 정원을 배회했다. 열린 창문가에 나와 함께 집 쪽으로 걸어온 아이 돌

보는 여자아이의 모습이 보였다.[21]

그로부터 이틀 후에는 이런 일기를 썼다.

다시 라도틴에 왔다. 아래로 내려오라고 그녀를 꾀었다. 처음 대답은
얌전했다. 그때까지 그녀는 친한 아이들과 나를 보며 낄낄대기도 하
고, 교태를 부리는 듯 행동했지만 [⋯]. 우리는 둘이서 마음껏 웃었
다. 나는 아래에서, 그녀는 위에서 열린 창문가에서 추위에 떨면서.
팔짱 낀 두 팔을 가슴으로 누르면서 아마도 무릎을 구부린 듯한 자
세로 온몸을 창틀에 기대고 있었다. 그녀는 열일곱 살이었고 나를 열
다섯, 혹은 열여섯 살이라고 생각했다. 우리가 무슨 대화를 나누든
간에 그녀는 자신의 그런 생각을 바꾸지 않았다.[22]

마치 교섭 그 자체보다 또다른 '교섭'이 더 중요한 것처럼 보인다.
결과적으로 만류 공작이(자세하게 쓰여 있지 않지만) 잘 이루어졌다는
사실은 짧게 나온다. "회계 담당자—그는 내가 찾아가지 않았어도 가
게에 남았을 것이다—와 함께 산책 겸 어두운 가운데 라도틴에서 역
까지 길을 따라 걸어갔다."[23]

이 며칠 동안의 일기에서 확실히 읽어낼 수 있는 한 가지 사실은
카프카의 여유와 자신감이다.

카프카는 가족의 운명이 달린 큰 위기에 직면했어도 소심하게 동
요하는 기색이 전혀 없다. 오히려 정반대로 자신의 연기력, 계산, 통

찰력 등을 확신하며 교섭에 임했다. 그리고 가게 일에 관련된 교섭뿐만 아니라 여자아이와 잠깐 동안 벌인 흥정에서도 착실한 성공을 거둔다. 이러한 모습에서는 우리가 앞서 확인하기 시작한 **강한 카프카상**을 엿볼 수 있을 것이다.

나아가 이런 측면에서 부자간의 관계를 다시 생각해보면 다음과 같은 가능성이 떠오른다. 어쩌면 아버지는 아들을 많이 의지하지 않았을까. 이는 1911년 11월 15일 일기가 뒷받침한다.

> 오후 내내 카페 시티에서 신청서에 사인하도록 미슈카를 설득했다. 그는 단지 견습생에 불과하므로 보험에 들어야 할 의무가 없고 아버지 또한 그를 위해 보험금을 추가로 지불할 의무가 없다는 식으로 말했다.[24]

이는 어쩌면 일종의 속임수를 쓰는 장면일 수도 있다. 다시 말해서 고용자측 보험금을 지불하지 않고 넘어가기 위해 가게를 그만두고 나가는 점원에게 서류에 사인하라고 종용한다. 어떤 의미에서는 성가실 수도 있는 이런 교섭을 아버지 대신 아들인 카프카가 하고 있다. 주의깊게 살펴볼 필요가 있는 부분이다. 이날 일기를 보면 다시금 그의 자신감이 엿보인다. "나는 체코어를 유창하게 말할 수 있으며, 특히 잘못을 품위 있게 사죄할 줄 안다."

참고로 이 교섭은 성공한 것처럼 보였지만 실상은 그렇지 못했던 듯하다.

그는 내가 내민 서류를 월요일에 가게로 보내겠다고 약속했다. 나를 좋아하지는 않았지만 존경받고 있다고 느꼈다. 그러나 그는 월요일에 서류를 보내기는커녕 프라하에 있지도 않았다. 이미 출발한 것이다.[25]

사업에 대한 관심

카프카를 해석할 때 상식이 된 이 대립 구도는 부자관계라는 수직적 대립만을 재검토해서는 완전히 무너지지 않는다. 왜냐하면 여기에는 수평적 대립, 즉 동일한 세대 내에서의 두 가지 생활방식이라는 서로 다른 차원의 이항대립도 얽혀 있기 때문이다. 이 대립은 간단히 말하자면 사회적인 인간 대 고독한 은둔자 혹은 시민 대 예술가의 도식이다.

앞서 살펴본 조켈의 「판결」에 대한 해석 역시 분명 이러한 대립항의 존재를 전제로 삼고 있다. 조켈의 해석은 소설 속의 두 아들, 즉 주인공 게오르크와 그와 편지를 나누는 상대인 어릴 적 소꿉친구를 한쪽은 고향에서 가업을 잇고 약혼하여 안정된 생활을 영위하고 있는 남자, 한쪽은 타향에서 영락하여 아무런 사회적 관계도 맺지 않고 평생을 독신으로 지낼 수밖에 없는 남자로 간주함으로써 성립한다. 다시 말하지만 조켈은 카프카가 러시아에 있는 친구에게는 자신의 예술가로서의 부분을, 주인공인 사업가에게는 자신이 실현할 수 없었던 이상적인 시민으로서의 부분을 투영했다고 파악하고 있다.[26]

그러나 바로 앞에서 살펴본 바와 앞 장에서 확인한 바에 따르면 적어도 카프카는 이해관계가 얽힌 커뮤니케이션에 상당히 뛰어나다고 할 수 있다. 사실 펠리스에게 보낸 몇몇 편지를 보면 카프카가 장사 그 자체, 달리 말하면 영업이나 상품 판매 방법에도 큰 관심을 보였으며 자신의 능력에 자신감을 갖고 있었음이 엿보인다. 예를 들면 1912년 11월 27일자 편지에는 다음과 같은 대목이 있다.

> 그 축음기는 파리에서만 내 맘에 들었습니다. 파테 회사는 파리의 어느 대로에 파테폰을 설치한 진열실을 갖고 있었는데 그곳에서 사람들은 작은 동전을 내고 끝없이 연주곡목을(두꺼운 노래책의 도움으로 선택하여) 연주하게 할 수 있었습니다. 베를린에 아직 없다면 당신도 파테폰을 만들어야 할 것입니다. 당신도 레코드판을 파나요?[27]

경쟁사인 파테 사(20세기 초반 세계 영화시장을 지배했던 회사로 1896년 축음기 제조·판매회사인 파테프레르를 파리에 설립했다.—옮긴이)처럼 베를린에 쇼룸을 만들고 저렴한 가격으로 레코드를 들려주는 서비스를 같이 하자는 제안이다. 그로부터 열흘 후의 편지에 따르면 실제로 베를린에 쇼룸이 열린다는 이야기를 듣고는 가게를 하나

더 내자고 권유하고 있다.

또다른 편지(1913년 1월 9일자)에서는 펠리스가 쓴 영업용 편지를 갖고 싶다고 쓰고 있고("나의 가여운 애인이 판매 편지를 쓰고 있다니요! 구매자는 아니지만 나도 한 통 받을 수 없을까요?"²⁸) 또다른 날(같은 해 1월 22일자)에는 문의처 목록을 보내달라고 한다("새로운 추천 목록을 보내주세요. 당연한 일입니다. 나는 그대가 만든 모든 것에 온 신경을 씁니다"²⁹).

카프카는 분명 펠리스의 일에 무척 관여하고 싶어했다. 그의 열성은 비정상적이었고 기분 나쁠 정도로 격렬했다. 예를 들면 1월 19일자 편지에는 다음과 같은 대목이 나온다.

그대가 사무실에서 겪는 일들을 하나하나 알고 싶습니다. (왜 저는 광고 편지 하나 받아보지 못하나요? 그 편지들의 결과는 어땠습니까?) 이를테면 그대를 공장 부서로 데려온 담당자는 그대가 무얼 하길 바라나요? 사람들은 무슨 일로 그대에게 전화를 걸지요? [⋯] 프리드리히 거리에 축음기 살롱이 있나요? 만약에 없다면 언제 그것을 설치할 생각인가요? 그대를 위해 사업상의 구상을 말해볼까 합니다. 호텔에 손님들을 위해 전화뿐 아니라 대화 재생기도 마련해놓아야 합니다. 믿어지지 않나요. 한번 도입해보세요. 만약 그 일이 성사된다면 나는 매우 자랑스러울 겁니다. 그렇게 된다면 또다른 구상을 1000개라도 더 할 수 있을 거예요.³⁰

카프카가 펠리스에게 보낸 편지, 특히 처음 몇 달 동안의 편지는 이처럼 오로지 펠리스의 일이 중심 화제라는 사실을 확인해둘 필요가 있다.

카프카의 편지를 보면 그가 어떻게 해서든 펠리스가 자신의 능력을 인정하게 만들고, 그녀에게 유능한 사업가로 인정받고 싶어했음을 알 수 있다. 앞에 나온 호텔 영업과 관련된 아이디어에 대해 펠리스는 과거 자신이 겪었던 실패를 언급하는 답장을 보낸 듯하며, 그로부터 며칠 후 카프카의 편지(1월 22일에서 23일에 걸친)에서는 전략이 좋지 않았기 때문이라며 다시 조언을 거듭하는 부분을 찾아볼 수 있다.

호텔 문제로 희망을 포기해서는 안 됩니다. 성실한 사업가로 반년을 보낸 후 새로운 시도를 해야 하는 마당에 말입니다. 대화 재생기를 구입한 호텔이 있나요? 몇몇 호텔들에 대화 재생기를 무료로 이용하게 함으로써 다른 호텔들이 이것을 구입하도록 압력을 가한다면 이것은 결코 잘못된 투자라고 할 수 없습니다. 호텔들은 일반적으로 경쟁에 민감하거든요.[31]

'성실한 사업가'를 자처하는 카프카에게 판매 전략에 대한 고민은 분명 매우 흥분되는 일이었을 것이다. 이 부분에 이어지는 편지의 내용은 기획서와 흡사한 문장들이 차지하고 있다는 사실이 이를 뒷받침한다.

우선 린트슈트룀 사의 대화 재생기로 녹음한 내용을 '실비 가격으로 받거나 초기에는 실비 가격 이하로 해서' 옮겨 적는 서비스를 제공한다. 이때 타자기 제조 회사와 제휴하면 전체 비용을 낮출 수 있다. "광고 효과 및 경쟁 측면에서 좋은 조건을 제시하는 타자기 업체와 연결만 잘 된다면 전체 비용을 낮출 수 있습니다." 동전을 넣으면 음성 재생이 시작되는 기기를 발명한다. "공장장에게 지시를 내리세요!" 그 기계를 곳곳에 비치하고 우체국처럼 소형 자동차로 정해진 시간에 대화 재생기의 롤러를 회수한다. 독일 우체국과 제휴하여 그 기계를 각지의 우체국에 두거나 혹은 철도, 선박, 시에서 운영하는 전차 등 교통기관에도 설치하는 것은 어떨까. 전화와 음성 녹음기를 연결하는 방법은 없을까. 뿐만 아니라 축음기와 전화를 연결하는 것은 어떨까.[32]

카프카는 이 편지를 이렇게 매듭지었다. "벌써 시간이 많이 지났군요. 밤마다 그대의 사업을 위해 애쓰고 있습니다. 상세하게 답장해주세요. 하지만 모든 것이 한꺼번에 이루어져서는 안 됩니다. 그렇지 않으면 나는 아이디어에 파묻히고 말 겁니다."[33]

카프카는 아이디어의 몽상에 그치지 않고, 2주 후 실제로 행동으로 옮겨 친구 오토 피크가 펠리스가 다니는 회사의 제품을 영업하도록 한다.

그대에게 추천 목록을 받은 바로 그날 그를 곧바로 공략하여(내 생각에 그는 사업 수완이 좋고 이 밖에도 목록에는 나와 있지 않지만 대화 재생기를 도입할 가능성이 높은 편집실이나 은행과 사이가 좋

기 때문입니다), 저녁에 목록을 가져다준 다음 그를 상점으로 보냈습니다.[34]

2월 4일부터 5일에 걸쳐 쓴 편지에서는 아마도 펠리스가 보낸 목록에 올라 있던 어느 회사에 대해 "내가 아는 한 뷔멘에서 세번째로 큰 목재상입니다. 나도 그 목재상과 사업상의 관계를 맺고 있지요"라고 말하며 이렇게 지시하고 있다. "사랑스러운 사업가인 그대가 끈질기게 매달려보세요."[35]

그동안 카프카가 펠리스에게 보낸 편지는 사랑하는 여성에게 쓴 연애편지로 간주되어왔다. 그러나 사실은 그렇지 않다. 자신의 능력을 확신하는 사업가가 자신만큼 우수하다고 인정하는 여성 사업가에게 자신과 협력하자며 보낸 사업상의 편지인 것이다.

브로트의 해석

　사업이라는 부분에 주목하면서 펠리스에게 보낸 편지를 다시 읽으면 이미 무너지기 시작한 기존의 카프카상은 한번 더 붕괴되어 완전히 뒤집힌다고 할 수 있다. 카프카는 장사를 싫어하여 꺼린 것이 아니라 오히려 흥미로워했으며 자신이 장사에 소질이 있다고 믿고 있었다. 만약 이것이 사실이라면 대부분의 카프카 해석은 근거를 잃어버린다고 해도 과언이 아니다.

　카프카의 생애를 이야기할 때 어째서인지 이상할 만큼 경시된 부분이 있었던 까닭은 아마 그래서일 것이다. 혹은 전혀 없었던 것처럼 취급되기도 했다. 그것은 바로 카프카가 실제로는 사업을 일으키고 영리를 위한 사업을 했던 경영자였다는 사실이다.

　카프카가 매제 카를 헤르만(첫째 누이동생 엘리의 남편)과 함께 '프

카프카답지 않은 카프카

라하 아스베스트 공장'이라는 회사를 세운 것은 1911년 12월이다. 이곳은 당시 기적의 광물로 불린 석면을 사용하여 단열재나 패킹 등의 제품을 만드는 공장이었다.

공장 경영자로서의 카프카는 적어도 연구자 사이에서는 잘 알려져 있다. 그러나 앞서 밝힌 바와 같이 이에 주목한 연구는 거의 전무하며 언급했다 하더라도 대부분 '본심과는 달리' 내지는 '싫은데도 어쩔 수 없이'라는 말을 덧붙이고 있다. 다시 말해 대개 그가 장사를 싫어했다는 점을 강조하는 문맥에서 이야기됐다.

카프카가 장사를 싫어했다는 주장의 주된 근거는 그가 브로트에게 보낸, 1912년 10월 7일부터 8일에 걸쳐 쓴 편지이다. 브로트는 카프카에 대한 최초의 전기 『프란츠 카프카*Franz Kafka: eine Biographie*』(1937)에서 카프카가 공장 경영에 나서는 것을 꺼려 자살할 의사를 내비쳤다며 이 편지를 소개했다.

여기서 잠시 옆길로 벗어나 이 첫 전기의 영향력에 대해 이야기하고 싶다.

앞서 『아버지에게 드리는 편지』가 카프카의 부자관계를 이해하는 근거가 되었다고 이야기했는데 이 편지의 중요성을 특별히 강조하고 있는 것 역시 이 전기다. 브로트는 『프란츠 카프카』에서 제1장 「조상과 유년 시절」의 대부분을 앞서 언급한 상당히 긴 편지의 인용과 그에 대한 해석에 할애했는데, 여기서 카프카의 근본적인 테마라 할 수 있는 부자간의 불화를 제시했다.

여기에는 다음과 같은 부분이 나온다.

나는 지금도 여전히 '카프카에게 아버지의 동의가 얼마나 중요한 가치를 지니는가'라는 근본적인 문제가 카프카 자신의 의식 속에서 발생한 것이 아니라, 외부로부터 제기되었다고 믿고 있다. 아버지의 동의를 필요로 한다는 생각이 한번 자리를 잡자 반박 불가능한 감정이 되기 시작했고, 이후 사라지지 않고 계속해서 '불안, 나약함, 자기 비하 따위의 형태로 카프카의 전 존재에 압력을' 행사했던 것이다. 『아버지에게 드리는 편지』에서는 아버지가 내린 판단이 터무니없이 중요한 역할을 맡아 마치 그 판단에 자식의 모든 노력에 대한 생사여탈권이 부여되어 있기라도 한 듯하다(단편 「판결」 참조).36

오랜 세월 유포되고 있는 「판결」을 『아버지에게 드리는 편지』와 관련지어 해석하는 방법은 카프카 연구에서 아주 초기의 해석이라고 볼 수 있는 브로트의 이런 이야기가 발단이라 하겠다. 마찬가지로 카프카의 직업이나 일하는 태도에 대해서도 브로트가 전기에서 제시한 견해가 오랜 세월 동안 사람들에게 지대한 영향을 미쳐왔다.

브로트의 전기 『프란츠 카프카』 제3장 「직업과 천직을 둘러싼 다툼」은 카프카가 '빵을 위한 직업'과 문학의 틈새에서 힘겹게 싸워온 모습을 지나치게 강조하고 있다. 브로트는 빵을 위해 일하는 것을 '불행'한 일로 단정지으면서 이것이야말로 '이후 카프카가 더욱 고뇌의 세계로 깊이 빠져든 근원'이며, '이러한 고뇌의 세계가 결국 그를 병들게 하고 죽음에 이르게 했다'37고 주장한다. 당시 카프카는 공무원으로서 보험공사에 근무하고 있었을 뿐만 아니라 공장 경영에도 참여하고 있었음이 언급된다. 브로트는 카프카의 공장 경영이 '처음에는 그저 형식적'이었으나 이후 '가끔 어쩔 수 없이 실제로 공장 일을 하게 되었다'면서 '그에게는 정말로 참을 수 없는 일이었다'[38]고 이야기한다.

브로트는 여기서 생계를 위해 어쩔 수 없이 일해야 하고, 가족의 일에까지 휘말려버린 것이 카프카의 '불행'의 '근원'임을 재차 강조하고 나서는 그러한 사실을 여실히 드러내고 있는 것이 바로 자살할 의사를 내비쳤다는 그 편지라고 말한다.

과연 카프카는 그런 뜻으로 편지를 쓴 것일까? 브로트가 말한 대로 거기에는 분명 투신자살을 시사한다고 읽을 수 있는 대목이 발견된다. 미리 보충 설명을 하자면 카프카가 애초에 브로트에게 한탄하는 편지를 보내게 된 계기는 그의 어머니가 매제가 출장 간 사이에 공장 업무를 감시해달라고 부탁했기 때문이었다.

> 오늘밤에도 어머니는 지난 옛이야기를 늘어놓기 시작하면서 나 때문에 아버지의 기분이 나쁘다거나 병에 걸렸다는 이야기를 하시더니 엉뚱하게도 이번에는 매제가 출장을 가면서 공장을 내팽개쳤다는 이유를 꺼내들었네. [···] 비통한 심정이—그저 울컥하고 화가 치밀어 오른 것뿐일지도 모르지만—전신을 휘감기에 나는 분명히 알게 되었지. 두 가지 선택지밖에 없다는 사실을. 모두 잠든 후에 창문에서 뛰어내리든지 아니면 2주 동안 매일 공장에 가서 매제의 사무실로 들어가든지.[39]

과연 '창문에서 뛰어내린다'는 표현이 나온다.

그러나 여기에서 자살이라는 말이 떠오를 만큼 심각함을 느낄 수 있을까. 오히려 공장에 나갈 수밖에 없는 상황을 절대로 다른 한쪽을 택할 수 없는 양자택일의 상황으로 바꿔서 표현한 것은 아닐까.

실제로 이 뒤에는 전자를 선택하면 편지 쓰기와 공장 일 모두 책임을 회피할 수 있겠지만, 후자를 선택하면 '내가 의지와 희망의 힘을 충분히 가지고 있을 경우' '2주일 후에 가능하면 바로 그 지점에서, 그러니까 오늘 내가 중단한 그 지점에서' 이어서 계속 글을 쓰겠다는 문장이 이어지고 있다. 이 문장은 받아들이기에 따라서는 표면상의 비장함을 농담으로 돌리는 것으로 읽을 수도 있다. 나아가 이런 대목도 분명히 적혀 있다. "그래서 나는 뛰어내리지 않았네. 그리고 이것을 작별의 편지로 하려는 유혹들은(작별을 위한 영감들은 다른 방향으로 나가네) 그렇게 강한 것이 아니네."[40]

그런데 어찌된 영문인지 브로트는 이 편지를 심각하게 받아들였다. 『프란츠 카프카』에서는 위의 편지를 인용한 직후에 이렇게 적고 있다.

이 편지를 읽자 등골이 오싹해졌다. 나는 프란츠의 어머니에게 편지를 써서 죄다 털어놓고 아드님이 자살의 위험에 직면해 있다고 경고했다. 물론 내가 참견한 일은 카프카에게 비밀로 해달라고 부탁했다.[41]

즉, 브로트는 카프카의 어머니에게 자식이 자살을 계획하고 있다고 편지를 썼던 것이다. 놀란 어머니는 곧장 '감동적인 모성애가 넘쳐나는' 답장을 보내 '아버지는 병 때문에 절대로 흥분하면 안 되니까 우선 프란츠가 매일 공장에 나간다고 말해두고 그사이에 출자자를 찾아 그 사람에게 공장 감독을 맡긴다'는 계획을 전한다.[42] 요컨대 어머니가 아버지에게 거짓말을 해서 공장 출근에서 자식을 해방한 셈이다.

이 에피소드 뒤에 브로트는 '이 사건을 정당하게 판단하려면 프란츠의 저술 활동이 어떠한 것이었는지 확인할 필요가 있다'고 적고 있다. 나아가 '기원(祈願)의 한 형식으로서의 글쓰기 행위' 혹은 '새로운 비교(秘敎), 일종의 카발라(유대교의 신비주의적 교파 또는 그 가르침을 적은 책.—옮긴이)' 등의 말을 곳곳에 늘어놓으면서 새삼스럽게 카프카의 문학적 작업이 그에게 '유일한 욕구'이며 '유일한 천직(天職)'이었음을 강조하고 있다.[43]

여기서 한 가지 의문이 생긴다. 브로트는 정말로 그렇게 믿고 있었을까.

브로트는 정말로 편지를 그렇게 읽었을까. 오히려 일부러 문자 그대로 읽고 친구의 어머니를 위협하는 듯한 편지를 써서 공장의 힘든 일을 면하게 해주려고 한 게 아닐까.

또 한 가지 배경을 들자면 이 편지는 카프카가 「판결」을 갑자기 쓰기 시작한 계기가 된 날에서 3주가 지난 시점에 쓰였다. 이때는 즉, 카프카가 평생 처음이라 해도 좋을 만큼 순조롭게 집필에 집중했던 시기이다. 그런 중대한 때에 글 쓰는 시간을 빼앗긴다는—낮에는 보험공사에 나가고 저녁에는 공장에 가야 한다면 자유시간은 전혀 없다—것이 얼마나 분하고 안타까웠을지는 상상하기 어렵지 않다.

카프카가 브로트에게 부탁했을 가능성도 있다.

앞 장에서 살펴본 바와 같이 카프카와 브로트는 서로 편지를 보여주기도 하고 교환하기도 하는 등 어떤 의미로는 비밀을 주고받았다. 노골적으로 부탁하지는 않았을지도 모르나 카프카의 진짜 의도를 눈치챈 브로트가 알아서 장단을 맞추듯이 자발적으로 모친에게 편지를 썼을 가능성도 없다고 볼 수만은 없다.

앞서 브로트가 쓴 카프카 전기의 영향력을 언급했을 때 독자들은 새삼스러운 사실을 이야기한다고 생각했을지도 모른다. 그럴 정도로 카프카를 이해하는 데 브로트가 끼친 악영향은 몇십 년 전부터 지적되었다. 지나친 미화와 종교적으로 치우쳤다는 비판은 끊임없이 거듭되었다. 브로트의 해석을 곧이곧대로 받아들여서는 안 된다는 경고는 충분히 해왔다고 하겠다.

그러나 우리가 그 전기의 속박에서 완전히 벗어났다고 말할 수 있을까. 진짜 문제는 브로트의 해석이 아니라 사실 쪽에 있다고 본다. 브로트에 대해서는 오랫동안 수많은 의혹이 제기되었음에도 어째서인지 사실을 둘러싼 그의 증언은 계속 인정받아왔다. 브로트의 해석이 혼란을 불러일으키기 위한 것인지도 모른다는 점을 인식하고 있으면서도 그가 이야기하는 사실은 분명 사실이라고 간주되어온 것이다.

어쩌면 이런 사실에서도 혼란이 야기되고 있는 것은 아닐까.

우리는 브로트의 전기를 어디까지 신용할 수 있을까.

경영자 카프카

과연 카프카는 **진짜로** 공장 경영을 싫어했을까.

브로트의 이야기에 따르면 카프카는 가족을 위해 마지못해 공장 경영에 '그저 형식적으로만' 관여하기로 했다. 그러나 실제로는 전혀 그렇지 않았음을 카프카의 일기나 편지 곳곳에서 엿볼 수 있다. 이는 방금 살펴본 투신할 의사를 내비친 편지에서도 발견된다.

> 이 요구사항[공장 감독]이 나에게 향해진 것에 대한 반대란 털끝만큼도 불가능해. 왜냐하면 모든 사람들의 의견에 따라 공장의 창설에 대한 주요 책무를 내가 짊어져야 하니까—나는 반쯤 꿈속에서 이 책무를 위임받았음이 틀림없네. 아무튼 그렇게 여겨져 [⋯]44

여기서 알 수 있듯이 카프카는 자신이 공장 설립에 가장 큰 책임 자라는 사실을 자각하고 있다. 또한 객관적으로도 그러함을 그 자신도 인정하고 있다. 일기에도 이러한 사실을 뒷받침하는 기술이 여럿 발견된다. 예를 들면 1911년 12월 14일 일기에는 이런 부분이 있다.

> 낮에 아버지가 공장 일을 신경쓰지 않는다며 나를 비난했다. 물론 돈을 벌기 위해 참여했다. 그래도 관공서에서 근무하고 있는 한 동시에 하는 것은 불가능하다고 설명했다. 아버지는 더욱 불평을 늘어 놓았고 나는 말없이 창가에 서 있었다.[45]

여기서는 카프카의 공장 경영 참여는 '돈을 벌기 위해' 자발적으로 이루어졌을 가능성을 읽어낼 수 있다. 물론 이런 종류의 의혹은 아무리 파고들어도 결국 결론은 억측을 벗어나지 못할 것이다. 그러나 적어도 법적으로 회사를 설립한 총책임은 등기 서류나 상사재판소의 기록에서 확인되는 바에 따르면 카를 헤르만과 공동으로 카프카 자신이 지고 있다.[46]

회사 설립 시기는 1911년 12월로서 아버지 가게의 경영이 부진했던 때와 정확히 겹친다. 그렇다면 앞날에 대한 불안을 느낀 아들이 새롭게 가족이 된 매제와 함께 가족의 장래를 생각해 벌인 일일지도 모른다. 어쨌든 젊은 두 사람이 당시 기적의 광물로 불린 석면에 기대를 걸고 일으킨 사업은 몇 달 지나지 않아 자금 변통에 어려움을 겪기 시작했던 것 같다.

제2장 '약한' 아버지와 사업을 좋아하는 아들

가족 때문에 절망적인 밤이다. 누이동생은 또 임신했다며 울고, 매제
는 공장에 돈이 필요하다고 하고, 아버지는 그런 동생과 장사, 그리
고 자신의 심장 때문에 흥분하고 있다. […]⁴⁷

2주 뒤에는 더욱 상황이 나빠진 듯하다. 5월 23일에는 결국 울며
매달리는 편지를 친척에게 썼다. 이는 일기에 나오는 '어제 알프레트
큰아버지에게 공장 일과 관련하여 그럴듯한 편지를 썼다'⁴⁸는 부분에
서 확인할 수 있다.

알프레트 큰아버지, 즉 알프레트 뢰비는 어머니의 오빠이자 당시
스페인 철도회사의 중역이었다. 일기에서는 애매하게 표현하고 있지
만 카프카가 쓴 편지를 보면 금전적 원조를 부탁하기 위한 것이었음
을 분명히 알 수 있다.

그로부터 2년 뒤 카프카의 회사에서 충격적인 사실이 발각된다.

1914년 11월 25일 일기에는 한 편지의 초고가 남아 있다. 그 편지
는 누이동생 엘리의 남편이자 공동 경영자인 카를 헤르만의 남동생
파울 헤르만에게 보내는 것이었다. 파울은 회사를 설립한 직후 형을
도와 경영진의 일원으로 아스베스트 공장에서 일했다.

그해 7월 제1차세계대전이 발발하자 카를이 소집되면서 파울이
대리로 일하게 되었다. 카프카 또한 어쩔 수 없이 공장에 나갈 때가
더 많아졌는데 그때 카프카는 무언가를 눈치챘던 것 같다.

이 편지에는 '장부를 보면'이라는 말이 거듭 나온다. 직접적인 언급
은 없지만 파울의 횡령, 적어도 회계 부정을 의심하고 있음을 읽어낼

카프카답지 않은 카프카

수 있다. 이에 관해서는 가족들 사이에 이미 논의가 있었던 듯하다. 흥분해서 비난을 하는 여동생 엘리를 파울이 오히려 모욕했음을 엄하게 나무라는 대목이 나오기 때문이다. "너는 그녀가 여자라는 사실을, 그리고 네 형의 부인이라는 사실을 잊고 있다."⁴⁹

그리고 다음과 같은 부분도 나온다.

> 네가 일을 잘해준 것은 분명한 사실이다. 그것은 결코 의심하지 않는다. 내가 공장에 대해 걱정하는 부분은 전혀 별개의 일이다. 대수롭지 않은 일일지도 모르나 그렇다고 해서 심각하지 않다고 할 수도 없다. 너는 실무에 대한 책임이 있지만(애초에 그 이상으로 책임질 일은 없다), 나는 금전에 대한 책임이 있다. 나는 아버지와 큰아버지의 돈을 책임지고 있다. 그 사실을 가볍게 여기지 마라. [···]⁵⁰

이 부분은 카프카가 자신이 책임지고 아버지와 큰아버지로부터 사업 자금을 끌어왔다는 사실을 시사한다. 그로부터 약 20일이 지난 12월 19일에는 이렇게도 이야기하고 있다.

> 어제 아버지가 공장 일로 불평을 늘어놓았다. "너는 나를 바보놀음에 끌어들였다." 집으로 돌아와 조용히 세 시간 동안 글을 썼다. 내 죄는 아버지가 말한 것처럼 크지는 않지만 명백하다고 생각하면서.⁵¹

즉, 아버지 입장에서 보면 전망이 나쁜 사업에 말려들어 피해를 보았고 아들도 이 사실을 인정하고 있다.

지금까지 확인한 바에 따라 종합적으로 판단해보면 카프카는 기존에 이야기된 대로 '싫지만 어쩔 수 없이' 회사 설립을 추진한 것이 아니라 자발적으로 나서서 계획하고 그의 책임하에 실행했다. 그리고 아버지와 큰아버지에게 금전적인 손해를 입혔다. 그리고 그 자신도 모아놓은 돈을 잃었다.

정확히 30세가 되는 해에 카프카는 자신의 어리석음과 '죄'를 자각한다. 이런 일들이 일어난 1914년은 펠리스와 첫번째 약혼식을 치르자마자 파혼한 해이기도 하다.

이 두 가지 큰 죄를 안고서 이 시기에 그가 집필한 작품이 바로 『소송』이다.

카프카 연구자 사이에서는 젊은 시절의 카프카가 이른바 **방탕**아였다는 사실이 매우 오래전부터 잘 알려져 있었다.

브로트의 카프카 전기에도, 1958년에 출판되어 큰 반향을 일으킨 클라우스 바겐바흐Klaus Wagenbach의 평전 『젊은 날의 카프카Franz Kafka: Eine Bjographie Seiner Jugend 1883~1912』에도 20대 즈음의 카프카가 매일 밤 브로트와 함께 당시 대도시였던 프라하의 번화가를 구경하며 돌아다닌 모습이 묘사된다. 카프카가 작성한 일기나 편지에도 창부가 있는 집에 드나들고 술집 여종업원들과 만났음을 이야기하는 부분이 곳곳

카프카답지 않은 카프카

에 나온다. 따라서 지금 이 책에서 카프카가 지닌 '의외의' 측면으로 제시하는, 여성에 대한 적극적인 관심이 일부 독자에게는 그다지 새로운 사실이 아닐 수도 있다.

밤마다 카바레나 창관에 드나들었던 젊은 날의 카프카와 브로트를 도시에서 자라 놀기 좋아하는 부잣집 도련님들로 볼 수도 있을 것이다. 카프카는 대학을 졸업한 뒤, 알프레트 큰아버지의 연줄로 외국계 보험회사에 취직하자마자 바로 근무환경이 좋은 공기업 노동자재해보험공사로 자리를 옮겼다. 한편 아버지가 은행 이사였던 브로트는 카프카와 같은 대학을 졸업한 뒤 우체국에서 일했다.

혈기왕성하고 놀기 좋아하는 20대의 이들은 자신들이 받는 공무원 월급으로는 만족하지 못하고 마주앉기만 하면 일확천금을 꿈꾸었던 듯하다.

이를 뒷받침하는 자료 가운데 하나로 말 그대로 「우리들의 백만장자 계획 '염가'」라는 제목을 단 문헌이 있다. 이것은 1987년에 출판된 카프카와 브로트의 여행일기집 『우정—여행 기록』 안에 실렸다. 이 계획은 간단히 말하면 팔리는 실용서를 써서 한밑천 잡고 큰 부자가 되는 것이다. 노골적으로 '염가'라는 제목을 붙인 이 책의 내용은 여행을 좋아하는 두 사람이 자신들의 경험을 살려 도움이 되는 여행 정보를 알려주는 것으로 지금으로 치면 저렴한 여행 안내서이다.

우리가 사는 민주주의 시대, 너나 할 것 없이 간단히 여행할 수 있는 모든 조건이 이미 갖춰져 있다. 이러한 정보를 모아서 알기 쉽게 소개

하는 것이 우리의 사명이다.[52]

이렇게 시작하는 계획서에는 '여행 경로 하나당 예산은 400프랑 정도로 잡는다'라든가 '한 마을당 추천 호텔은 한 곳으로 한다'[53] 등의 아이디어가 항목별로 적혀 있다. 브로트의 『프란츠 카프카』에는 젊은 시절의 에피소드로 이 기획을 떠올리는 부분이 나오는데, 이에 따르면 카프카는 여기에 꽤 열을 올려 일이 잘되면 '백만장자가 될 수 있고, 공무로부터도 해방이다'라며 기대했다고 한다. 이어서 실제로 브로트 자신도 이 기획을 여러 출판사에 팔려고 노력했지만 아이디어를 제시하면서 '거액의 선불'을 요구하여 교섭에 실패했다고 한다.[54]

이 기획서가 쓰인 것은 1911년으로 카프카가 아스베스트 공장을 설립하려던 시기와 정확히 겹친다. 그렇다면 매제와의 창업—결과적으로 무모했던—도 또다른 '백만장자 계획'의 실천으로 볼 수도 있다.

두 청년이 일확천금의 꿈—얼마나 진지했는지는 별개로 하고—을 꾸었다는 사실은 앞에 나온 비행 쇼를 둘러싼 기사에서도 엿볼 수 있다.

그 기사에 따르면 브로트는 쇼를 보고 돌아오는 길에 마치 흥행사나 된 것처럼 자신이 사는 지역에서 여기서 본 것과 동일한 이벤트를 개최하는 방법에 대해 이리저리 궁리했다. 당시 이를 지긋지긋하게 여긴 브로트의 동생 오토와 카프카의 모습을 보면 이런 식의 이야기는 그들의 일상에서 늘 반복되고 있었던 듯하다.

또한 카프카는 이 기사에서 행선지로 가던 도중 운임을 두고 승합

카프카답지 않은 카프카

마차 마부와 벌인 승강이에 관해 이상하리만치 상세하게 썼다. 이는 당시 그들의 주된 관심사가 금전 혹은 금전을 둘러싼 교섭이었음을 드러낸다고 해석할 수 있다.

다시 한번 확인해두지만 지금까지 카프카의 세속적 측면으로는 오로지 여성과의 관계만이 언급되었다. 일기나 전기를 통해 그가 여종업원이나 여배우에게 돈을 탕진했다든가 창부와도 교류가 있었다는 사실을 알고 있는 사람들은 이러한 실제 체험과 작품에서 여성관계를 둘러싼 세세한 부분과의 연관성을 찾아내 지적해왔다.

그러나 방향을 약간 달리하는 세속적 측면, 즉 금전에 대한 욕구나 사업에 대한 욕구는 거의 지적되지 않았다고 해도 과언이 아니다. 오히려 그런 욕망이 전혀 없었던 사람으로 파악했다는 것이 사실에 가까울 것이다.

앞서 살펴본 브로트의 카프카 전기 또한 카프카가 장사를 얼마나 고통스러워했는가를 강력하게 주장했다.

두말할 필요도 없이 카프카를 '성인(聖人)'의 위치로 끌어올린 이는 바로 브로트이다. 브로트는 전기에서 카프카가 '인간으로서 윤리적으로 가장 높은 경지에 도달하기를 지향했다'면서 어떠한 '악덕' '허위' '자기기만'과도 무연한, 순수하고 때묻지 않은 인물로 그리고 있다.[55]

그런데 이러한 '성인'의 모습과는 모순되게도 젊은 카프카에 대해 말할 때에는 앞서 살펴본 '방탕아'다운 모습을 거침없이 전면에 내세운다. 여기에는 실제 카프카를 접해본 사람만이 발언할 수 있는 '작

품으로만 카프카를 파악한 숭배자들은 그를 완전히 오해하고 있다'는 말까지 들어가 있다.[56]

　다시 한번 강조하지만 여기서 브로트가 살짝 내비치고 있는 카프카의 세속적 측면은 어디까지나 여성관계나 유흥에 관련된 것으로서 결코 돈에 연연하고 사업에 강한 관심을 내보이는 계산적인 면모는 아니다. 달리 말하자면 멋을 부릴 줄 아는 댄디한 방탕아로서 어디까지나 예술가적인 뒷모습이라 할 수 있다.

　브로트 자신이 이러한 모순을 자각하고 있었는지는 모르겠지만 이 모순이 카프카라는 인간을 폄하했다기보다 오히려 매력적으로 보이게 했음은 분명하다.

　카프카는 그저 고지식하거나 성인군자 같은 인물이 아니었고 젊은 시절에는 사교적인 측면도 있었다. 브로트의 카프카 전기에서 이런 사실을 **발견한** 독자는 실망하기보다는 오히려 그의 작품 곳곳에서 발견되는 성적인 부분을 떠올리고는 분명 그런 사람이기도 했을 거라고 생각했을 것이다.

　여기서 감히 핵심을 찌르는 견해를 제시하자면 브로트가 굳이 숨기려 들지 않았던 카프카의 세속적인 측면, 약간 **나쁜** 측면은 어디까지나 인간의 **약함**을 드러낸다고 할 수 있다. 인간의 약하고, 슬프고, 서글픈 측면과 연관되는 부분인 것이다. 그러므로 이런 측면들은 가장 큰 죄를 지은 듯 보이면서도 전혀 죄가 아닌 것처럼 느껴지는 악의 한 부분이기도 하다. 특히 이런 종류의 약함과 인간다움은 사회적으로 널리, 약 100년 전의 사회에서는 더욱 관대하게 허용되었다.

물론 브로트는 어디까지나 젊었기 때문이라는 **변명**을 덧붙이고 있다. "카프카의 인격을 한마디로 말하자면 청순함에 대한 동경이다—게다가 젊을 적에는 이러한 엄격한 사고가 아직 명확하게 형성되지 않았다."57

클라우스 바겐바흐의 카프카 전기에도 젊은 카프카의 향락적인 측면에 대해 비슷한 **변명**이 나온다.

브로트와 달리 생전의 카프카와 직접적인 친교가 없었던 바겐바흐의 전기는 방대한 자료를 섭렵하여 19세기부터 20세기에 걸친 세기의 전환기라는 시대 배경과 프라하라는 도시공간의 연관성에서 카프카의 인물 상을 재인식하려 했다. 역사적으로 접근한 바겐바흐는 카프카가 '프라하에서 가장 은밀한 장소'와 '접촉'한 것을 이른바 시대적 필연으로 이해하고 있다.

> 제1차세계대전 전은 이중적인 모럴의 절정기여서 여성에게는 순결함이 요구되는 한편 남성에게는 '성적 에티켓'이라는 스노비즘이 의무시되었다. 그러나 이것은 창관에 빈번하게 드나들어야만 생기는 기술이므로 결국 사람은 진정한 방탕아가 되거나 혹은 [⋯] 다 아는 척하면서 욕망을 절제하는 인간이 되는 수밖에 없었다.58

여기에서는 바겐바흐가 카프카가 여성과 교류하게 된 원인을 아버지의 억압으로부터 도피로 이해하고 있다는 점을 주목하고 싶다.

여종업원이나 창부에게로 '도피하려는 시도'는 분명 아버지와의 대결로 가장되고 있다. 이는 즉 활력 넘치는 생활이라는 이름이 붙은 이상상(理想像)을 실현하고, 이미 끝난 것을 부활시키려는 최후의 시도였다.[59]

이는 강한 아버지에게 억눌린 아들의 심약함과 남자로서의 나약함을 조화롭게 결부시킨 해석이라 할 수 있다.

뒤에서 다시 살펴보겠지만 바겐바흐도 카프카와 아버지의 관계를 브로트와 거의 같은 구도로 이해하고 있다. 따라서 그의 전기 또한 브로트와 마찬가지로 『아버지에게 드리는 편지』에 많이 의존하면서 아버지와의 갈등이 중요함을 되풀이해 강조한다. 바겐바흐는 전기의 마지막 부분에서 이에 기초한 카프카상을 아래와 같이 정리하고 있다.

유년기를 빼앗긴 인간, 그럼에도—외적으로든 내적으로든—언제나 '소년'이어야만 했던 인간. '앞 세대의 티를 좀 늦게 벗어' 말수가 적고, 겸손하고, 한밤중에 일을 하고, 게다가 밤중의 '갈겨쓰기'를 사람들에게 숨기고, 남의 눈에 잘 띄지 않는 복장을 하고, 호리호리한 손에, 몸을 좀 앞으로 구부리고 걷고, 크고 깜짝 놀란 듯한, 회색 눈동자를 가진 사람.[60]

카프카에게 고독한 구도자라는 이미지 외에도 '소년'이라는 이미지가 짙어진 것은 아마 여기서부터가 아닐까.

바겐바흐의 『젊은 날의 카프카』는 위의 부분에 이어 맺음말로서 '카프카를 가장 깊이 인식하고 있던 여성'의 이야기로 밀레나가 브로트 앞으로 보낸 편지('펠리스가 장사에 능하다'고 했던) 가운데 한 부분을 소개하고 있다. "그에게 인생이란 여타의 사람들과 전혀 다른 무언가였습니다. 특히 그에게 돈이라든가 증권거래소라든가, 환전소, 타자기 따위는 전적으로 신비한 존재입니다."[61]

바겐바흐는 이 편지를 중간 중간 생략하긴 했지만 인상적인 다음 부분까지 포함하여 매우 길게 인용하고 있다. "그는 우리 같았으면 보호 받았을 모든 것에 노출되어 있었습니다. 마치 차려입은 사람들 사이에서 홀로 벌거벗은 것처럼."[62]

이런 문맥만 본다면 금전에 어둡고, 세속과 인연이 없고, 순수하고 고결한 인간으로서의 카프카상이 뚜렷하게 떠오를 것이다.

그러나 밀레나의 편지는 정말로 그런 카프카상을 묘사할 의도로 쓰인 것일까.

사실 바겐바흐의 인용에서 대폭 생략된 부분은 카프카가 얼마나 돈에 대해 예민하게 굴었는지를 보여주는 에피소드다.

밀레나가 카프카와 함께 우체국에 갔을 때였다. 창구에서 1크로네(krone, 옛 독일의 10마르크짜리 금화.—옮긴이)를 더 거슬러 받았다고 생각한 카프카가 그 돈을 돌려주려고 일부러 창구 여직원을 찾았다고 한다. 그러나 그 자리에서 다시 한번 세어보니 처음 받은 거스름돈이 맞았다. 그가 그 사실을 계속 신경쓰는 것 같아 걱정한 밀레나가 "적당히 하지 그래요"라고 하자 카프카는 '무섭게 화를 냈다'.[63]

이런 에피소드도 있다. 길에서 거지 여자아이를 보았는데 그때 마침 수중에는 2크로네짜리 동전밖에 없었다. 카프카는 아이에게 2크로네를 건네주고는 1크로네를 돌려받으려 했다. 그러나 그 아이가 한 푼도 없다고 하자 '우리는 영문을 몰라 2분은 족히 거기에 멈춰 서서 생각에 잠겼다'.[64] 카프카는 결국 2크로네를 모두 주었지만 두세 걸음 걷기도 전에 기분이 많이 상했다고 한다.

물론 밀레나는 위의 에피소드를 카프카가 돈에 인색하다는 문맥에서 언급한 것이 아니다. 바로 이어서 잊지 않고 이런 말을 덧붙이고 있다.

> 그는 이런 사람이니까 당연히 나에게는 금방 감격해서 기꺼이 2만 크로네를 주겠지요? 그렇지만 내가 2만 1크로네를 달라고 하면 잔돈을 바꿔 와야 할 텐데, 어디서 바꾸어야 할지 모르겠다면 그는 진심으로 그 1크로네를 어떻게 해야 할지 고민하겠지요. 그 사람은 돈에 대해서 융통성이 없습니다. 여성에게 그런 것처럼.[65]

도대체 밀레나의 진심은 무엇일까?

아니, 이 질문을 던지기 전에 꼭 짚고 넘어가야 할 사항이 있다.

이 거스름돈을 둘러싼 에피소드는 밀레나의 의도가 어떻든 카프카의 순수함에 미묘한 그림자를 드리우고 있다. 바겐바흐는 이 부분을 편지 인용에서 생략했다. 그렇다면 오히려 바겐바흐의 의도를 문제 삼아야 하지 않을까.

'유년기를 빼앗긴' 피해자로서의 카프카, 겸허하고 순수한 카프카를 말하고 있는 문맥에서 보자면 이 에피소드는 분명 적합하지 않다. 카프카의 신화가 어떤 식으로 보강되어왔는지 여기서 그 일단을 확인할 수 있다면 너무 앞서나간 얘기일까?

덧붙이자면 밀레나의 이 편지는 브로트가 집필한 『프란츠 카프카』에 처음 발표되었다(1937년에 발행된 초판이 아니라 1954년 3쇄 발행본부터 추가된 제8장 「보유(補遺)」에 나온다).[66]

카프카 전기에 드러나는 브로트의 의도는 분명해 보인다. 카프카는 거짓말을 못한다, 카프카는 살아갈 능력이 없다고 강조하는 밀레나의 편지는 브로트가 사람들에게 알리려는 신성한 카프카상과 일치하며 이를 크게 뒷받침할 수 있다. 단, 밀레나의 편지는 이 에피소드 외에 그의 의도와 상당히 거리가 먼 에피소드도 전하고 있다. 이 편지에는 앞 장에서 우리가 주목한, 카프카가 펠리스를 좋아하게 된 계기가 그녀가 장삿속이 밝기 때문이라고 언급한 부분도 나온다.

물론 이러한 밀레나의 말은 카프카가 장사에 무능력해서, 그래서 그를 동경하게 되었다는 문맥에서 나왔다. 다시 말해 이 역시 카프카가 순수하다는 사실을 뒷받침하는 증거 가운데 하나인 셈이다. 그렇다 하더라도 카프카가 펠리스에게 끌린 이유는 그녀가 장삿속이 밝기 때문이었다는 진실을 말하고 있다.

그렇기 때문인지도 모른다.

브로트는 밀레나의 편지에 대해 매우 상세하게 주를 달면서 그것은 밀레나의 오해라고 힘주어 말한다. "아무래도 밀레나는 크게 오해를 하고 있는 것 같다."[67]

브로트의 말에 따르면 카프카가 사용한 '장삿속이 밝다'는 말의 의미는 '결코 말 그대로의 의미가 아니라 명석하고 정력적이며 용감하게 인생을 극복한다는, 카프카가 그녀에게 최고의 상찬을 한 것이며 그것이 또한 사실이 아닐 리 없다는(물론 전혀 빗나간 이야기라고 할 수는 없지만) 믿음을 드러낸 부분'[68]이다.

여기서 '장삿속이 밝다'는 말에 대한 브로트의 설명은 그가 '오해'라고 말하는 밀레나의 말과 본질적으로 다르지 않다. 그럼에도 불구하고 그런 그녀의 말에 과민하게 반응하여 이를 부정하려고 애쓰는 브로트의 모습에서 어떤 숨은 의도가 느껴진다면 이 역시 지나친 말일까.

카프카답지 않은 카프카

사업가 친척들

장사와 사업에 주목하여 카프카의 작품을 다시 읽으면 창작의 출발점에 이미 이에 관련된 주제가 포함되어 있다는 사실을 발견하게 된다.

초창기 작품 가운데 하나로 알려진 「시골의 결혼 준비Hochzeitsvorbere itungen auf dem Lande」는 제목 그대로 약혼녀가 사는 시골을 향해 집을 나서는 주인공 에두아르트 라반에 관한 이야기이다.

1906년, 카프카 나이 23세 무렵에 집필을 시작했다고 추측되는 미완의 이 소설은 카프카 문학에서 습작이나 다름없다는 평가를 받아 다른 작품에 비해 거의 해석의 대상이 되지 못했다.

그러한 가운데 유일하게 주목을 받은 부분이 있다. 「시골의 결혼 준비」 앞부분에서 주인공 에두아르트 라반은 시골로 가고 싶지 않아

침대 속에서 자신이 벌레 같다는 몽상을 한다. "침대에 누워 있는 내 모습이 한 마리의 커다란 딱정벌레나 하늘가재 아니면 쌍무늬바구미 같다는 생각이 든다."[69] 즉, 「변신」이 집필되기 6년 전에 이미 그 구상이 이루어져 있었다는 사실을 확인할 수 있다.

그러나 여기에서는 이 사실을 깊이 파고들기보다 그뒤 카프카가 집필한 소설의 중요한 특징이 카프카 창작의 원점에 해당하는 이 텍스트에서 이미 드러나고 있다는 사실만을 언급하려 한다. 우선 첫번째는 주인공이—게오르크 벤데만이나 그레고르 잠자처럼—카프카 본인의 분신으로 형상화되어 있다는 점이다.

소설 첫머리에서 에두아르트 라반의 직업은 카프카와 마찬가지로 공무원임을 엿볼 수 있다("관공서에서는 과도하게 일하느라 너무 피곤해서 휴가를 즐길 수가 없을 정도다. 〔…〕 오히려 고독하고 생소하며 단지 호기심의 대상일 뿐이다"[70]). 직업뿐만 아니라, '라반Raban'이라는 이름 또한 '카프카Kafka' 본인의 이름을 비튼 것이다(카프카는 체코어로 까마귀이고 이 까마귀를 뜻하는 독일어는 'Rabe'이다).

그리고 주인공의 약혼녀는 「판결」과 마찬가지로 이야기의 현실 세계에 등장하지 않는다. 그녀, 즉 '아름다운 노처녀 베티'[71]는 그의 뇌리에 잠시 떠올랐다가 사라질 뿐이다.

또하나는 이후 카프카 문학의 기조가 되는 두 가지 주제가 일찍부터 명확히 나타나 있다는 점이다. 이 두 가지 주제 가운데 하나는 결혼이고 나머지 하나는 장사 혹은 사업이다.

「시골의 결혼 준비」의 주제가 결혼이라는 것은 제목만 보아도—단,

이 제목은 카프카가 아니라 유고를 출판할 때 브로트가 붙였다—바로 알 수 있을 것이다.

여기서 오해를 피하기 위해 말해두자면 이 소설은 결혼식에 관한 구체적인 사항이나 신혼생활 준비와는 전혀 상관이 없다. 다만 약혼녀를 만나러 시골에 가야만 하는 주인공이 그곳에 정말 가기 싫어한다거나 여행 도중에 느낀 그의 우울한 심정 따위를 엮고 있을 뿐이다. 결혼이 주제라기보다 오히려 결혼에 대한 혐오가 주제라고 말하는 편이 보다 정확할지도 모르겠다.

한편 장사가 주제라는 점은 이렇게 집어 이야기하지 않으면 전혀 알아차릴 수 없을 것이다. 내가 아는 한, 이에 대해 표면적으로라도 검토한 연구가 없기 때문이다.

사실 시골로 향하는 주인공 에두아르트 라반이 관심을 드러내는 부분은 오로지 장사와 관련된 것들뿐이다. 결혼이라는 주제를 보다 정확하게 결혼에 대한 혐오라고 바꾸어 말할 수 있다면, 장사라는 주제는 장사에 대한 사랑, 아니, 동경(憧憬)이라고 바꾸어 말할 수 있을지도 모르겠다.

라반은 약혼녀를 만나기 위해 시골로 향하는 여행은 벌레가 되고 싶을 만큼 마음에 내키지 않지만, 사업을 위한 여행이라면 전혀 힘들지 않을 거라고 생각한다.

라반이 열차에 오르자 그와 가까운 자리에 앉아 있던 두 남자가 '물가'에 대해 이야기를 나눈다. 출장중인 영업사원임에 분명한 그들을 본 라반은 이렇게 생각한다. '어딜 가나 오래 머무를 수가 없지. 만사가 신속하게 처리되어야 하니까 말이야. 노상 하는 이야기란 고작 물건에 관한 것뿐일 테고. 저렇게 즐거운 직업이라면 얼마나 신나게 힘들여 일할 수 있을까.'[72] 영업사원들을 부러워하는 공무원 라반은 그들의 대화에 열심히 귀기울인다.

> 여행객들이 하는 말을 그는 한마디도 알아들을 수가 없었다. 상대방의 대답도 이해하지 못할지도 모른다. 여기 사람들은 어린 시절부터 상품을 거래해온 사람들이기 때문에 상당한 사전 준비가 필요할지 모른다. 그러나 그렇게 자주 보빈(bobbin, 실 따위를 감는 데 쓰는 통 모양의 공업용 실패.—옮긴이)을 손에 들고 고객에게 넘겨준 적이 있다면 가격을 모를 리 없을 것이고 가격에 대해 흥정할 수도 있을 것이다.[73]

라반은 그들의 난해한 대화에 감탄한다. 오랜 세월 장사에 열중해서 많은 경험을 쌓아야만 얻을 수 있는 노련함에 동경심을 품는다. 옆 좌석에는 부부로 보이는 상인들도 앉아 있다. 그들이 나누는 짧은 대화 역시 상품 매입 이야기다.

그리고 영업사원이 큰 목소리로 이렇게 말하는 것도 들린다.

> 물론 선생님께서도 잘 알고 계실 터이지만, 이 제조업자들은 벽지에까지 내보내지요. 정말 불쾌하기 짝이 없는 소매상에게까지 파고들거든요. 제조업자들이 우리한테 큰 도매상인들이 매기는 가격과는 다

른 값을 매긴다고 생각하세요? 말이 나왔으니 말이지 똑같은 가격으로 넘기지요. 이제야 비로소 그 사실을 분명하게 알게 되었지요. 철면피한 일이지요. 우리를 쥐어짜는 거지요. 오늘날과 같은 상황에서는 요컨대 장사를 한다는 것이 간단히 말해서 불가능하다고 생각합니다. 우리를 쥐어짜는 거지요.[74]

속았다고 한탄하던 남자는 '눈물을 머금고는' 라반이 앉아 있는 쪽을 응시한다. 그러나 "라반은 등을 기대고는 왼손으로 가만히 자기 수염을 잡아당겼다".[75]

사업에 대한 단순한 관심을 넘어선 **동경**, 그것도 여러 곳을 여행하듯 돌아다니는 큰 사업에 대한 선망은 도대체 어디서 온 것일까?

이러한 물음에 대해 매우 유익한 정보를 제공하고 있는 책이 바로 앤서니 노시Anthony Northey가 1988년에 발표한 『카프카 집안사람들 *Kafka's Relatives: Their Lives and His Writings*』이다. 방대한 역사적 자료를 섭렵한 노시는 카프카의 가까운 친척 가운데 해외에서 과감하게 사업을 벌여 큰 부를 축적한 사람이 꽤 있다는 사실을 밝혔다.[76]

대표적인 인물만 언급하자면 앞에 나온 카프카의 큰아버지 알프레트 뢰비는 프랑스로 이주하여 은행 지배인을 역임한 이후 스페인으로 건너가 마드리드에 있는 철도회사의 중역이 되었다. 또한 그의 남동생 요제프 뢰비는 아프리카의 오지인 벨기에령 식민지 콩고에서 철도회사의 중역으로 10년 넘게 근무했다. 그뒤에는 중국으로 건너가 은행원이 되었고 캐나다에서는 공공 사업 관련 투자회사에 취직했다.

카프카와 동시대를 살았던 사촌 형들 역시 '부친의 구멍가게식 사업을 버리고' 잇달아 외국으로 이주했다. 아버지의 둘째 형의 아들인 에밀 카프카는 23세에 미국으로 건너가 3년 만에 통신판매 사업 분야를 개척한 세계 최대 소매기업 '시어스 로벅 앤드 컴퍼니'에 취직했다. 아버지의 첫째 형의 아들인 오토 카프카 역시 10대에 파리로 건너갔다가 라틴아메리카로 향했으며, 그 이후 몇 년 동안 아프리카나 유럽 각지를 돌아다녔다. 이후 아르헨티나로 돌아온 그는 사업을 일으켰지만 공동 경영자에게 사기를 당해 무일푼이 되었다. 그러자 이번에는 북아메리카로 건너가 무역회사를 경영했다.

노시도 지적하듯이 1906년에 카프카는 브로트에게 보낸 편지에서 이렇게 에너지가 넘치는 사촌 형들에 대해 언급하고 있다. 카프카는 여기에서 그때 마침 프라하를 방문하고 있던 오토를 '파라과이에 사는 재미있는 내 사촌'으로 소개하면서, '한번 자네와 만나게 해주고 싶다'[77]고 브로트와의 만남을 주선하고자 한다.

카프카의 친척들 중에 미국으로 건너가 실업계에서 활약한 사람이 이토록 많다는 사실은 특히 『실종자』—10대에 미국으로 건너간 소년 카를 로스만의 이야기—를 검토하는 데 큰 시사점을 제공한다. 노시도 자신의 책에서 이러한 점에 주목하여 이들 사이의 연관성에 대해 매우 상세하게 지적하고 있다.

어쩌면 여기서 독자들은 다음과 같은 의문을 품을지도 모르겠다.

아버지뿐만 아니라 친척들도 사업가인 환경에서 나고 자란 카프카가 그들과 친밀하게 교류했고 사업에도 관심을 갖고 있었다는 사실이 이미 밝혀졌다면 장사를 꺼리는 카프카의 이미지는 꽤 오래전에 깨지지 않았을까.

하지만 그렇지 않다. 사실 이를 분명히 밝혀낸 노시 또한 기존의 카프카상을 완전히 무너뜨리고 재검토하는 데까지는 이르지 못했다. 예를 들어 그는 자살을 암시한(다고 브로트가 받아들인) 편지를 브로트와 마찬가지로 본심으로 간주하면서 카프카가 공장을 얼마나 고통스럽게 여겼는지를 강조하고 있다.[78]

즉, 노시는 분명 카프카가 힘써 사업을 하는 큰아버지와 사촌 형들에게 큰 흥미를 갖고 그들을 자세히 관찰했음을 명확히 했다. 그러나 그의 책 곳곳에는 카프카가 장사에 관여하기를 꺼렸고 돈을 벌기 위한 행위를 자신의 본질과는 거리가 먼 것으로 여겼다는 식의 해석이 드러난다.

『카프카 집안사람들』은 어디까지나 실증적인 사실의 발굴을 중심 과제로 삼고 작품에 관해서는 오직 그 사실들과의 연관성을 지적하는 데 그치고 있으며, 이들이 담고 있는 의미의 영역까지는 깊이 있게 파고들지 못했다(『실종자』에 대한 부분 역시 이 지적에서 한 발짝도 더 나아가지 못했다). 마지막으로 정리하는 차원에서 잠깐 「판결」에 대한 해석을 시도하고 있을 따름이다. 이 부분을 개략적으로 살펴보면 노시는 우선 카프카가 「판결」을 쓴 1912년 9월을 두고 공장 경영이 원활하지 않은데다가 집필 활동도 막다른 골목에 부딪혀 절망적인 기분에 휩싸인 시기였다고 추측한다. 이를 바탕으로 「판결」에 나오는 이국에서 밑바닥으로 전락한 친구야말로 카프카가 투영된 인물이라고 간주한다. "러시아에 사는 친구, 성공과는 거리가 먼 영원한 독신자가 오히려 카프카 자신이 속해 있는 **현실의 모습**과 일치한다."[79] 한편 사업가로서 자신감이 넘치고 약혼녀도 있는 주인공 게오르크는 작자인 카프카의 말을 빌려 '말 그대로 **허구의 인물**'이라고 노시는 말한다.

> 아버지가 기력을 차리고 일어나서는 게오르크에게 사형을 언도했을 때, 그는 그저 가공의, 종이 위의 창작물을 책상에서 없애버렸을 뿐이다.[80]

요컨대 노시는 카프카가 현실에서는 될 수 없었던, 아버지가 바라던 이상적 아들을 게오르크라는 **허구**의 인물로 형상화했다고 보고, 이중적인 의미를 갖는 허구의 존재를 스스로 파멸시켰다고 이해한 것이다.

이러한 노시의 독해는 작자의 현실과 허구의 관계를 이야기 속 작자의 현실과 허구의 관계로 역전시켜 관련짓고 있다. 이러한 구조를 지적했다는 점에서 새로운 접근법이라고 할 수도 있겠지만, 여기서 말하는 부자의 대립 구도는 앞서 소개한 조켈의 견해와 거의 동일하다.

「상인」의 세계

카프카를 둘러싼 환경을 이야기할 때는 김나지움이나 대학 동아리 친구들 혹은 배우나 화가 등 예술가들과의 교류가 주된 검토 대상이었다. 그러나 이들 공간과 인간관계를 잘 들여다보면 어디까지나 '여가' 시간에 활동하고 만났던 장소이자 사람들이라는 사실을 깨닫게 된다.

한편 카프카의 본업인 노동자재해보험공사 공무원으로서의 환경 또한 최근 수십 년간 상당한 주목을 받아왔다. 다만, 그의 본래 직업을 무엇으로 볼 것인가라는 문제가 남는다. 사실 카프카는 관공서에서도 글을 쓰는 사람인 '서기'였으며, 매일 대량의 보고서와 서류를 작성했다. 최근 들어 현존하는 이들 문서 대부분을 『공문서집(公文書集)』으로 정리했으며, 이를 바탕으로 직무상 썼던 글과 문학적 텍스

트를 비교하는 연구가 착실히 진전되고 있다.[81]

그러나 그런 흐름 속에서 어릴 적부터 마땅히 그가 접한 세계, 즉, 자영업자의 아들인 그가 가정만큼이나 많은 시간을 보냈을 장사의 세계에 대한 이야기는 왠지 잊혀가는 듯 보인다.

카프카는 어린 시절 아버지가 장사를 하는 모습을 감탄의 시선으로 바라보았다. 『아버지에게 드리는 편지』에는 소년 카프카가 '뒷골목 작은 가게'에서 일하는 아버지의 모습을 기쁜 심정으로 바라본 사실을 적어놓은 다음과 같은 부분이 있다.

> 늘 생기가 넘쳤고 저녁때면 조명이 환하게 비쳤지요. 거기서는 많은 것을 보고 들을 수 있었으며 이런저런 일을 거들기도 했고 그러면서 자신의 능력을 과시할 수도 있었습니다. 하지만 무엇보다도 아버지가 물건을 파시고, 사람들을 다루시고, 농담을 하시고 하는 상인으로서의 능란한 솜씨에 감탄을 금할 수 없었지요. 아버진 지칠 줄 모르셨고 어려운 문제가 생길 때면 즉시 적절한 결정을 내리셨지요. [···][82]

그러나 성장함에 따라 장사가 유쾌한 것이 아님을 깨닫게 된다. 왜냐하면 아버지가 종업원에게 화를 내고 욕하는 모습을 보고 아버지에게 공포를 느낌과 동시에 아버지와 떼려야 뗄 수 없는 장사에도 공포를 느끼게 되었기 때문이다. 그러나 여기서는 그가 실제로 공포나 혐오감을 느낀 것이 아니라 이것들이 주로 그 자신의 망상에 기인

한다는 사실에 주의해야 한다.

『아버지에게 드리는 편지』는 아버지와의 갈등을 나타내는 근거로 서뿐만 아니라, 그 결과로서 카프카가 장사를 싫어하게 됐다는 근거로도 빈번히 언급되어왔다. 분명 그렇게 받아들일 수 있는 부분들이 있다. 그러나 이는 아버지에 대한 반발이라기보다 오히려 동조한다고 읽을 수 있는 부분이기도 하다.

아버지가 늘 말하듯 장사가 '아버지의 능력으로도 힘에 부치는' 것이라면 자신의 능력으로는 도저히 감당할 수 없다. 이렇게 말하는 대목에서는 장사와 아버지에 대한 경의(敬意)마저 느껴진다. 또한 사업을 이어받고 싶어하지 않는 아들의 태도를 본 아버지의 다음과 같은 말은 분명 아들의, 아니, 그보다는 아버지의 혐오감을 전하고 있다. "저한테는 사업 감각이 부족하다느니 제 머릿속에는 보다 높은 이상이 자리잡고 있다느니 하는 (…) 말씀을 하셨지요."[83]

새삼스런 이야기지만 카프카는 아버지의 네 자식 가운데 맏이인 동시에 유일한 아들이다. 두 남동생은 어릴 적에 죽었으며, 그가 태어난 뒤 6년 사이에 세 여동생이 태어났다. 당연히 아버지는 그에게 큰 기대를 걸었겠지만 적어도 편지에서는 사업을 이어받으라고 강요하는 모습을 찾아볼 수 없다. 편지는 아들의 '직업 선택'을 두고 아버지가 '완전한 자유'[84]를 부여했다는 사실을 분명히 하고 있다.

어쩌면 아버지는 아들이 장사가 아닌 '고상한' 일을 찾기를 남몰래 바랐는지도 모른다. 아들은 이러한 바람을 예리하게 알아차리고 장사가 아닌 학문의 길로 나아간다. 김나지움에 다니고, 대학에서 법학을 배우고, 법학박사 학위를 취득한다.

'가게를 진정으로 싫어한다.' 아랫글에서는 이렇게 이야기하고 있지만 이것이 결코 장사에 대한 단순한 증오를 말하고 있지 않다는 사실은 명백하다.

그런데 만일 제 마음을(솔직히 저는 이제, 아니 이제야 가게를 진정으로 싫어하게 되었습니다만) 가게로부터 멀어지게 한 것이 실제로 그 "보다 높은 이상"이었다면 그것은 지금과는 다른 모습으로 실현되어야 했는데 어쨌든 저는 그 이상이라는 것 덕분에 평온하고도 불안스럽게 김나지움과 법학 공부의 문을 헤쳐나와 최종적으로 지금의 이 자리에 앉게 되었지요.[85]

카프카가 첫 책인 단편집 『관찰』을 세상에 내놓은 것은 1912년 12월이다. 그해 8월 출판을 준비하려고 차례를 의논하러 브로트의 집을 방문했을 때 우연히 펠리스를 만났다.

20대 마지막 해에 이르러서야 간행된 첫 작품집 『관찰』은 젊은 시절의 창작 활동을 집대성한 것이다. 여기에 묶인 열여덟 편은 1904년부터 1912년까지, 즉 21세부터 29세에 걸쳐서 집필한 것으로 이 가운데 1907년경에(「시골의 결혼 준비」와 거의 같은 시기) 쓰인 「상인Der Kaufmann」이라는 제목의 작품이 있다.

「상인」은 연구자들을 제외하고는 거의 알려지지 않았다. 불과 몇 쪽밖에 되지 않으며 심상(心象)을 스케치하는 듯한 이 작품을 간단히 소개하면 다음과 같다.

「상인」은 '나'가 '소규모 장사'를 하면서 겪는 마음고생을 이야기하면서 시작한다.

나는 몇 시간 전에 미리 결정을 내려야 하고, 심부름꾼의 기억을 일깨워주어야 하고, 염려되는 실수를 미리 경고해야 되며, 그리고 한 계절에 벌써 다음 계절의 유행을 생각해내야만 하는데, 그것도 내 주변 사람들 사이에서 유행할 것이 아니고, 가까이하기 힘든 시골 주민들의 유행에 대해서 생각해야 한다.[86]

이런 걱정들을 보면 그는 의류유통업에 종사하는 사람임을 알 수 있다. 즉, 현실에서 카프카의 아버지가 했던 장사와 거의 같다. 직원 관리와 시장의 흐름, 나아가 거래처의 입금 등에 머리를 싸매는 '나'는 지금 가게 문을 닫고 피로에 지친 모습으로 집에 돌아가고 있다.

「상인」의 가장 큰 특징은 '나'가 자신의 아파트 엘리베이터에 홀로 올라탄 순간에 드러난다. 이 시점을 경계로 이야기는 순식간에 리얼리즘 세계에서 수수께끼의 환상적 세계로 바뀐다.

'나'는 이렇게 중얼거린다. '조용히 해요. 물러서요.'

'나'는 무릎에 의지해 좁은 거울을 들여다본다. 계단 난간은 우윳빛 유리창을 마치 '추락하는 물처럼' 미끄러져 내려간다.

제2장 '약한' 아버지와 사업을 좋아하는 아들

날아가시오. 내가 결코 본 적이 없는 당신들의 날개는 당신들을 시골의 골짜기로 데려다줄지도, 또는 당신들이 파리로 가고 싶어한다면 그리로 데려다줄지도 모르오.[87]

분명 '나'는 혼자 망상에 부풀어 있다. 그가 말하는 '당신들'이 누구이고, 정체가 무엇인지에 대해서는 구체적으로 아무것도 쓰고 있지 않다. '나'는 솟구치는 듯한 망상 속에서 불가사의한 정령 혹은 그 자신의 분신과도 같은 누구 혹은 그 무엇에게 잇달아 명령한다. 손수건을 흔들고, 놀라워하고, 감격해라, 행렬을 지은 사람들에게 손을 흔들어라, 지나가는 아름다운 여인들을 찬양해라, 멱을 감고 있는 아이들을 향해 고개를 끄덕여라, 철갑함에 탄 선원의 목소리에 놀라는 척해라.

[···] 오직 초라한 남자를 뒤따라가시오. 그리고 당신이 그를 출입구로 몰아넣었다면 그의 물건을 강탈하고, 모두들 각자 자신의 호주머니에 손을 넣고서, 그가 자신의 길을 잘못된 골목길로 들어서는 모습이 얼마나 비참한가를 바라보시오. [···][88]

엘리베이터에서 내려 '나'는 현관 벨을 누른다. "그러면 소녀가 문을 열고 나는 인사를 한다."[89] 소설은 이렇게 끝난다.

이 작품은 오랜 세월 동안 거의 고려의 대상이 된 적이 없는데, 마크 앤더슨Mark M. Anderson이 1992년에 발표한 『카프카의 의상Kafka's Clothes: Ornament and Aestheticism in the Habsburg Fin de Siècle』에서 그나마 검토가 이루어졌다.

앤더슨이 이해한 바에 따르면, 엘리베이터에 올라탄 사건을 경계로 하여 2부로 구성되는 「상인」은 다층적 이항대립 구조로 짜여 있다. '건조한 문체'를 보여주는 전반부는 '사업망'이라는 수평적 유통관계' 혹은 '가게에서 이루어지는 먼지를 뒤집어쓰는 육체적 노동'을 보여준다. 이에 비해 후반부는 거울이 달려 있는 유리를 끼워 만든 멋스러운 엘리베이터에서 홀로 '수직으로 상승하는 운동'을 그린다. 문장 또한 '장사꾼답지 않은 정교한 말씨나 이미지로 넘쳐나고'[90] 있다.

요컨대 이 텍스트에는 장사와 시(詩)라는 두 개의 세계가 대치하고 있는데, 그 역할을 한몸에 맡고 있는 이가 바로 '나'다. 이것이 앤더슨이 본 「상인」이다. 그는 이어서 '나'가 책임지고 있는 두 개의 세계를 몇 년 후에 각기 다른 인물로, 즉 아버지인 벤더만과 자식인 게오르크로 나누어 고쳐쓴 것이 「판결」이라고 밝혔다. 나아가 이렇게도 주장한다. "자식은 '러시아에 사는 친구'와 편지로 연락하면서 아버지의 '장사'라는 영역에 대항하려 든다."[91]

앤더슨의 이러한 해석은 이 두 세계의 단절이 카프카가 살다 간 시대의 세대 간 단절, 특히 그가 속해 있던 당시 서유대인 사회의 세대 간 단절과 밀접하게 얽혀 있다는 인식을 전제하고 있다.

이는 다시 말해 동화(同化)된 유대인으로서 실업계에서 성공한 앞선 세대와 견실한 중산층의 자제로서 고등교육까지 받은 아랫세대의 단절이다. 자식들은 아버지의 상업적 세계를 기피하고 '보다 고상한' 영역으로 들어간다. 그것이 바로 법률이나 의학 분야였으며, 그중에서도 특히 문학 세계가 그러했다.[92]

이러한 인식은 일반론적으로 보면 매우 타당하다.

이를 전제로 한 앤더슨의 해석을 검토하기에 앞서 여기서 잠시 위의 해석이 타당한지를 생각해보자.

제1차세계대전 이전에 동화된 유대인 사회에서 세대 간의 단절이 장사와 예술 세계 간의 단절과 관련이 있다는 중요한 사실은 실로 카프카와 동시대 사람인 슈테판 츠바이크Stefan Zweig가 『어제의 세계Die Welt von Gestern: Erinnerungen eines Europäers』에서 역설했다.

츠바이크는 '유대인 본래의 의지, 그 내재적 이상은 정신적인 것, 또한 고도의 문화적 상층부로 도약하는 것'이며, '돈을 벌어 잘사는 것이 유대인 본래의 대표적인 생활 목표가 결코 아니'라고 주장한다. 오히려 유대인은 '무의식적으로 모든 거래와 모든 장사에 달라붙는 의심스러운 것, 꺼림칙한 것, 인색한 것'을 혐오한다. 따라서 "언제나 유대인에게는 부유함의 추구가 한 집안 내부에서 그 당대나 기껏해야 3대에서 끝나버리고, 그야말로 강력한 대에 와서는 조상의 은행, 공장, 이미 이룩한 쾌적한 장사를 이어받고 싶어하지 않는 자식들을 낳게 되는 것이다".[93]

츠바이크도 증언하고 있는 이러한 서유대인 사회의 특성은 세기의 전환기에서 1920년대에 걸친 예술이나 문학을 이해할 때 앤더슨과 같은 많은 연구자들이 전제로 삼아온 중요한 '옳은' 상식이라 할 수 있겠다.

다만 여기서 지적하고 싶은 것은 이러한 상식이 앞서 살펴본 고정된 틀을 만든 요인이 되었을지도 모른다는 위험성이다. 카프카는 강한 아버지에게 억압받은 자식이며, 섬세하고 고독을 즐기고 장사의 불순함을 혐오한다는 틀 말이다. 앞서 언급한 이러한 **신화**가 전혀 붕괴의 조짐을 보이지 않는 이유는 이것이 실로 유대인 사회의 2대째, 3대째 아들과 아버지의 관계를 나타내는 구도로서 극히 전형적이며 상식적이기 때문이었을지도 모른다.

카프카 역시 다른 많은 아들들과 마찬가지로 '정신적인 것'을 '순수하고 금전과 멀리 떨어진 권역'으로 도약시키고 싶어했다. 순수함을 지향하는 이러한 카프카상은 생전에 그를 잘 알고 있던 브로트가 제시한 성인(聖人)의 이미지에도 합치한다.

이 때문에 다들 이 **신화**를 굳게 믿어온 것은 아닐까.

그러나 카프카는 정말로 '정신적'이고 '순수한 것'을 추구했을까?

카프카가 김나지움, 대학, 그리고 문학 동아리에서 만나 교류를 거듭한 친구나 지인들은 대개 츠바이크가 주장한 대로 '이미 이룩한 쾌적한 장사를 이어받고 싶어하지 않는 자식들'이다. 은행 이사인 아버지를 둔 브로트를 비롯하여 '좋은 집안'의 자녀인 그들은 모두 '고도의 문화적 상층부'에 속하기를 원하여 학자, 작가, 예술가 등이 되어 더러운 장사의 세계에서 탈피하고자 했다.

그러나 그것이 정말로 순수함에 이르는 길이었을까? 그것은 과연 높은 곳에 오르는 '고상한' 길이었을까? 사실 이러한 질문은 카프카 자신이 꺼낸 것이기도 하다.

학문이나 문학은 정말로 높고 아름답고 순수한 것일까.

과연 거기에 거짓과 기만은 없는가.

앤더슨의 해석은 지금까지 거의 거론된 적이 없는 카프카의 작품 세계와 아버지의 사업 간의 연관성에 주목했다는 점에서 획기적이라고 할 수 있다. 앤더슨은 그의 저서에서 카프카는 아버지의 장식품 도매업을 지켜보면서 자본주의 사회에서 허식인 의상(衣裝)의 교통(交通)이라는 주제를 얻었다고 말한다. 이러한 그의 통찰은 매우 유익하며 큰 시사점을 제공한다.

그러나 여기에서 한발 더 나아간 의미를 찾았는가 하면, 그 역시 종래에 만들어진 틀에서 빠져나오려 하지는 않았다.

앤더슨은 카프카가 허식에 대해 관심을 가진 이유를 아버지의 사업을 혐오한 사실과 결부하여 논하고 있다. 다른 이들과 마찬가지로 카프카 또한 젊을 적에는 세기말적 댄디즘에 매료되었지만, 성숙해감에 따라 그 스스로 엄격하게 유미주의(唯美主義)적인 공허한 표층을 거절하게 되었다. 이에 대해 앤더슨은 이렇게 말한다.

영혼의 질곡이 된 장식을 벗어던져야만 한다. 꺼림칙한 도시 프라하,

아버지의 사업, 게다가 윤리 또한 미덥지 못한 아버지의 존재 자체가 만들어낸 것이다. 하지만 기호(記號)로 가득한 세계로부터 벗어나야 만 한다. 카프카는 정말로 이를 바랐다.[94]

앤더슨이 파악한 장사와 아버지, 문학과 자식을 둘러싼 관계성의 구도는 결국 조켈이나 노시의 해석과 별반 다르지 않다.

그는 고풍스럽고도 기교적인 문체로 쓰인 「상인」의 후반부를 시인(詩人)의 세계를 묘사했다고 파악한다. 거울이나 유리로 둘러싸인 멋진 공간에서 고독하게 높은 곳으로 향하는 남자의 이미지는 분명 예술이나 문학 등 '고도로 문화적인' 일에 종사하는 사람을 나타낸다고 할 수 있을 것이다.

그러나 그러한 '나'를 가로막고 있는 망상이 아버지와 장사에 관련된 것이라면 그의 상념은 너무나도 오만불손하고 게다가 죄를 범하는 게 아닐까.

윤리로서 순수함을 추구하고 문학을 통해 정신적인 상승을 지향했다. 앤더슨의, 아니, 지금까지 대부분의 이런 이해에 비춰보면 앞서 나온 '초라한 남자'의 물건을 강탈하라고 명령하는 텍스트는 커다란 모순을 안게 된다.

가장 큰 모순을 보여주는 것이 「상인」의 마지막 줄이다.

폭력적인 망상에 사로잡힌 '나'를 맞이한 이는, 어느 한 '소녀'이다. 이때 '소녀'의 독일어 어원은 중성명사인 'Mädchen(소녀, 여자아이)'으로, '여성'도 '부인'도 아니다. 그러니까 이 소녀는 '아내'도 아니고, '연

제2장 '악한' 아버지와 사업을 좋아하는 아들

인'도 아니다.

앤더슨 또한 이에 대해 '그녀는 이름도 없고, 표정에 대한 묘사 또한 없다'며 날카롭게 지적했다. 텍스트에 나오는 소녀는 '하녀'로 해석해야 한다는 것이 지금까지 나온 일반적 견해이다(실제로 기존의 일본어 번역에서는 거의 대부분 '조추(女中, 가정부, 하녀, 식모를 의미함.—옮긴이)'로 번역하고 있다).

그러나 '이러한 여성 형상이 문학 텍스트에 등장하는 의미'를 생각할 때, 다음과 같은 앤더슨의 '다른 차원의 해석'을 덧붙이지 않을 수 없다.

> 요컨대 이 여자아이는 상인의 상상력을 해방시키는 시(詩)의 여신이 아닐까. 만약 그렇다면 라이너 마리아 릴케의 초기 시나 페터 알텐베르크*Peter Altenberg*의 『영혼의 텔레그램*Telegrams of the Soul*』에 등장하는 소녀들의 형상에 매우 가까운 존재로 간주할 수 있을 것이다.[95]

평범하게 읽으면 '하녀'로밖에 이해되지 않는 존재가 '여신'일 수 있을까.

앤더슨은 카프카의 텍스트에서 **의상**의 **교통**을 보았다는 획기적인 착안점을 제시하는 한편, 그 **의미**를 파고들 때는 기존의 상식적인 가치관의 벽에 부딪히고 만 듯하다.

시나 문학, 그리고 예술은 순수하고 고상하다. 거칠게 표현하자면 이런 도식이 가장 중요한 부분에서 앤더슨의 예민한 눈을 순간적으

카프카답지 않은 카프카

로 흐리게 만든 것은 아닐까.

　하루의 노동을 마친 후, 거친 망상에 몸을 맡겼던 남자를 맞이하는 '하녀'는 숭배할 수 있는 존재가 아니라, 시인인 동시에 상인인 남자의 수중에 놓인 존재로 묘사되고 있다고 할 수 있다. 그렇다면 그 여자아이는 아마 남자의 욕망을 위해 남자에게 봉사하는 그의 소유물일 것이다.

『관찰』과 「어느 투쟁의 기록」

카프카가 처음 책으로 펴낸 『관찰』에 실린 모든 작품이 허위를 둘러싼 관찰을 형상화하고 있다는 사실은 앤더슨뿐만 아니라 많은 사람들에 의해 이미 검토되었다.

예를 들면 「나무들Die Bäume」에서는 눈 속의 나무등걸과도 같은 '우리'는 눈에 묻혀 보이지 않는 부분, 그리고 그 아래 흙에 묻힌 뿌리에 대해 이리저리 생각한다. 혹은 「옷Kleider」에서는 레이스나 프릴로 장식한 옷을 입은 여자아이들을 본 '나'는 옷 아래의 피부나 골격에 대해, 나아가 가상의 모습, 미래에 낡아버릴 그들의 모습에 대해 상상을 부풀린다.

이들 소품 모두 누군가가 눈에 비친 모습을 가리는 무언가를, 그 안에 숨어 있는 무언가를 꿰뚫어보는 듯한 글이다.

사실 『관찰』에 실린 열일곱 편 가운데 네 편은 「어느 투쟁의 기록 Beschreibung eines Kampfes」이라는 소설에서 **잘라내서** 작품으로 만들었다. 이 네 편에 「나무들」과 「옷」이 포함되어 있으며, 둘 다 원래 소설 속 등장인물 대사의 일부분이다.

「어느 투쟁의 기록」은 「시골의 결혼 준비」보다 시기적으로 조금 이른 21세 무렵부터 집필을 시작한 초창기 작품 가운데 하나이다. 8년에 걸쳐 대폭 수정을 거듭하면서 상당히 긴 분량을 지속적으로 집필했지만 결국 미완으로 끝났다.

분량 면에서나 창작 기간 면에서나 「어느 투쟁의 기록」은 카프카가 20대에 가장 힘을 쏟은 작품임이 분명하다. 그러한 긴 텍스트에서 잘라낸 부분을 여럿 포함하여 만든 『관찰』은 어떤 의미에서 긴 소설을 내세우지 않고 정수만을 모아 책이라는 형태로 만들었다고 할 수 있을 것이다.

주제 또한 『관찰』과 마찬가지로 「어느 투쟁의 기록」도 도시의 허식을 관찰 및 기록하고 있다. 앤더슨도 정확히 지적한 바와 같이 이 주제는 첫머리의 한 문단에 단적으로 드러난다.

열두시쯤이면 어떤 사람들은 벌써 일어나서 몸을 굽히고 양손을 나란히 뻗치면서 아주 편안했었다고 말하고는 옷을 입으려고 큰 문들을 통해서 옆방으로 간다. 안주인은 방안 한가운데 서서 경쾌한 동작으로 절을 하는데, 그럴 때면 그녀의 드레스에서 장식 주름pin tuck이 흔들렸다.[96]

한밤중에 파티가 끝나고 옷을 잘 차려입은 사람들이 집으로 돌아간다. 사교적인 여주인이 그들을 배웅한다. 20대의 카프카가 극히 세속적인 것에 큰 관심을 갖고 관찰했음은 분명한 듯하다.

그러나 이처럼 눈부시도록 화려하고 들뜬 무대 설정과는 대조적으로 파티가 끝나고 집으로 돌아가는 '나'의 생각이나 '나'가 파티에서 알게 된 남자와 나누는 대화, 나아가 그러한 대화에 액자처럼 들어간 두 남자의 대화는 모두 상당히 난해하고 복잡하다.

사실 그전부터 「어느 투쟁의 기록」은 카프카의 작품 가운데서도 가장 관념적인 접근을 한 작품으로 해석되어왔다. 아래에 나올 '나'의 내적 독백을 보면 언어철학에서 다루는 중요한 과제를 이해할 수 있을 것이다.

달이 뜬 어느 날 밤 광장에서 '나'는 돌연 이렇게 생각한다. 지금까지 쭉 '달'을 '달'이라고 부른 것은 얼마나 무관심한 짓인가. 앞으로 '달'은 '이상한 빛깔의 잊힌 종이 초롱'이라고 이름 붙이자. 그러나 그렇게 부르자, 갑자기 '달'이 거만을 떨지 못하는 것은 어째서인가. 옆에 있는 '마리아 입상'은 '노란빛을 던지는 달'로 부르도록 하자. 그러나 그렇게 이름을 붙이자, 곧바로 위협적인 모습을 볼 수 없는 것은 어째서인가.[97] 요컨대 여기서는 이름 붙이기와 실재하는 물체와의 관계, 유명론(唯名論)이나 실재론(實在論)에서 다루는 주제들을 엿볼 수 있다.[98]

이때의 '나'의 사고뿐만 아니라 소설 전편에 펼쳐지는 남자끼리의 대화 역시 같은 종류의 철학적 회의를 둘러싸고 이루어진다. 여기서

카프카답지 않은 카프카

말하는 회의는 알기 쉽게 말하자면 이름 역시 허식이 아닐까 하는 의문이다.

매우 유사한 말로 기존의 관념적 해석을 대체했을 때 발생하는 문제가 앤더슨이 제시한 역사주의적 해석에서 발생했던 문제와 공통점을 갖고 있다는 사실이 분명해진다.

즉, 「어느 투쟁의 기록」은 근대적인 언어비평과 기호비평을 이야기하고 있으며, 나아가 이 공허한 가상의 교통으로 이루어지는 자본주의 사회를 비판하고 있는 것이다.

이러한 종합적 해석은 카프카의 문학 텍스트를 21세기 현대사회에서 한층 심각한 과제가 된 광고나 이미지 전략 같은 문제영역의 효과적인 형상화로 파악하는 데까지 이어진다.

위에 나온 '달'이라는 말을 둘러싼 사고를 나타내는 장면은 이름이 바뀌면 사물 자체도—물론 받아들이는 이의 주관에 따른 것이지만—바뀌고 만다는 어려운 인식의 문제에까지 파고들면서 이를 정교하게 잘 표현하고 있다. '달'을 '등불'로 부른다 한들 달이 달이라는 사실에는 변함이 없다. 모두들 그렇게 여길 것이다. 그러나 적어도 '나'의 눈에는 달이 순식간에 기운이 없어진 것처럼 보인다. 그러한 달은 변함없이 달이긴 하지만, 그러나 그렇게 생각하기 이전의 달과는 결코 같은 것이 아니다.

요컨대 고작해야 이름만 바뀐다는 사실을 잘 알고 있으면서도 그 이름으로 인해 사람이 사물을 보는 눈은 크게 바뀐다는 것이다.

말에 속아서는 안 된다. 카프카의 작품에서 이러한 경고를, 사회를 비판하는 메시지를 읽어낼 수 있다. 그러나 카프카가 어려운 것은 그가 거기에만 그치지 않기 때문이다.

인식과 말의 문제는 사람과 사람 간의 상호작용을 생각할 때 이른바 커뮤니케이션의 문제가 된다. 사람은 말을 통해 실재하는 그것과는 다른 별개의 무언가가 실제로 존재하는 것처럼 인식하곤 한다. 아니, 그렇게 믿는다. 발화자가 자신이 내뱉은 말이 본래의 그것에 적합하지 않다는 사실을 인식한다면 그러한 발화자의 행위는 남을 속이게 될 것이다. 그러나 여기서 속인다는 것은 무엇을 의미하는가. 기만이 악이 되고, 그리고 죄가 되는 것은 어째서인가.

「어느 투쟁의 기록」의, 기만을 둘러싼 음미의 도마 위에는 말뿐 아니라 행동거지나 몸짓도 오른다. 교회에서 '나'는 어느 남자가 바닥에 아무렇게나 드러누우면서 돌바닥 위에 놓은 자신의 손바닥 위에 머리를 조아리는 모습을 보고는 기분이 나빠진다. '나'가 '보는 이들을 얼마나 불쾌하게 하는지' 하고 생각하고 남자를 책망하자, '기도하던 남자'는 이렇게 순순히 인정한다.

화내지 마세요—선생님은 왜 아무런 상관도 없는 일에 화를 내는 겁니까. 제가 자연스럽지 못하게 행동할 때면 제 자신도 화가 납니다. 그러나 다른 사람이 잘못된 행동을 하면 저는 기쁩니다. 그러니까 제가 기도를 하는 목적이 남에게 보이기 위해서라고 말씀드리더라도 화를 내지는 마십시오.[99]

'기도하던 남자'는 자신의 기도가 '남에게 보이기' 위한 것이라고 인정한다. 단, 이 말을 그대로 받아들인다면. 그런 의미에서 그의 기도는 진정한 기도라고 할 수 없다. 그렇다면 과연 그는 사람들을 속이고 있는 것일까.

적어도 '나'는 그렇게 생각하고 있지 않다. 그러니까 '나'가 화를 내고 있는 것이다. 이때 '나'의 안에 끓어오르는 감정은 정의라는 말로 표현해도 좋을 것이다. 그리고 '나'는 남을 기만하는 그의 태도를 책망한다.

그런데 정작 타이름을 받은 쪽은 정의로운 '나'이다. 어째서 자신과는 아무런 상관도 없는 일에 화를 내냐는 것이다.

'기도하던 남자'의 지적은 위험한 부분을 건드리고 있다. 분명 '나'는 속지 않았다. 진짜로 사기를 당한 사람들은 자신이 사기 당했다고 여기지 않는다. 그들은 '기도하는 남자'를 봐도 그저 '기도하는 남자'라고 생각할 뿐이다. 그렇다면 '기도하던 남자'는 누구를 속였을까. 아니, 어째서 '나'는 남자의 기만에 분개할까.

거듭 말하지만 카프카의 소설을 현대사회 비판으로 읽는 것은 매우 유용하다. 특히 지금까지는 그다지 주목받지 못했지만 말에 대한 그의 회의적인 시선을 자본주의 사회에서 이루어지는 허위의 **교통**에 대한 비판, 좀더 쉽게 설명하자면 사기성이 다분한 광고를 유통시킴으로써 성립되는 현대 산업사회에 대한 비판으로 간주할 수도 있을 것이다.

그러나 카프카의 텍스트는 그러한 지점을 통과하여 한 걸음 더 나아간 문제에까지 다가간다. 기만과 사기를 폭로하고 그들을 비판하는 말 또한 결국은 말이다. 사회적인 도구에 지나지 않는, 각각의 진실을 온전히 파악할 수 없는 단순한 말, 말로 내뱉은 말에 불과하다. 말을 조작하고 있는 한, 즉 조작자의 마음이 아무리 **정의롭**다 해도 결국에는 그 또한 어떤 기만에 가담할 수밖에 없다. 그리고 그러한 절망까지도 말로 표현된다.

「사기꾼의 탈을 벗기다」

앞서 살펴본 것처럼 『관찰』이 「어느 투쟁의 기록」과 관련이 있다는 사실은 잘 알려져 있다. 그러나 이들 사이에 또다른 연관성이 있다는 사실은 아직 아무도 눈치채지 못한 듯하다.

1912년 여름, 카프카는 브로트와 함께 여행길에 올라 라이프치히로 갔다. 그때 브로트에게 출판사 사장 에른스트 로볼트를 소개받아, 자신의 첫 작품 출판을 그에 맡기기로 약속한다. 카프카와 브로트는 이후 바이마르에 갔으며, 거기서 카프카는 홀로 융보른에 있는 요양소에 머무른다. 그 당시의 카프카에 대해서는 앞에서 잠깐 이야기했다.

이 요양소에서 카프카는 자신의 책에 수록할 작품을 한 편 더 쓰려고 했지만 순조롭게 집필하지 못했다. 여행에서 돌아와 몇 년 동안 쓴 원고를 정리하려 했지만 그조차도 제대로 되지 않았다. 그러던 중

8월 7일, 브로트에게 출판을 포기하려 한다는 편지를 보낸다.

> 오랜 번민 끝에 그만두네. 난 불가능해. 이다음에도 아마 못할 것 같
> 아. 아직 남은 작품들을 완성하는 일 말이야. 내가 그것을 지금 할
> 수가 없는데. 그러나 의심의 여지없이 적당한 시간에 해낼 수 있어야
> 하는 것이라. 자네가 진심으로 나에게 충고를 하려는 것인가—그리
> 고 어떤 근거로 그러는지, 제발 그만두게—멀쩡한 의식을 지닌 채 무
> 언가 엉망인 것을 인쇄에 부치라고. 〔…〕 말해보게나. 내가 옳다고.
> 아니면 최소한 자네가 그 일로 나를 나쁘게 여기지 않는다고.100

그날 일기에서도 위의 내용과 동일한 부분을 발견할 수 있다.101
그런데 이튿날인 8월 8일 일기에는 이렇게 적고 있다. "「사기꾼」을 완
성해서 덤을 얻은 것 같은 만족감. 정상적인 정신상태로는 마지막 힘
을 다했다."102

그로부터 닷새가 지난 8월 13일 밤, 카프카는 책 한 권이 될 만한
원고를 챙겨서 브로트의 집으로 갔다. 그리고 거기서 우연히 펠리스
를 만났다. 이튿날 로볼트에게 단편집 『관찰』의 원고를 보냈다.

1912년 8월, 카프카가 이를 완성함으로써 드디어 책의 출판을 결
심하게 만든 「사기꾼의 탈을 벗기다Entlarvung eines Bauernfängers」가 완성
된다. 위의 일기에서 「사기꾼」이라고 한, 20대에 한 문학 활동의 총결
산이 되는 바로 그 작품이다. 『관찰』에 실린 다른 작품과 마찬가지로
심상 스케치풍에 몇 쪽 안 되는 짧은 분량의 「사기꾼의 탈을 벗기다」

(이하 「사기꾼」으로 표기)는 다른 작품과 마찬가지로 화자 '나'가 등장하여 '나'의 주관을 말하는 이야기이다.

이야기는 이렇게 시작한다.

드디어 밤 열시쯤 나는 내가 초대받은 어떤 모임이 열리고 있는 고급 주택 앞에 도착했다. 나는 예전부터 그저 겉으로만 알고 지냈던 한 남자와 함께였는데, 뜻밖에 그는 이번에 다시 나에게 접근하여 두 시간 동안이나 나를 끌고 거리를 돌아다녔던 것이다.[103]

'나'는 저택에서 열리는 파티에 초대를 받았다. 나는 빨리 파티장에 가고 싶은데, 겨우 안면만 있는 남자가 나를 놓아주지 않는다.

파티장에 도착하기 전 '나'의 모습. 시간은 밤 열시. 앞에 나온 소설과 정확히 부합한다는 사실을 알아차릴 수 있을 것이다. 「어느 투쟁의 기록」의 '나'는 파티를 마치고 돌아오는 '나'였다. 시간은 심야 열두시.

즉, 「사기꾼」은 「어느 투쟁의 기록」의 전사(前史)이다.

이와 같이 두 작품의 '나'가 동일인물인 '나'라는 장치를 알게 되면, 앞서 복잡하고도 난해한 대화가 계속되는 소설에서 파악할 수 없었던 '나'의 인물상이 윤곽을 드러내기 시작한다.

파티가 끝나고 돌아가는 길에 알게 된 지 얼마 안 된 술 취한 남자를 상대로 달밤에 오랫동안 이야기를 나누면서 거리를 거닌 '나'는, 파티장에 가기 전에도 안면만 있는 남자를 두 시간이나 애써 상대했다. 그 때문에 모처럼 초대받은 파티에 지각한다. 「사기꾼」의 이야기는 이어진다. ""자!" 하고 나는 말하고는 꼭 헤어질 수밖에 없다는 표시로 손뼉을 쳤다."[104]

이전에도 '나'는 '애매한 의사표시'를 여러 차례 시도했다. 문 앞에서 '나'와 남자 사이에 침묵이 흐른다. 그런데도 남자는 '살짝 미소 지으며' '벽을 따라 오른쪽 팔을 앞으로 내뻗어 눈을 감으면서 자신의 얼굴을 그 팔에 기댔다'. 이를 본 '나'는 깨닫는다. '이 남자는 사기꾼이며, 그 이상은 아무것도 아니'[105]라는 사실을.

「사기꾼」에서 '나'가 남자가 '사기꾼'이라는 사실을 간파할 수 있었던 것은 남자의 미소, 그리고 팔을 뻗으며 눈을 감는, 마치 어리광을 부리는 듯한 남자의 몸짓 때문이다.

여기서 카프카가 큰 관심을 보이며 탐색하고 있는 '사기'란, 사람과 사람 사이에서 이루어지는 커뮤니케이션의 미묘한 뉘앙스, 별것 아닌 듯 보이는 말과 몸짓의 주고받음 등 사람 사이의 '애매한 의사 표시'의 **교통**이라는 사실이 분명해진다. 남자가 '사기꾼'이라는 사실을 알아차린 '나'는 바로 자기반성에 들어간다. 이 '도시'에 와서 몇 달 동안 머무르는 사이 자신은 '이러한 사기꾼들을 철저하게 알고 있다고 믿었다'.

이 순간부터 이야기는 또다시 리얼리티를 상실하며 환상적인 공간으로 급선회한다.

그들은 밤이면 옆 골목에서 마치 여관 주인처럼 두 손을 앞으로 내밀고 우리를 향해 걸어왔고, 우리가 서 있는 광고 기둥 주위를 슬금 슬금 돌아다니며, 마치 술래잡기를 하려는 것처럼 기둥의 둥근 면 뒤에서 한쪽 눈으로 훔쳐보았으며, 네거리에서 우리가 불안해하고 있을 때 갑자기 우리가 서 있는 보도 끝에 나타나 우리 앞에서 어른거리기도 했었지![106]

이 부분에 나타난 사기꾼은 인간인지 그 정체 또한 불분명하게 그려져 있다.

그야말로 말이며, 몸짓이며, 기호이며, 이미지다. 의미의 차원에서 말하자면, 그것들은 인사이고, 남을 위하는 체하면서 제 잇속만 차리는 짓이고, 친절이나 거짓 혹은 간사한 아양일 가능성이 높다.

'나'가 말하는 바에 의하면, 그들은 '나'가 여러 작은 여관에서 처음으로 알게 된 도시 사람들이다. 그리고 '나'는 그들로부터 '불굴의 모습'을 배웠다. "이제는 그것을 내 자신 속에서 느끼기 시작할 정도로 이 지구상에 그것이 없다고 생각할 수 없게 되었다." 즉, 그들과 '나'는 이미 같은 무리인 것이다.

이 대목에서 사업에 능숙한 카프카가 떠오를 것이다. 연기를 잘하고, 거짓말도 잘하고, 장사꾼 아버지에게도 의지가 된다. 이제 막 사귀기 시작한 여성과의 교제에서도 거침없고, 거짓 편지를 보내고, 문이 열리면 집요하게 말을 걸어서 그녀가 대답할 때까지 버틴다. 그런 카프카가 밤이면 밤마다 도시의 환락가를 같이 걷고, 술을 마시고, 진솔한 대화를 즐긴 이는 다름 아닌 친구 브로트다.

이야기 속에서 '나'의 상대인 남자는, 현실과는 달리 겨우 안면을 익힌 남자다. 그러나 그의 표정이나 몸짓을 본 '나'는 그가 '예전부터 알고 지낸 사이'임을 알아차린다. '수치심을 없애기 위해' '나'는 손끝을 비빈다. "그러나 나의 상대편 남자는 여전히 조금 전과 마찬가지로 기대어, 아직도 자신을 사기꾼으로 생각하고 있었으며, 자신의 운명에 대한 만족감이 그의 드러난 볼을 발갛게 물들였다."107

이러한 내용은 '나'의 시점으로 이야기하고 있기 때문에 '정말'로 남자가 자신을 '사기꾼'으로 간주하고 있는지는 확인할 길이 없다. 그가 '만족'하고 있는가의 여부 또한 알 길이 없다. 그의 모습에서 부끄러움을 느끼면서 그를 '사기꾼'으로 확신하며, 그가 만족하고 있다고 믿는 이는 어디까지나 '나'다.

그러나 여기서 한 가지 확실한 것은 상대방의 몸짓이 나타내는 바가 '나'에 대한 방심이자 절대적인 신뢰라는 사실이다. 남자는 조금도 경계심을 가질 수 없게 만드는 몸짓으로 '나'에게 아양을 떤다.

"당신의 정체를 알아!"라고 나는 말하고 가볍게 그의 어깨를 두드려 주었다. 그러고 나서 나는 서둘러 층계를 올라갔고, 위층 대기실에 있는 하인들의 이유 없이 충직한 얼굴들은 마치 하나의 멋지고 놀라운 일처럼 나를 기쁘게 했다. 그들이 나의 외투를 벗기고 부츠의 먼지를 터는 동안, 나는 그들 모두를 차례대로 쳐다보았다. 숨을 내쉬면서 그리고 몸을 쭉 편 채 나는 홀 안으로 들어갔다.108

이로써 이야기는 끝이 난다.

「사기꾼」은 젊은 날의 카프카를 실로 훌륭하게 표현하고 있다고 할 수 있다.

그에게는 절대적인 신뢰를 보여주는 '사기꾼' 친구가 있다. '나'는 그가 꾀면 아무리 중요한 다른 볼일이 있어도 몇 시간이고 밤길을 서성인다. 그러나 '나'는 이런 식의 사귐에 익숙하지 않아 하인들의 시중을 받는 편이 마음이 놓이고 안심이 된다. 그러나 말은 이렇게 하면서도 파티를 좋아하고, 술을 좋아하고, 말하기를 좋아해서, 파티가 끝나고 집으로 돌아가는 길에도 또다시 남자의 꼬임에 넘어가 술에 취한 상태에서 몇 시간이고 밤길을 산책한다.

카프카는 「사기꾼」을 집필함으로써 20대의 8년 동안 악전고투하던 긴 소설에 종지부를 찍을 수 있었다. 그가 「어느 투쟁의 기록」에서 쓰고 싶었던 것은 이런 종류의 고독이며 절망이었다. 소설에서 되풀이되는 난해한 대화는 사람과 사람 간의 커뮤니케이션의 불가능성과 절망의 표출이며, '나'가 아무리 몸부림쳐도 결국 고독할 수밖에 없다는 사실의 처절한 표현이다. 이는 커뮤니케이션만으로 이루어진 소설에 '투쟁'이라는 말이 덧씌워진 것만 보아도 분명히 알 수 있다.

그러나 그러한 투쟁 역시 대화에 불과하다. 그것도 술주정뱅이의 넋두리에 가깝다. 화려한 파티에서 돌아오는 술에 취한 남자들이 뒤엉켜 서로 위로하는 고독이다. 「어느 투쟁의 기록」에서 가장 난해한 제2장에 붙은 제목은 '오락 또는 산다는 것은 불가능하다는 것에 대한 증명'이다.[109] 다시 말해서 산다는 것이 불가능함은 사실이지만,

그것을 증명하는 행위는 '오락'일 수밖에 없다.

카프카는 놀이로서, '오락'으로서 「사기꾼」을 집필함으로써 겨우 만족할 수 있었다.

친구는 사기꾼이며, 자신 또한 사기꾼이다.

이 작품이 쓰이면서 카프카는 비로소 책을 출판하겠다는 결심을 할 수 있었다. 그리고 그는 그 책에 헌사를 붙였다. 'M. B.에게.'

M. B.는 즉, 막스 브로트다. 이 책 또한 편지인 것이다.

카프카답지 않은 카프카

제3장

결혼과 사기

'성'의 '실존'

카프카에게 소설은 분명 편지였을 것이다. 소설이란 커뮤니케이션의 도구였다.

흔히 말하기를 카프카는 다만 글을 쓰기 위해 썼다고들 한다. 남들이 자신의 글을 읽기를 바라지 않았다는 것이다. 그러나 카프카만큼 자신의 작품이 읽히기를 바란 작가가 또 있을까? 나를 깊이, 보다 깊이 읽어주었으면 한다. 어쩌면 그렇게 기원하면서 소설을 썼을지도 모른다.

그런데 여기서 읽는다는 행위는 무엇인가. 어디까지 읽어야 읽었다고 인정할 수 있는가. 가능한 상대를 이해해보려고 상대방의 말, 몸짓, 행동을 읽고, 읽고, 또 읽는 가운데 우리는 끝없는 불신의 소용돌이 속으로 휩쓸려 들어간다.

카프카는 사람과의 커뮤니케이션을 갈망하는 동시에 절망했다. 서로에 대해 진정으로 이해하고, 소통하고, 믿는 것은 얼마나 불가능한 일인가. 오히려 그러한 불가능성을 주제로 삼았다고 할 수 있을지도 모른다.

이미 앞에서 말로 이루어지는 커뮤니케이션이 얼마나 믿을 수 없는 것이며 얼마나 사기성이 짙은지 편지에 드러난 거짓을 검토하면서 확인했다. 말뿐 아니라 몸짓이나 행동거지 또한 거기에 연기와 기술이 섞이면 믿을 만한 것이 못 된다는 사실 또한 이미 살펴보았다.

우리가 여기서 살펴보고 있는 1912년 9월부터 12월 사이에 카프카가 가장 격정적으로 커뮤니케이션을 추구한 상대는 여성이다. 그렇다면 그의 뇌리에는 분명 늘 하나의 커뮤니케이션 수단이 박혀 있었을 것이다. 그것은 성(性)이다. 그러나 인간 사이에 가장 밀착된 커뮤니케이션임이 분명한 섹스는 진정으로 두 인간을 이어주는 것일까. 카프카는 이에 대해서도 깊은 회의를 품고 있었다.

지금으로부터 20년 전쯤 소설가 밀란 쿤데라는, 카프카가 '성애의 희극성'[1]을 쓴 작가라고 역설했다. 널리 유포되어 있는 카프카의 이미지는 브로트에 의해 거세당하기는 했지만, 사실 카프카야말로 성을 로맨틱한 정열 밖으로 끌어낸 인물이다. 그는 '성을 소설 속에서 발견한 최초의 작가 가운데 한 사람'이다. 이러한 주장은 1993년에 출판된, 카프카를 중심으로 논한 현대문학 평론서 『배신당한 유언들*les testaments trabis*』에 실렸다.

카프카답지 않은 카프카

그러나 쿤데라의 이 강력한 주장은 유감스럽게도 사실에 대한 상당한 오인에서 비롯했다. 쿤데라는 우선 브로트가 카프카의 일기를 검열했다며 맹렬히 비난했다. "창녀들에 대한 암시뿐 아니라 성과 관련된 모든 것을 삭제했다."[2] 쿤데라는 이로 인해 카프카 연구자들이 '카프카의 남성다움에 대해 언제나 의혹을 표명했고, 이 순교자의 성불구 상태를 즐겨 떠들어댔다'고 말한다. 그 결과, "오래전부터 카프카는 신경증 환자들, 우울증 환자들, 식욕부진 환자들, 허약자들의 수호성인이자 얼간이들과 우스꽝스러운 귀부인들과 히스테리 환자들의 수호신이 되었다".[3]

브로트가 카프카에게 성자의 이미지를 부여한 것은 분명한 사실이다. 그러나 유독 성에 관한 부분에 대해서만큼은 그다지 순수함을 강조하지 않았음은 앞서 살펴본 바와 같다. 오히려 브로트는 어째서인지 이런 사실을 숨기지 않았다. 아마도 쿤데라는 자신의 해석이 새로운 것임을 강조하기 위해 '거세를 당했다'는 강한 반론에서 출발하고 싶었을 것이다.[4] 그러나 그런 **잘못된** 출발점은 결과적으로 그가 주장하는 새로운 해석이 본질적으로 평범함을 스스로 드러내고 있다.

쿤데라는 주장에 대한 전제—사실 이러한 인식은 브로트나 바겐바흐도 마찬가지였다—를 다음과 같이 말한다.

카프카의 성생활에 대하여 이것만은 감히 말하고 싶다. 당시의 성생활(그리 쉽지 않았던)은 우리 시대의 성생활과는 많이 달랐다는 것 말이다. 당시 처녀들은 결혼 전에 성행위를 하지 않았으므로, 독신자에게는 두 가지 가능성이 있었을 뿐이다. 양가의 유부녀를 만나거나 아니면 여점원, 하녀, 창녀 같은 낮은 계층의 쉬운 여자들을 만나거나.[5]

쿤데라의 주장을 간단하게 정리하자면 19세기 소설은 성행위 자체를 은폐한 로맨틱한 **연애**를 묘사했지만 카프카의 소설은 그것들과 다르다. 카프카는 사회에서 통용되는 **사랑**의 이면에 존재하는 현실을 다뤘다. 그의 말을 빌리자면 카프카는 '성애의 실존적 양상들을 드러낸'[6] 작가다. 쿤데라의 이러한 주장 자체는 틀리지 않았다. 오히려 이 주장은 카프카 소설의 중요한 특징을 꿰뚫고 있다고 해야 할 것이다.

쿤데라는 카프카의 작품에서 성적 묘사가 거의 대부분 추함이나 더러움과 관련되어 있음을 구체적인 부분을 열거하면서 지적하고 있다. 예를 들면 그는 『실종자』에서 소년 카를이 하녀와의 성교를 떠올리는 장면에서 다음과 같은 문장을 인용하고 있다.

그녀는 그의 사타구니를 더듬었는데, 그 손길이 너무나 역겨워 카를은 발버둥을 치며 머리와 목을 베개 밖으로 내밀었다. 마침내 그녀가 몇 번인가 자신의 배를 그에게 밀어붙이자 그는 그녀가 마치 자신의 일부인 것 같은 느낌이 들었으며, 그가 끔찍한 절망감에 휩싸인 것은 아마 그래서일 것이다.[7]

『실종자』는 분명 쿤데라가 말하는 '보잘것없는 성교'[8]가 모든 일의 원인이다. 이 사실은 소설의 첫머리에서 '하녀의 유혹에 빠져 아이가 생겼기' 때문에 양친이 소년을 미국으로 보낸 데에서 확인된다.

쿤데라의 말을 빌리자면 '전혀 무의미한 어떤 것이 우리 운명의 원인이 될 수 있다는 생각은 우리를 맥 빠지게 한다'. 그는 이런 말도 한다. "성교를 끝낸 모든 동물은 슬퍼진다."[9] 이러한 슬픔이 바로 쿤데라가 말하는 '성의 희극성'이다.

이에 따라 그는 『실종자』 후반부에 등장하는 '지나치게 뚱뚱한' 그리고 '다리에 관절염이 있는' 전직 여가수 브루넬다는, 에로스의 우스꽝스러움을 체현한 존재, '혐오와 자극의 경계에 서 있는 성애의 괴물'[10]로 간주하고 있다. 나아가 『성(城)_Das Schloß_』에서 K가 프리다와 처음 만나자마자 나눈 성교가 '맥주 구덩이들과 땅바닥에 널린 온갖 더러운 것들 속에서' 이루어졌다는 점 또한 주목하고 있다. 그것은 '본질적으로 성애와 분리될 수 없는' 그야말로 '더러움'[11]의 표현이다.

거듭 말하지만 쿤데라의 이러한 견해는 타당하다. 카프카는 결코 성을 깨끗한 것으로 묘사하지 않는다. 오히려 불결하고, 추하고, 우스꽝스러운 것으로 묘사하고 있다. 이러한 지적 자체는 빗나간 해석이 아니다. 쿤데라는 언급하고 있지 않지만 카프카가 1918년에 작성한 노트에는 다음과 같은 문장이 발견된다.

고약한 냄새를 풍기는 암캐, 새끼들을 잔뜩 낳고는 여기저기 썩은 내를 묻히고 다니는 이 개는 당시 어린 나로서는 내 모든 것이었다. 지금도 변함없이 나를 충실히 따른다. 도무지 때릴 기분이 들지 않는

개다. 나는 개의 숨결로부터 몸을 피해서 한 발 두 발 뒷걸음질친다. 그렇게 하지 않으면 개는 당장이라도 눈앞에 보이는 담벼락에다 나를 밀어붙일 것이다. 내 위에 올라타서는 나와 함께 완전히 썩어버리려 할 것이다. 마지막에는—이것이 나에게 명예가 될까—문드러져서 벌레가 들끓는 혀가 내 손바닥 위에.[12]

성, 그것도 여성성, 나아가 그러한 여성의 성에 의한 유혹의 역겨움이 극도로 노골적이고도 생생하게 표현되어 있다.

사실 쿤데라의 착안은 명확하기는 하지만 그다지 획기적이지는 않다. 카프카의 작품에 성이 이상하리만치 추하고 불결하게 그려져 있다는 사실은 연구자들이 계속 지적해왔다. 또한 카프카의 텍스트를 주의 깊게 읽으면 누구나 알아차릴 수 있는 사실이다. 쿤데라의 새로움은 거기서 20세기적인 성의 표현, 그가 말하는 '성애의 실존적 양상을 드러내는' 표현을 보면서 긍정적인 가치를 부여했다는 데 있다. 그런 한편 많은 연구자들이 오히려 거기서 카프카의 성에 대한 부정을 읽어내고 이를 거꾸로 시야 밖으로 밀어낸 것은 아닐까.

아무튼 카프카 작품의 성에 관해서는 아직 깊은 탐구가 이루어진 것 같지는 않다. 어째서 카프카는 되풀이해서 그러한 성을, 성의 부패를 썼을까. 이를 성의 부정으로 파악하든 '성'의 실존을 묘사했다고 파악하든 간에 이에 대한 이해는 표면적인 차원에 그치고 있다.

결혼과 타산

카프카는 성을 있는 그대로 쓰고 싶었던 것일까? 혹은 **정말로** 그
것을 혐오했던 것일까. 성이 더러운 것이라면 아름다운 것은 과연 무
엇일까.

사랑은 아니다. 왜냐하면 카프카는 **사랑**을 믿지 않았기 때문이다.

그렇다면 혹시 카프카는 다음에 역점을 두었을까. 요컨대 성은 불
결하다. 하지만 **사랑**은 더 불결하다.

사랑의 기만이라는 문제. 카프카는 **결혼**을 둘러싸고 고군분투하
는 과정에서 이를 가장 통절히 느꼈을 것이다. 세상에서 흔히 말하는
사랑의 성취로서 **결혼**이 얼마나 본질적으로 **사랑**과 먼 존재인가. 카프
카는 이를 계속 관찰했던 것이다.

카프카가 이 문제를 가장 전면에 내세워 언어화한 것이 『아버지에

게 드리는 편지」이다. 앞서 살펴본 대로 이 편지는 부자간의 갈등에 대한 이야기로 읽혀왔다. 기존의 이해를 따르자면 이 편지는 아버지가 관장하는 영역인 **결혼**에 대한 카프카의 절실한 동경이 표명된 것이다.

> 결혼하고, 가정을 이루고, 애가 생기면 낳고, 그 애들을 이 험한 세상 속에서 잘 건사하고, 나아가 바른길로 좀 이끌어주기도 하는 등의 일은 한 인간이 대체적으로 해낼 수 있는 최대한이라고 생각합니다.[13]

이 부분은 카프카의 결혼관에 대한 근거로서 반복적으로 인용되곤 한다. 위의 인용문에 이어 다음과 같은 이야기가 나온다. 자신은 그러한 '한 인간이 대체적으로 해낼 수 있는 최대한'을 목표로 '모든 힘을 투입'해왔다. 그럼에도 불구하고 '장렬히 실패'로 끝나고 말았다. 자신에게 결혼을 향한 길이 이다지도 '결정적인 시련' '가책 없는 시련'이 될 줄은 생각지도 못했다.

이 편지가 작성된 시기를 재차 확인해두면 1919년 11월 펠리스와 두번째 파혼을 맞이한 이후, 율리에 보리체크와 세번째 약혼식을 올렸지만 결혼식 직전에 연기한 직후다.

즉, 이 글들은 카프카가 결혼을 실현하려고 여러 차례 시도했지만, 결국 모두 실패로 끝난 다음에 작성한 것이다.

카프카는 어째서 여러 번 약혼했으면서도 결혼은 하지 않았을까.

그 이유에 대해서는 이미 정설이 있다.

그것은 앞서 살펴본 예술가 대 시민의 도식에 따른 이해다. 요컨대 카프카는 진정한 예술가로서 소설 창작에 몰두하는 일이 소시민적 생활보다 더 중요했다. 자신이 만족할 만한 훌륭한 작품을 집필하기 위해서는 무서울 정도의 고독이 필요하다. 카프카가 무서운 집중력으로 한꺼번에 글을 쓰는 방법을 택했다는 사실은 앞에서 살펴보았다.

실제로 펠리스와 나눈 편지에는 자신이 글을 쓰기 위해서는 철저한 고독이 필요하다고 호소하는 부분이 여러 군데 나온다.

그중에서도 가장 유명한 부분이 1913년 1월 14일부터 15일에 걸쳐서 작성한 편지에 나오는 지하실에 사는 사람에 대한 비유일 것이다. 자신에게 '가장 좋은 삶의 방식'이란, '글 쓰는 도구와 램프를 갖고 밀폐된 넓은 지하실의 가장 깊숙한 곳에 앉아 있는 것'이다. 식사가 '내 방에서 멀리 떨어진 곳, 지하실 밖 가장 먼 방'에 놓여 있어서 잠옷을 입고 거기로 가는 것이 '유일한 산책'이다. 나는 홀로 고립된 이런 공간에서 책상에 앉아 '무엇을 쓸까. 얼마나 깊은 곳에서부터 밖으로 낚아챌까'[14]를 고민한다.

그는 나중에 약혼하게 되는 여성에게 이런 내용의 편지를 썼다.

다시 말하지만 가정을 꾸려나가기보다 예술 활동을 우선시했다는 정설은 틀리지 않았다. 그가 계속 독신 생활을 한 큰 이유 중의 하나는 이 때문이었을 것이다.

그러나 이것이 충분한 대답이 될까.

카프카가 그렇게까지 해서 글을 써야만 했던 이유가 무엇이었는가를 살펴보면 글을 쓰기 위한 고독에의 갈망은 오히려 보다 더 본질적이고 심각한 이유, 결혼을 거부하는 '진짜' 이유를 부각시키지 않을까.

사랑을 믿을 수 없었던 그는 **결혼** 또한 믿을 수 없었다.

사랑과 **결혼** 모두 충분히 더럽다. 그의 눈에는 그렇게 비쳤던 것이 아닐까.

『아버지에게 드리는 편지』는 분명 이러한 사실을 드러낸다.

앞서 인용한 결혼의 가치를 인정하는 대목에 이어 카프카는 자신이 결혼할 수 없었던 이유는 아버지의 관여 때문이라고 적고 있다.

단, 여기서 말하는 관여는 흔히 예상되는 부모의 잔소리 같은 것이 결코 아니었다. 카프카가 본래 관여의 전제가 되는 상호신뢰가 이미 깨져버렸다고 단호하게 말하고 나서 언뜻 내비친 것은 어느 사건에 대해 자신과 아버지가 느끼는 죄악감의 차이다. 이는 "아버지한테는 죄가 안 되는 일이 저한테는 죄가 될 수 있고 반대의 경우도 역시 성립됩니다. 아버지한테는 아무렇지도 않은 일이 저한테는 섬뜩한 관 뚜껑이 될 수도 있습니다"[15]라는 부분에서 확인할 수 있다.

그는 서두에서 이렇게 말하고 나서 어릴 적에 일어났던 어느 사건을 곧바로 떠올린다.

어느 날 아버지, 어머니와 함께 산책하면서 그는 '어리석게도 허풍스럽고, 건방지고, 오만하고 매몰차게' '그 사건'에 대해 말을 꺼냈다고 한다.

카프카답지 않은 카프카

〔…〕아무도 깨우쳐주는 사람이 없었기에 저는 무지함 속에 내버려진 처지였고 겨우 동급생들만이 저를 상대해주었기 때문에 그들에게 이끌려 커다란 위험에 빠질 뻔한 때가 한두 번이 아니었다고 두 분에게 힐난의 말을 해댔지요. (그때 저는 대담함을 과시하기 위해 제 방식대로 뻔뻔스럽게 거짓말을 했던 거였지요. 제 소심한 성격으로 말미암아 당시에 저는 '커다란 위험'에 대해 그것이 구체적으로 어떤 것이었는지 아는 게 별로 없었으니까요.) 하지만 결론적으로는 제가 이제는 이미 다행스럽게도 모든 것을 알게 되었고 더이상 충고는 필요 없으며 아무런 문제도 없게 되었다는 뜻의 말을 넌지시 비쳤지요.[16]

그러나 아버지는 이런 소년다운 허세를 '아주 단순하게 받아들이면서' '어떻게 별 위험 없이도 그런 일을 할 수 있는지 충고의 말을 해주겠다'고 한다.

이런 아버지의 말에 이제 막 열여섯 살이 된 아들은 강한 충격을 받았다. 그것은 당시 '고기며 온갖 좋은 음식들을 배불리 먹고 몸은 까딱하기도 싫어하며 내내 자기 자신에만 몰두하는 아이의 음탕한 마음과 잘 어울리는 대답'이었지만, '그로 인해 수줍은 듯이 보이던 내 인상은 손상되었다'고 카프카는 말하고 있다.

그가 말하는 바에 따르면, 그러한 아버지의 '가르침'은 '삶 전체에 대하여 아버지한테서 받은 최초의 직접적인 가르침'이다. 그러한 첫 '가르침'을 당시 소년이었던 그는 마음 깊이 새겼다. 왜냐하면 '당신이 아들인 나에게 권한 일'은 '당시의 내가 보기에도 세상에서 가장 더러운 일'이었기 때문이다.

여기서 카프카가 그러한 '더러움'에 대한 인식의 차이, 아버지와 자신과의 차이를, '거리감'을 분명하게 인지하고 있었다는 사실은 실로 주목할 만하다.

> 아버지는 제가 더럽혀진 몸으로는 집에 얼씬도 못하도록 하시려는 것이었으나 그것은 부차적인 것이었습니다. 그렇게 함으로써 단지 아버지 자신과 자신의 집안만을 보호하고자 하셨던 거였지요. 하지만 그보다 중요한 것은 아버지 자신은 내내 자신의 충고와는 무관하신 채로 살아오셨다는 점입니다. 한 아내의 남편으로, 깨끗하신 분으로, 더러운 일들로부터는 초연한 고고하신 분으로 말이에요.[17]

이미 결혼한 아버지, 기혼자인 아버지는 이런 더러움을 모두 초월한, 불결하지 않은 중년 남자다. 소년 카프카에게 아버지에 대한 이런 느낌은 강렬한 인상을 심어주었다. 이어서 그는 이렇게 회상하고 있다.

> 당시에 그런 모습이 더욱더 선명하게 인식되었던 것은 아마도 저한테는 결혼생활이라는 것 역시 음탕한 일로 여겨졌으나 제가 결혼생활에 대해 주워들었던 일반적인 이야기를 그대로 내 부모에게 적용할 수는 없었기 때문일 겁니다. 그로 인해 아버지는 더욱더 깨끗하신 분

이 되었고, 더욱더 고고하신 분이 되었지요. 저로서는 아버지께서도 가령 결혼하시기 전에 자신한테 비슷한 충고를 하셨을지도 모른다는 생각은 꿈에도 해본 적이 없었습니다. 따라서 아버지는 속세의 때라곤 거의 조금도 묻어 있지 않은 분이셨습니다. 그런데 바로 그런 아버지께서는 저한테 몇 마디 노골적인 말씀을 던지심으로써 저를 더러운 속세로 몰아내셨지요.[18]

아버지는 이미 맑고 무구한 한편 자신은 앞으로 더러워진다.

깨끗한 아버지와 더러워진 아들. 카프카는 자신과 아버지 사이의 거리를 이런 식으로 두드러지게 나타내고 있다.

그는 이런 대비를 제시하면서 20년이 지난 뒤 아버지로부터 받은 충격에 대한 이야기를 잇는다.

그의 나이 이미 서른여섯, '어디 더 상처 입을 만한 데가 남아 있겠느냐'라고 그 스스로 미리 밝히면서도, 또다시 아버지로부터 깊은 상처를 받았다면서 다음과 같은 에피소드를 전한다.

최근 세번째 약혼식을 올린 그에게 아버지는 이런 발언을 했다고 한다.

그 색시는 분명 프라하의 유대인 여자들이 고개를 끄덕일 만한 고급 블라우스를 입었을 테지. 물론 너도 그 때문에 그 처녀와 결혼하기로 마음먹었을 테니까. [⋯] 나는 너를 이해 못하겠다. 너는 다 자란 성인이고 도시 사람 아니냐. 그렇게 당장 아무하고나 결혼하는 것 말

고 다른 방도를 모른다니. 그렇게 다른 수가 없더냐. 그런 일이 두렵
다면 내가 직접 함께 가주마.[19]

덧붙이자면 당시의 약혼녀 율리에 보리체크는 체코 유대계의 가난
한 가정 출신의 여성이었다. 그녀의 아버지는 유대교회 문지기를 맡
고 있었는데, 바겐바흐에 의하면 이는 '유대인 유산계급 기준으로 말
하자면, 〔…〕 최하층에 속하는 자'[20]에 해당한다.

이 발언을 정리하자면, 아버지는 자식이 '블라우스' 즉, 여성의 겉
옷 혹은 허식에 **유혹** 당해 결혼을 결심했다는 것이다.

그러나 카프카는 그러한 아버지의 이해는 틀렸다며 분명히 밝히
고 있다.

펠리스이건 율리에이건 자신이 지금까지 선택해온 결혼 상대는 모
두 '정말 잘 골랐다'는 것이 카프카의 생각이다. 아버지는 카프카가
'소심하고, 늘 머뭇거리고, 의심하기 잘하는' 인간이라는 사실을 알고
있음에도 불구하고 유혹 당했다고 '큰 오해'를 하고 있는 것이다.

오히려 두 결혼 모두 성사되었더라면 '이성적인 결혼'이 되었을 겁니
다. 그 말은 첫번째는 몇 년간, 두번째는 몇 달간을 밤낮으로 계획을
세우는 데에만 저의 사고력이 온통 집중되었다는 것을 뜻합니다.[21]

오해하지 말았으면 좋겠다, 당신이 기대한 대로 나는 **옳고** 생각에
생각을 거듭해서 '이성적'인 결혼을 했으면 했다.

'무구한' 아버지에게 보내는 '더러운' 아들의 호소는 분명 완연히 비아냥거리는 기색을 띠고 있다.

카프카는 이어지는 대목에서 자신은 결혼에 대해 '높은 이상'을 형성해왔다는 말도 덧붙이고 있다. 왜냐하면 자신은 아버지와 어머니라고 하는 '모범적인 결혼'생활을 가까이에서 쭉 지켜보아왔기 때문이다.

저는 아버지와 어머니의 결혼생활에서 모범이 될 만한 결혼상을 보아왔습니다. 신의라든가 서로 간의 배려와 도움, 자식 수 등 많은 점에서 모범적이랄 수 있지요. 그리고 자식들이 커가면서 점점 더 많은 말썽을 부려도 두 분의 결혼생활 자체는 그로부터 별 영향을 받지 않은 채 변함이 없었지요. 결혼에 대한 저의 높은 이상도 아마 그러한 모습에서 영향을 받아 형성된 것 같습니다.[22]

앞 장에서 언급했듯이 카프카의 아버지 헤르만은 체코계 유대인 중에서도 극빈곤층 출신이다. 그러한 그가 가게를 꾸리기 위해서는 자금이 필요했다.

어머니 율리에(결혼 전 성은 뢰비)는 독일계 유대인으로서 양조장을 경영하는 유복한 집안의 딸이었다. 즉, 헤르만이 일군 사업의 밑천은 결혼할 때 그녀가 갖고 온 지참금이었던 것이다.

그리고 '모범적인 결혼생활'을 함으로써 두 사람은 **행복**한 삶을 누릴 수 있었다.

'유복한 가정의 딸'

「판결」로 돌아가보자.

카프카 최초의 성공작 「판결」의 주인공은 약혼중이다.

주인공 게오르크 벤데만의 약혼녀의 이름은 프리다 브란덴펠트이다. 이 이름이 카프카가 현실에서 이제 막 만나기 시작한 여성의 이름, 펠리스 바우어와 깊은 연관이 있다는 사실은 앞에서 이야기했다.

이 프리다라는 여성은 어떤 사람인가.

그러나 유감스럽게도 그녀는 소설 속 현실에는 등장하지 않는다. 게오르크가 언뜻 머릿속에서 떠올리는 정도의 존재다. 물론 이러한 사실 또한 이미 앞서 언급했다.

그녀가 등장하기까지 순차적으로 거슬러올라가보면 다음과 같다.

러시아 친구에게 보내는 편지를 다 쓴 게오르크는 책상에 앉은 채

카프카답지 않은 카프카

그와의 편지 연락에 대해 이런저런 생각을 하고 있었다. 앞서 밝혔듯이 게오르크는 그의 입장에서 보자면, 친구를 지나치게 '염려한' 나머지 자신이 생각한 대로 정직하게 편지를 쓸 수 없었다. '어떤 대수롭지 않은 남자가 어떤 대수롭지 않은 처녀와 약혼을 했다는 이야기를 꽤나 오랜 간격을 두고 보낸 세 차례의 편지에서 매번 친구에게 알린 것'[23]은 그래서다.

여기서 이어지는 이야기는 이렇다.

> 그러나 게오르크는 바로 자기 자신이 유복한 가정의 딸인 프리다 브란덴펠트 양과 한 달 전에 약혼을 했다는 사실을 실토하는 대신 그런 식으로 친구에게 글을 썼다. 가끔 그는 자기 약혼녀에게 그 친구에 관한 이야기를 하면서, 그 친구에게 편지를 쓸 때 자기는 특별한 입장에 있게 된다는 것도 아울러 말했다. "그렇지만 나는 당신 친구들을 모두 알아둘 권리가 있어요." "나는 그를 귀찮게 하고 싶지 않아." 게오르크가 대답했다.[24]

이런 식으로 프리다는 게오르크의 몽상의 세계에 등장한다.

그녀는 어떤 여성인가. 그녀에 대해서는 거의 아무것도 이야기되고 있지 않다. 위의 장면 외에는 나이나 외모에 대해 그 어떤 대목에서도 언급하지 않는다. 그녀가 어떤 사람인지 유추할 수 있는 단서로는 위의 인용에 나온 단 한마디, 즉 '유복한 가정의 딸'뿐이다.

이 뒷부분도 살펴보자.

게오르크는 그녀에게 러시아에 사는 어릴 적 친구를 초대하지 않은 이유를 **염려하는** 기색이 완연한 말투로 이야기한다. 만약 그가 결혼식에 와준다고 해도 그는 돌아갈 때 분명 그 자신이 '혼자'라는 사실을 통감하게 될 것이다. "결국 혼자 되돌아갈 거야. 혼자서 말이야. 무슨 말인지 알아듣겠어?"

프리다는 이러한 그의 말에 다소 모순된 대답을 한다. "네. 그렇지만 우리 결혼에 대해서 그분이 다른 방도로는 알 수 없을까요?"[25]

'혼자'라는 것이 무엇을 의미하는지 그녀는 잘 알고 있다. 따라서 그가 **정말로** 혼자라면 그는 분명 달리 소식을 얻을 방도를 갖고 있음에 틀림없다.

아무 생각 없이 읽으면 그냥 지나치기 십상인, 무심한 듯한 프리다의 대답을 찬찬히 음미해보면 상당히 무서운 사고방식을 엿볼 수 있다. 약혼자의 친구가 진정한 외톨이가 될 정도로 타인을 믿지 못하는 인간이라면 **당신**(=게오르크)만을 신뢰할 리가 없다. 분명 고향 소식을 들을 다른 경로가 있을 터이다.

게오르크가 그럴 가능성을 부정하자 프리다는 다시금 의미심장한 말을 내뱉는다. 그러자 그는 이번에는 그 말의 **깊은** 뜻을 알아듣는다.

"게오르크, 당신이 그런 친구를 갖고 있다면 아예 약혼을 하지 않는 편이 좋을 뻔했어요." "그래. 그건 우리 두 사람의 죄야. 그렇지만 난 지금도 그걸 무르고 싶은 생각은 없어." 그녀가 그의 키스를 받고 숨을 가쁘게 쉬면서 "그래도 사실은 기분이 나빠요"라고 말하자, 게오르크는 친구에게 모든 것을 써 보내는 것이 정작 위험하지는 않으리라고 생각했다. '나는 이런 사람이니까. 그가 나를 이런 사람으로 받아들여야 해.' 그는 중얼거렸다.26

프리다의 '당신이 그런 친구를 갖고 있다면'에서 '그런'이라는 말은 앞의 **독해**에 비춰보자면, 타인을 전혀 믿을 수 없는, 혹은 고독한 자를 의미할 것이다. 사람에 대한 불신으로 가득찬 그런 인간을 친구 혹은 어릴 적 동무로 부르며 오랜 세월 동안 편지를 주고받는 것이 게오르크라는 사람의 본모습이다. 게다가 그는 편지에 무엇 하나 솔직히 쓰지 않는다. 즉, 게오르크야말로 '그런 친구' 이상으로 사람을 믿지 못하는 인간이다.

그럼에도 불구하고 그는 약혼을 한다. 신뢰관계에 기초하여 오랜 세월에 걸쳐 가정생활을 구축할 계약을 맺는다. 타인을 신뢰할 수 없는 당신이 감히 약혼 따위를 해서는 안 된다. 프리다의 말은 이렇게 해석할 수 있다.

그리고 그런 비난에 대해 게오르크는 그것은 '우리 두 사람의 죄'라고 답한다. 그의 말에는 그녀도 같은 인간이다, 그녀도 사람을 믿지 못하면서 약혼했다는 반론이 포함되어 있다고 봐도 좋을 것이다.

게오르크의 키스는 명백히 그녀의 **입을 막기 위한** 키스이다. 불필요한 설명을 더이상 입에 올려서는 안 된다.

그녀는 연인끼리 나누는 키스라기보다는 공범자로서 키스에 숨을 헐떡이면서도 그에게 **완벽한** 대답을 들려준다. 그런 사실을 입에 담는 것은 '그래도 기분이 나쁘다'. 요컨대 그녀는 자신의 죄를 인정하려 들지 않는다.

그는 그녀의 이러한 배신을, 아니, 그녀의 **완벽한** 공범자 행세를 확인하자 곧바로 그녀보다 한층 능숙하게 대처할 방법, 아니, 오히려 그녀에게 **진정한** 신뢰를 얻을 방법을 생각해낸다. '친구에게 모든 것을 써 보내도 정작 위험하지는 않을 것이다.'

그러고는 그에게 편지를 썼다. 그것이 곧바로 이어지는 일요일에 쓴 편지이다. "제일 좋은 소식은 끝까지 숨겨왔다네. 나는 프리다 브란덴펠트라는 아가씨와 약혼을 했다네. 유복한 가정의 처녀인데, 그집은 자네가 떠나고 한참 후에 이곳으로 이주했으니까 자네는 알 수가 없을 거야."27

이렇게 시작하는 편지에서 그는 프리다보다 먼저 선수를 쳐서 "지금 그녀가 자네에게 안부를 전하고 있으며, 다음번엔 그녀 자신이 자네에게 직접 편지를 쓸 걸세"라고 적고 있다. "그건 자네 같은 독신자에게 대수롭지 않은 일은 아닐 거야." 왜냐하면 "내 약혼녀는 자네와 허물없는 친구가 될" 테니까.28

카프카가 이 소설을 쓴 1912년 가을에 대해 살펴보자.

그때는 마침 그의 주변에 혼담이 끊이지 않았다.

「판결」을 집필하기 2년 전인 1910년 11월에는 카프카의 첫째 누이동생인 엘리가 카를 헤르만과 결혼했다. 다음해인 1911년이 저물 무렵에는 그들 사이에 아들 펠릭스도 태어났다.

카프카에게 첫 조카가 태어났을 즈음, 둘째 여동생 발리에게도 혼담이 들어왔다. 혼담은 순조롭게 진행되어 발리와 요제프 폴락은 1912년 9월 15일에 결혼식을 올렸다.

이때는 카프카가 펠리스를 처음 만나고 나서 한 달이 지난 시점, 그러니까 「판결」을 집필하기 일주일 전에 해당한다.

누이동생뿐만 아니라 그의 친한 벗인 막스 브로트 또한 결혼을 앞두고 있었다. 브로트는 그전부터 교제중이었던 엘자 타우시히와 같은 해 12월에 약혼했다.

이듬해인 1913년 1월에 여동생 발리가 결혼했고, 2월에는 막스 브로트가 결혼했다.

이처럼 1913년 가을부터 겨울에 걸친 시기는 카프카에게 그와 가장 가깝고 중요한 사람들이 잇달아 결혼을 결심하고 약혼한 때이다.

그러한 와중에 집필된 소설 「판결」에서 주인공은 러시아에 사는 친구에게 상당히 오랜 간격을 두고 보낸 편지에서 자신이 아닌 다른 사람의 약혼에 대해 세 번이나 보고를 한다. 여기서 앞서 인용한 대목을 다시 한번 인용해보자. 그러한 약혼이란 카프카의 입장에서 보면 '어떤 대수롭지 않은 남자가 어떤 대수롭지 않은 처녀와 한 약혼'인 것이다.

「독신자의 불행」

오늘 낮, 나는 여동생 일로 우리집을 찾은 여자 중매인을 앞에 두고, 여러 가지 복잡한 이유로 고개를 들지 못할 만큼 당혹감을 느끼고 있었다. 그녀의 옷은 낡았고 상했고 그리고 더러워져 옅은 회색빛을 띠고 있었다. 일어설 때는 양손을 무릎에 짚었다. 아버지가 물건을 팔러 나간 청년들에 대해 묻기에 그쪽으로 얼굴을 돌리자, 그녀가 그런 내 모습을 곁눈으로 훔쳐보았다. 그런 그녀의 행동이 나로 하여금 그녀를 더욱 무시할 수 없게 만들었다.[29]

위의 글은 1911년 10월 31일 일기에서 발췌한 것이다.

카프카는 둘째 여동생인 발리의 혼담이 처음으로 들어오던 날, '고개를 들지 못할 만큼 당혹감'을 느꼈다. 어째서 당황했던 것일까?

당혹감의 의미가 무엇인지는 적혀 있지 않다. 대신 중매인이 입고 있는 옷의 '낡음'이나 '더러움' 따위를 언급할 뿐이다. '물건을 팔러 나간'이라는 부분에서는 카프카가 이 맞선 장면을 일종의 거래로 간주하고 있음을 알 수 있다. 그렇다면 약혼은 상담이 타결되면 바로 맺는 가계약 같은 것이며, 혼인은 가계약이 정식 계약으로 체결됨을 뜻한다.

이 시기에 카프카는 한 사건을 통해 결혼이 그저 비유에 그치지 않고 실로 현실의 사업과 직결된다는 사실을 실감했음이 틀림없다. 1911년 가을, 카프카는 첫째 여동생의 남편인 카를 헤르만과 아스베스트 공장 설립에 관한 이야기를 진전시키고 있었다. 위의 맞선을 본 날에서 열흘 전에 해당하는 10월 20일 일기에는 이런 대목이 있다.

> 19일에 공장 일로 카프카 박사 댁. 계약자 사이에서 계약을 맺을 때으레 발생하는 사소한 이론적 적대관계. 나는 박사에게 향한 카를의 얼굴을 찬찬히 살피듯 두 눈으로 바라본다. 이러한 적대관계는 두 사람이 평소에 서로에 대해 깊이 생각하지 않아서 발생했으므로 아주 작은 일에도 둘 사이가 삐걱거리는 것은 당연하다.[30]

카프카는 '카프카 박사' 즉 친척인 변호사 로베르트 카프카의 집에서 앞으로 공동 경영자가 될 매제를 불신에 찬 눈으로 바라보고 있다. 위의 글은 그가 매제와 신뢰관계를 구축하고 있지 않음을 느끼고 있다는 사실과 그로 인해 장래 어떤 문제가 발생할 것을 예견하고 있음을 분명히 전한다.

그러한 직감은 적중했다. 앞서 본 것처럼 그로부터 몇 년 후에 카를의 친동생인 파울의 부정이 회사를 궁지로 몰아넣었다.

카프카가 당시 아직 완전한 신뢰관계가 형성되지 않았음에도 매제인 카를과 공동으로 사업을 일으키게 된 배경에는 인척관계라고 하는 '보증'이 큰 역할을 담당했음이 틀림없다. 혼인이라는 계약의 신뢰성이 사업을 하는 데 반드시 필요한 인간관계의 신뢰성에 담보로 기능했던 것이다. 흔히 말하듯 가족이니까 믿는다는 식이었을 것이다.

이 당시 카프카는 변호사의 집에서 계약서의 내용을 확인하는 과정에서 결혼과 사업의 깊은 관계를 다시금 통감한다. 아래는 11월 8일 일기 중 한 부분이다.

> 박사가 계약서를 소리 내어 읽을 때 어느 부분에—장래 내 아내와 아이들과 관련된 부분이 나왔을 때. 나는 내 앞에 놓여 있는 발이 두 개인 큰 의자와 발이 하나인 작은 의자가 한 세트를 이루는 책상에 시선이 멎었다. 나는 이들, 혹은 그 어떤 세발 의자도 나 자신과 처자식이 차지할 수 없을 것이라는 생각이 들자, 처음부터 절망적인 […] 행복을 찾고자 하는 마음이 끓어올랐다.[31]

결혼은 사업의 계승이라는 점, 그리고 자산의 운용과 관리라는 점에서도 매우 중요한 역할을 담당한다. 사랑의 종착역에 존재할 행복이 사업과 직결되는 현실. 본래 대척관계에 놓여야 할 이들이 서로 깊이 밀통하는 세계. 카프카는 결혼에 의한 행복을 갈망하면서 동시에 절망하고 있다.

『관찰』에 수록된 작품 「독신자의 불행Das Unglück des Junggesellen」이 집필된 때는 위의 사건이 발생한 날로부터 나흘이 지난 1911년 11월 14일이다(정확한 날짜를 알 수 있는 이유는 이와 동일한 부분이 일기에서 발견되기 때문이다). 짧기 때문에 전문을 인용한다.

독신자로 남는다는 것은 정말 괴로운 일로 생각된다. 저녁에 사람들과 시간을 보내고 싶을 때에는 나이든 사람으로서 위신을 지켜가며 한데 끼워줄 것을 어렵게 청해야 하고, 몸이 아파지면 자신의 침대 한구석에서 몇 주일이라도 텅 빈 방을 바라보아야 하고, 언제나 대문 앞에서 작별을 해야 할 뿐 한 번도 아내와 나란히 층계를 올라올 수 없고, 자신의 방안에 있는 옆문들은 단지 낯선 집안으로 통해 있을 뿐이며, 늘 한 손에는 자신의 저녁거리를 들고 집으로 와야 하고, 낯선 아이들을 놀라워하며 바라보아야 하지만 "나에겐 아이들이 하나도 없구나" 하고 줄곧 되풀이해서도 안 되며, 젊은 시절의 기억에 남아 있는 한두 명의 독신자들을 따라 외모와 태도를 꾸며나가야 한다는 것은 정말로 괴로운 일이다.

결국은 그렇게 될 것이다. 실제로 오늘이든 내일이든 당장 일어날 수 있는 일이다. 몸에는 머리가 붙어 있고, 머리에는 이마가 있지만, 그 이마는 손으로 찰싹 때리기 위한 것일 뿐.[32]

거듭 이야기하지만 이러한 글이 카프카가 여동생 엘리의 결혼 상대와 사업을 일으킨 직후에 작성되었다는 사실은 매우 중요하다. 당시 엘리는 산달을 맞이했고 이로부터 이삼 주 뒤에 카프카의 첫 조카가 태어난다. 반년 전에는 이미 또다른 여동생 발리도 맞선을 보았다. 덧붙이자면 그해 네 살 위인 사촌 형 오토, 파란만장한 인생을 보내는 '재미있는 사촌 형' 또한 미국에서 회사를 설립하고 결혼한다.

결혼이란 무엇인가. 카프카는 현실에서 자신과 가까운 사람들의 결혼을 눈앞에서 보며 자신의 결혼에 대해 절망했다. 그리고 그러한 독신자로서의 미래를 '불행'으로 자리매김하면서 「독신자의 불행」을 집필했다.

두이동생들의 결혼

1913년 1월 10일부터 11일 밤, 카프카는 둘째 여동생 발리의 결혼식 전날 밤에 펠리스에게 보낸 편지에서 자신이 사람의 성격을 잘 파악하지 못한다는 말을 한다.

그가 말하기를 자신은 첫째 여동생 엘리가 약혼했을 때에도 '암담함'을 느끼고 불행해질 것을 예감했다. 그러나 '전에는 서툴고, 결코 만족할 줄 모르며, 성미가 까다롭고, 계속 조급해하는 성격이었는데 결혼을 하더니 두 아이와의 행복 한가운데로 자신의 존재를 더 넓혀가더라'[33]고 적고 있다.

내일 결혼할 동생의 약혼에 대해서도, 그리고 다음달에 결혼할 막스 브로트의 약혼에 대해서도 '나는 만족스럽지 않고' 이들 약혼을 생각하면 '당장이라도 불행이 닥칠 것처럼' 고민했다고 한다.

'나는 앞일을 잘 예견하지 못하고 사람의 성격도 잘 파악하지 못하는 사람'이라고 자신을 비하하면서도, 결국에는 돌변하듯 자신의 '정당성'을 확인한다. 아무리 여동생들이 '행복'하다는 사실을 직접 눈으로 보았어도, 아니, 오히려 그렇기 때문에 인간에 대한 자신의 이해는 '분명 더 심오한 정당성을 갖고 있을 것이다'.[34]

결혼에 따른 '행복'과 '불행'을 둘러싼 카프카의 생각은 정말 복잡하고 난삽했다.

같은 날 이어서 쓴 편지에서는 피로연이 고통스러웠음을 한탄했으며, 결혼식 다음날(1월 12일부터 13일에 걸쳐)에 쓴 편지에서는 피로연이 진행되는 사이에 자신은 '고갈되고 의기소침한 상태'[35]가 되었다고 보고한다. 또한 다음날(13일부터 14일에 걸쳐)에 쓴 편지에서는 부모님의 모습에 대해 '고통스럽게 낭비되는 어처구니없는 비용에도 불구하고 축하연을 행복해하셨다'며 "나의 불쌍한 부모님'이라고 부르고 싶은 유혹을 느낀다'[36]고 적고 있다.

기뻐해야 마땅할 동생들의 결혼에 대해 이보다 더 부정적일 수 없는 말이 이어지고 있다.

결혼에 대한 혐오.

분명 카프카는 결혼을 기피하고 있다. 결혼을 '한 인간이 대체적으로 해낼 수 있는 최대한'으로 간주하고 있음에도 불구하고, 그러한 '최대한'을 가장 역겹게 느낀다. 이런 심각한 모순은 거듭 음미해야 할 것이다.

둘째 여동생의 결혼식에 즈음한 그의 심정은 펠리스에게 보낸 편지로 알 수 있다. 그러나 첫째 여동생 엘리가 결혼한 것은 펠리스를 만나기 전이었다.

따라서 당시 그의 마음을 살펴보려면 일기를 볼 수밖에 없지만 그날 일기에 결혼식에 관한 이야기는 한 줄도 없다. 1910년 11월 17일, 그날의 일기를 쓰지 않은 것이 아니다. 그날 밤에 참석했던 낭독회에 대해 상당히 신랄한 비평을 쓰고 있다. 그러나 결혼식에 대해서는 아무런 언급이 없다. 다만 그날의 일기에 적혀 있는 다음과 같은 간결한 메모는 동생 엘리와 전혀 무관하다고 할 수 없다.

루들(Rudle) 1K

카르스(Kars) 20h 빚schuldig 37

루들은 신랑 카를 헤르만의 형제 루돌프 헤르만, 카르스는 브로트의 친구인 화가 게오르크 카르스를 가리킨다. 그리고 1K와 20h는 당시 통화의 단위로 1크로네 및 20헬러를 나타낸다. 즉, 이 메모는 여동생의 결혼식 당일, 신랑의 형제들과 돈거래가 있었음을 시사한다(단, 'schuldig'라는 단어만으로는 어느 쪽이 빌려준 것인지 명확하지 않다).

깊이 읽지 않고 **사실만을** 보자면 카프카가 동생의 결혼식 날 이에 관해 쓴 것이라고는 새롭게 인척이 된 사람과의 돈거래뿐이었다.

사실 카프카의 일기에는 그 밖에도 동생의 결혼에 관해 극히 냉담한, 아니, 냉혹하다고까지 할 만한 감정을 읽어낼 수 있는 부분이 또 있다. 1912년 9월 15일, 여동생 발리가 약혼한 날 카프카는 일기에 한 줄, '동생 발리의 약혼'이라고 쓴 후에 다음과 같은 시를 덧붙였다.

무력감의
바닥에서
우리는 기어오른다
새로운 힘으로

체면치레를 모르는 신사들은
어린아이들이
지쳐 떨어져나갈 때까지
기다리고 있다.[38]

기쁨이나 축하의 시는 아닐 것이다. 그와는 정반대로 어두운 절망이 느껴진다.

이날 일기에는 다음과 같은 수수께끼 같은 말도 실려 있다. "유례가 드문 전기(傳記) 작가의 예감."[39]

일찍부터 카프카는 자신의 전기를 쓰고 싶다는 욕망에 사로잡혀 있었다.

"나는 관공서에서 해방되면 무슨 일이 있어도 자서전을 쓰고 싶다

카프카답지 않은 카프카

는 욕망에 곧바로 따를 것이다."⁴⁰

이것은 1911년 12월 17일 일기에서 발견한 문장이다. 일기에서 확인되는 바로는 그는 당시 뫼리케나 괴테의 자서전을 열심히 읽고 있었다. 그는 이때뿐만 아니라 평소에도 작가들의 자서전이나 서간집, 일기 등을 즐겨 읽었다.

〔…〕 자서전 집필은 나에게 큰 기쁨이 될 것이다. 그것은 마치 꿈길을 달리는 것처럼 술술 쓰일 것이고, 게다가 전혀 다르고, 크고, 내게 영원히 영향을 미칠 성과를 안겨줄 것이다. 그리고 그러한 성과는 누구나 이해할 수 있고, 느낄 수 있을 것이다.⁴¹

자서전을 쓰고 싶다. 사람들이 자신을 이해하고 느껴주면 좋겠다. 이런 염원을 갖고 있는 그가 여동생의 약혼식에 즈음하여 불길한 시를 쓰면서 '전기 작가'로서 성공을 예감한다.

그로부터 닷새 후, 그는 첫 편지 쓰기에 성공한다. 운명의 문이 저절로 열리게 만든 펠리스에게 보낸 편지이다. 또한 그는 이틀 후에 다시 그녀에게 보내는 한 통의 편지를, 자신의 본래 모습 그대로를 전하는 자서전을 하룻밤 만에 완성한다. 그것이 「판결」이다.

일요일에 일어난 사건

다시 한번 1912년 여름부터 가을에 걸쳐서 발생한 사건을 시간 순으로 대강 훑어보자.

우선 카프카는 6월 하순에 브로트와 여행길에 올라 라이프치히에서 로볼트 출판사의 사장을 소개받는다. 그 자리에서 작품집을 내기로 사장과 약속한다. 거기서 카프카는 브로트와 함께 바이마르를 방문하여 일주일을 머무른 뒤, (앞서 보았듯이 아마도 거짓이었을 진단서를 제출하여) 특별히 연장된 휴가를 이용하여 융보른에 있는 요양소에서 혼자 3주를 보낸다. 7월 29일에 프라하로 돌아와 약속한 첫 책을 내기 위한 원고 정리에 착수하지만 만족스럽게 진행되지 못했다. 일단 한 번은 포기하고 이제 출판은 하지 않겠다며 브로트에게 편지를 쓴다. 그러나 이튿날인 8월 8일, 다소나마 납득할 만한 작품 「사기꾼의 탈을 벗기다」를 완성한다. 그리고 이 작품을 수록해 한 권의 책으로 엮을 결심을 한다. 그로부터 닷새가 지난 8월 13일 밤, 이 작품집의 차례를 의논하려고 원고를 갖고 브로트의 집을 방문한다. 그 자리에서 펠리스를 처음 만난다. 일주일 후인 8월 20일 일기에 당시 그녀의 외모를 혹평하는 말을 남긴다. 이 부분은 이 책의 앞부분에서 인용했다. 그리고 거기에는 그러한 만남의 자리에서 즉시 '판결'이 내려졌다는 사실도 적혀 있다.

이 '판결'은 무엇을 의미하는가. 이 물음에 대해 이렇게 대답해도 좋을 것이다. 아마도 그는 그녀가 자신에게 어울리는 상대라는 사실을 한눈에 알아챘을 것이다. 결혼이라는 거래를 성립시키기 위해 앞으로 벌어질 한 치의 양보도 없는 교섭, 책략이 난무하는 흥정을 자신과 할 만한 호적수이자 자신과 같은 죄를 짊어질 공범자가 될 수 있는 사람이라는 사실을.

이 책에서는 아직 언급하지 않았지만 그녀에게 편지를 쓰기로 마음먹은 8월 하순에 그가 한 걸음 더 나아갈 수 있는 계기를 만들어준 또 하나의 사건이 있었다.

스페인에서 철도회사의 중역을 맡고 있던 알프레트 큰아버지가 프라하를 찾아 그의 집에 열흘간 머물렀던 것이다. 9월 4일자 일기에서는 '스페인에 사는 큰아버지 (…) 그가 곁에 있어서 내게 미치는 영향'[42]이라는 말을 찾아볼 수 있다. 나아가 그는 큰아버지에게 들은 당시 스페인 생활의 한 단면을 그대로 받아 적어 생생하게 일기에 기록한다.

큰아버지는 '고급이면서 고가'의 펜션에서 자주 저녁식사를 한다. 그곳에 있는 레스토랑에서는 '프랑스 공사관 소속 서기관과 스페인 포병장관' 사이, 혹은 '해군성 고관과 백작'의 건너편에 자리를 잡는 다. 다 안면이 있는 사람이더라도 인사 말고는 어느 누구와도 말을 나누지 않는다. 식사를 마치면 집으로 돌아간다.

[···] 그리고 오늘밤이 내게 무슨 도움이 되는지 정말 모르겠다. 집으로 돌아가 결혼하지 않은 것을 후회한다. 물론 이런 기분은 진지하게 생각하든 별생각 없이 있든 곧 사라진다. 그러나 기회만 되면 다시 고개를 든다.[43]

화려한 인맥과 많은 재산을 갖고 있으면서도 독신자로서 보내는 고독한 나날. 카프카가 메모한 큰아버지의 말은 이전에 자신의 장래를 걱정하면서 쓴 「독신자의 불행」의 내용과 불가사의할 정도로 고스란히 겹친다.

저는 이제 자라서 결혼을 시도할 정도로까지 되었지만 그건 마치 무수한 걱정과 형편없는 예감을 갖고서 장사를 하기는 하지만 정확한 장부 정리도 하지 않은 채 되는 대로 꾸려나가는 사업가의 형편과 같다고 할 수 있습니다.[44]

이 인용문은 『아버지에게 드리는 편지』 가운데 한 부분이다.

그는 장부 정리를 게을리하고 늘 되는대로 경영해온 탓에 부채가 얼마나 쌓여 있는지 몰랐다. 그러던 어느 날, '정산할 필요성이 생긴' 것이다.

정산할 시기가 무르익었다고 할 수 있겠다. 대학을 나와 취직한 지 5년이 지났다. 첫째 여동생이 결혼했고 조카도 태어났다. 둘째 여동생과 친구 모두 몇 달 뒤에 결혼한다. 공무원이라는 직업이 있음에도 장래에 도약하기 위해 위험을 감수하고 회사도 세웠다. 그 전해에 일대 위기를 맞이한 아버지의 사업도 안정을 되찾았고, 머지않아 가게도 좋은 곳으로 옮긴다. 내심 자신의 **본업**으로 여기고 있던 작가의 길도 개척할 심산이다. 가까운 시일 내에 자신이 낸 첫 책이 출판된다. 이제 남은 것은 결혼이다.

큰아버지가 스페인으로 돌아간 9월 15일, 여동생 발리가 약혼한다. 그로부터 닷새 후, 직장에서 타자기로 친구에게 편지를 쓰면서 간신히 마음이 편해지자 문제의 편지를 쓴다. 5주 전에 만난 여성 사업가에게 못된 장난을 치기에 최적인 글 쓰는 기계의 힘을 빌려 거짓 유혹의 편지를.

거기서 또 이틀이 지난 9월 22일 일요일, 생각지도 못한 사건으로 인해 **진짜** 전기 작가로서 성공하기에 이른다.

[…] 나는 소리를 지르고 싶을 정도로 불행한 일요일을(당시에 우리 집을 처음으로 방문한 매제의 친척들 때문에 오후 내내 말도 없이 집안을 돌아다녔습니다) 보낸 뒤라 한 젊은이가 창문을 통해 다리

위로 사람들의 무리가 몰려오는 것을 바라보는 식으로 전쟁을 묘사하고 싶었습니다. 그러나 이 모든 것이 손끝에서 뒤바뀌고 말았습니다.[45]

이 1913년 6월 3일자 편지는 이제 막 출판된 「판결」을 펠리스에게 보낸 직후에 쓴 것으로 카프카는 이 글을 쓴 날에 대해 이렇게 회고하고 있다. 그날 돌연한 전기를 맞이하게 된 배경에는 이 책에서 아직 언급하지 않은 또하나의 요인이 있었다. '소리를 지르고 싶을 정도'로 분노의 감정이 폭발했던 것이다.

카프카는 특히 소음을 싫어했다.
집에서 나는 버스럭거리는 소리, 가족의 상스러운 말소리는 신경 질적인 그에게 가장 거슬리는 것이었다. 그해 11월 어느 잡지에 발표한 「커다란 소음(大騷音)」이라는 제목의 글을 보면 이것이 사실이었음을 충분히 알 수 있다.
사실 이 글은 그날의 소동—매제가 되는 사람의 친척들과 자신의 가족이 일으킨 소음—에 대한 **징벌**로서 공표된 것이다.
1쪽 가량의 짧은 글은 전해 11월 5일에 쓰였다. 원래 이 글은 집에서 발생한 불쾌한 소음, 문 열고 닫는 소리나 난폭한 발소리, 동생들의 새된 말소리 때문에 겪은 고충을 엮은 **일기**였다. 단, 이 글은 다음과 같은 **문학적인 망상**으로 이야기를 매듭짓고 있다. "이런 생각은 예전부터 하고 있었는데, [⋯] 아주 조금 문을 열고 뱀처럼 옆방으로 기어들어가 마루에 납죽 엎드린 채로 누이동생이나 그녀의 가정교사에게 아무쪼록 조용히 해달라고 부탁할 수 없을까."[46]

카프카는 1년 전에 쓴 글을 그 불행한 일요일로부터 나흘 후에(9월 26일) 고친 다음 작품으로 완성하여 출판사에 건넸다. 활자화된 이 글에는 소음을 발생시키는 장본인 가운데 한 사람으로서 동생 발리가 실명으로 등장한다. 원고와 함께 출판사에 보낸 편지에는 "나는 내 가족을 남들이 보는 앞에서 혼내주고 싶습니다"[47]라는 부분이 있다.

9월 22일의 소동은 약혼에서 비롯했다. 발리의 약혼 이후 새롭게 자신의 가족이 된 타인들이 일으킨 일이다. 객관적으로 보면 너무나도 **행복**하고 **정당한** 야단법석이라고 할 수 있다. 분명 그러한 **행복**과 **정당함**이 일찍이 그런 적이 없을 만큼 카프카의 신경을 긁어놓았을 것이다. 역겨운 결혼이 그에게 끔찍하고 소란스러운 일요일을 안겨다 준 셈이다.

그는 밤이 되어서도 낮에 느꼈던 당혹감을 그대로 떠안고 책상에 앉았음이 틀림없다. 전쟁에 대한 이야기를 쓰려 한 것도 그래서다. 그러나 펜을 굴리기 시작하자 상당히 불쾌했던 일요일은 '화창한 봄날의 어느 일요일'로 바뀌었다. 그리고 주인공인 '젊은 상인'은 창 너머로 다리를 바라보면서 자신에게 다가오는 많은 사람들을 바라보는 대신, 멀리 다른 나라로 건너간 이후 좀처럼 돌아오지 않는 친구 생각에 빠져든다.

화자의 시점

　여기서 한 가지 매우 중요한 사항을 확인해둘 필요가 있다. 카프카의 작품에서 의미를 찾으려 할 때, 거의 대부분의 사람들은 주인공의 심정을 이해하려고 노력한다. 그러나 카프카의 경우에는 그런다고 해서 모든 것이 해결되지는 않는다.

　거듭 이야기하지만 카프카의 소설은 편지인 동시에 자서전이다. 타인이 자신의 본래 모습 그대로를 알아주었으면 하는 마음에서 어느 한 사람에게 보낸 편지이자 많은 사람들에게 보낸 자서전인 것이다.

　그러한 자신, 그가 보여주고 싶은 **진짜** 자신이란 주인공으로서의, 즉 그의 분신으로서의 자신이 아니라 그의 본모습에 가장 가까운 자신일 터이다. 다시 말해 카프카의 경우 독자에게 보내는 **진짜** 메시지를 전달하는 사람은 주인공이 아니라 그보다 더 자신에 가까운 존재,

카프카답지 않은 카프카

그와 거의 겹쳐지는 인물이 맡고 있다고 할 수 있다.

아마 그 존재는 '화자'일 것이다.

카프카 소설에는 의지가 매우 강한, 다른 그 무엇과도 비교할 수 없을 정도의 강력한 화자가 존재하고 있다는 사실을 우선 확실히 해둘 필요가 있다.

다만 이 이야기는 카프카 연구에 정통한 사람일수록 의아하게 여길 것이다. 지금까지 카프카 소설에 관해 시점의 문제가 되풀이해 논의되곤 했는데 그때마다 '화자의 부재'가 지적되었다. 다시 말해 카프카의 작품은 3인칭 소설인데도 흔히 말하는 '전지적인 화자'가 없다. '전지적'이란, 요컨대 이야기 세계 밖에서 전체를 부감하여 그 세계의 사상(事象) 전체를 속속들이—가령 등장인물은 알 수 없는 일이라 해도—파악하고 있음을 뜻한다. 그리고 '전지적인 화자'란 이른바 신의 위치에서 이야기를 이끌어가는 화자를 가리킨다. 통상 3인칭 소설에서는 그러한 신에 가까운 화자가 반드시 존재하여 세계를 지켜보는 그 화자 때문에 독자가 쓸데없는 곤혹감이나 어려움을 느끼지 않도록 사건의 인과관계에 세심한 주의를 기울이면서 적절한 시간과 순서에 맞춰 정보를 제공한다.

그러나 카프카의 경우에는 그러한 '전지적인 화자'가 존재하지 않는다는 것이 정설로 받아들여지고 있다. 달리 말하자면 카프카 소설에서 이야기의 시점은 특수하게도 주인공에 한정되어 있다. 독자에게는 주인공이 본 것과 들은 것, 그리고 느낀 것 외에 다른 것들이 거의 전해지지 않는다.

예를 들어 「변신」을 보자. 이 유명한 첫 부분은 분명 주인공이 어느 날 아침 눈을 뜨고 의식을 되찾는 시점(時點)에서 시작한다.

어느 날 아침 그레고르 잠자가 불안한 꿈에서 깨어났을 때 그는 침대 속에서 한 마리의 흉측한 갑충으로 변해 있는 자신의 모습을 발견했다.[48]

아침에 일어났더니 벌레가 되어 있었다. 독자에게 더이상의 인과관계는 제공되지 않는다. '불안한 꿈에서 깨어났을 때'라는 부분이 어렴풋이 무언가 원인의 정체를 제시하고 있다고 이해할 수도 있지만 충분하지는 않으므로 원인에 대해서는 무엇 하나 언급하지 않은 것과 마찬가지다.

요컨대 독자는 처음부터 따돌림을 당하고 있는 셈이다. 왜라는 의문에는 대답하지 않은 채, 이것을 읽는 사람이라면 누구나 품음직한 어떤이라는 질문 역시 해결하지 않은 채, 이상한 이야기는 마치 모든 것이 정상인 양 독자적인 맥락을 갖고 담담하게 나아간다.

벌레는 어떤 모습인가. 이어지는 부분에서 '철갑처럼 단단한 등껍질'을 대고 벌러덩 드러누운 그레고르는 '머리를 약간 쳐들어' '불룩하게 솟은 갈색의, 활 모양으로 휜 각질의 칸들로 나뉜 배'를 바라본다. 그의 눈에는 '몸뚱이에 비해 형편없이 가느다란 수많은 다리들'도 보인다.

이야기는 그뿐이다. 벌레가 된 그의 머리는 어떤 모습이고 얼굴은 어떻게 생겼는지 객관적인 그의 모습은 전혀 보여주지 않는다.

카프카가 만든 허구의 세계는 모두 주인공의 시점으로 제공되는 정보로만 구성되어 있다는 것, 세계를 바라보는 시각perspective이 오로지 주인공의 그것에 한정되어 있다는 것, 그리고 이 이야기의 특수한 구조가 특유의 수수께끼를 발생시킨다는 것 등에 대해서는 1950년대에 프리드리히 바이스너Friedrich Beißner가 최초로 지적한 이래 앞서 언급한 대로 논의가 되풀이되고 있는 실정이다.

이러한 논의가 거듭되는 과정에서 화자의 부재 문제가 약간 정정되기도 했다. 간단히 말해 화자가 존재하지 않는 것이 아니라 그저 숨어 있어서 우리 눈에 보이지 않을 뿐이라는 것이다.

카프카 소설에서는 화자가 전면에 나와 독자를 이끄는 일은 결코 일어나지 않는다(예를 들면 '자, 눈치채셨습니까'라고 말하는 듯한 장면을 찾아볼 수 없다). 그러나 존재하지 않는 것은 아니어서 당연히 화자가 있다. 왜냐하면 아주 단순히 생각해봐도 주인공이 어느 이름으로 불리고 있거나 또는 '그'로 불리고 있다는 사실은 여기서 그를 '그'라고 부르는 시점을 갖고 있는 누군가가 확실히 존재한다는 사실을 시사하고 있기 때문이다(카프카 작품에서 '나'가 이야기하는 1인칭 소설의 경우에도 시점의 문제는 중요한데 이야기가 너무 복잡해지므로 여기서는 다루지 않겠다).

그럼에도 불구하고 마치 화자가 없다고 여겨질 만큼 눈에 띄지 않는다는 것, 주인공 뒤에 바짝 붙어 숨어 있다는 것, 그로 인해 실제

로 화자의 시점이 이중성을 띤다는 것이야말로 주의깊게 살펴봐야
할 지점이라는 주장도 이미 제기됐다.

잠시 구체적으로 이를 확인해보자. 『소송』의 첫 부분을 살펴보겠다.

누군가 요제프 K를 중상모략한 것이 틀림없다. 그가 무슨 특별한 나
쁜 짓을 하지도 않은 것 같은데 어느 날 아침 느닷없이 체포되었기
때문이다.[49]

위에서 '특별한 나쁜 짓을 하지도 않았다'고 판단하는 이는 도대체
누구일까. 요제프 K 스스로 그렇게 생각하는 것일까 아니면 화자일
까. 여기서 의미의 차원은 '판단'을 내린 주체를 어느 쪽으로 보느냐에
따라 미묘하게 달라진다.

만약 K 스스로가 아무런 '잘못도 저지르지 않았다'고 생각하고 있
다면 그것은 어디까지나 본인의 변명에 지나지 않게 된다. 따라서 그
러한 경우에는 그의 말대로 그에게 아무런 잘못이 없다고 받아들일
수도 있다. 그러나 신중한 독자라면 오히려 거꾸로 **그 자신만이** 그렇
게 믿고 있는 것은 아닌가, 객관적으로 보면 유죄일지도 모른다는 의
문을 품을 가능성도 있다.

한편 이것이 화자의 판단이라면 그가 '특별한 나쁜 짓을 하지도 않
았다'는 말은 주관적이 아니라 오히려 객관적인 사실임을 시사한다.
그렇다면 그는 말 그대로 무죄일 가능성이 높아진다.

결국 어느 쪽이 올바른지는 확정적으로 말할 수 없다. 완벽하게 이

중(二重)이 된 화자는 어느 쪽으로도 읽을 수 있게 한다. 그렇게 되면 그가 '아무런 잘못도 저지르지 않았다'는 말의 사실 여부는 공중에 뜬 채로 이야기가 진행된다.

이런 사실이 수수께끼 생성의 구조, 다시 말해 한정적이고 이중적인 시점이 모호함, 불투명함이라는 카프카 작품의 독특한 성격을 만들어낸다는 견해 자체는 틀리지 않았다.

그렇다면 문제는 카프카가 왜 이런 식으로 글을 썼는가이다.

처음으로 이러한 시점의 문제를 제기한 바이스너는 이를 어디까지나 예술적 관점으로 이해했다(보충 설명을 하자면 바이스너는 화자가 없다는 식으로 말할 의도는 전혀 없었으며, 오직 화자의 시점이 한정적임을 주의깊게 살펴본 것에 불과하다. 오히려 바이스너 이후의 논의가 그의 견해를 약간 왜곡하여 받아들이면서 전개됐다고 할 수 있다).

바이스너의 글은 다음과 같은 해석을 제시했다. 카프카는 '질서와 유효한 규칙이 없으며 신을 잃고 산산조각 난 세계에서 몸을 의지할 곳을 찾는 작자의 곤혹감을 [⋯] 뼈에 사무치도록 느꼈기' 때문에 '외적인 현실 세계에서 완전히 몸을 피했다'.[50]

다른 지면에서는 이렇게 이야기하고 있다. "이 고독한 남자는 붕괴한 세계의 잔해와는 이제 아무런 관계도 없다는 근본적인 체험에서 구원을 [⋯] 내면을 향한 길에서 찾기 시작한 것이다."[51]

요컨대 '신이 죽어버린' 현실 세계를 살아가는 카프카는 더이상 전지적인 화자라 할 수 있는 신에 가까운 존재가 이야기를 하게 만들 수 없었다. 따라서 '붕괴한' 외적 세계에 등을 돌리고 내적으로 이야기한다. 물론 바이스너는 이와 같이 주장하면서 카프카의 일기 가운데 나오는 그 유명한 '꿈 같은 내적 생활을 쓴다는 것'(1914년 8월 6일)[52]이라는 말을 인용하는 것을 잊지 않았다.

카프카 연구에 한 획을 그은 것이 분명한 바이스너의 글은 아래와 같이 장엄하게 마무리된다.

시(詩)를 짓는 작자의 개성은 마음의 내부로 추방당해 세계와 세계의 현실을 향한 창조적인 연결을 상실하며 또한 상실할 수밖에 없었지만, 이 개성이 변신에 성공한다. 현실(마음의 현실)을 빈틈없이 구조화된 언어의 예술적 형상으로 변신시키는 데 성공한 것이다―카프카 이야기 예술의 높은 가치, 업적은 이 안에 담겨 있다.[53]

시점에 대한 문제 제기에 덧붙은 위의 결론은 이후에도 계속 기조저음처럼 영향을 미치고 있다. 앞서 이야기했듯이 이 문제는 오랫동안 재검토가 이루어지면서 활발한 논의가 이루어졌다. 그리고―이에 대해서는 이미 짐작하고 있을 테지만―그럼에도 불구하고 왜라는 의문에 대해서는 더 이상 진전이 없었다. 아마도 바이스너의 이 견해가 많은 사람들의 눈에 꽤나 **올바른** 것으로 비친 모양이다.

그러나 과연 그것이 사실일까? 신이 없는 세상이므로 신에 상당하는 화자를 내세우기를 포기했다. 외적 세계와의 관계를 끊고 내적 시점으로 예술적이고 긴밀한 구축물을 건조하는 데만 전념했다. **정말**

로 카프카는 그런 식으로 글을 썼을까. 과연 그는 그토록 조심스럽고 그토록 폐쇄적이었을까.

오히려 반대가 아닐까. 카프카는 신이 없는 외적 세계를 **정확히** 베끼기 위해 신이 없는 세계를 **정확히** 묘사한 것이 아닐까. 신이 아니라 신 대신 공석(空席)에 새로운 다른 존재를 앉혀 그의 눈에 비치는 대로, 관찰한 그대로의 현실 세계를 글로 옮기지 않았을까. 그리고 그 다른 존재란 현대의 외적 세계에서 볼 수 있고 관찰할 수 있는 어떤 존재가 아닐까.

신은 자유롭지 못한 존재이다. 왜냐하면 신이기에 늘 옳고 선량해야 하기 때문이다. 전지적인 화자란 다른 말로 하자면 신뢰할 수 있는 화자이며 더 나아가 선량한 화자이다. 독자는 그가 늘 충분히 옳고 **진짜** 정보를 제공하고 있다고 믿고 있기에 화자인 그가 만들어놓은 세계에 몰두할 수 있는 것이다.

그와의 굳은 신뢰관계가 사람들이 소설을 읽는 쾌락을 뒷받침하고 있다. 역사적으로 보아도 내적으로 반드시 인과율을 포함하는 산문작품으로서 소설의 확립과 독자와의 신뢰관계의 확립은 불가분의 관계이다.

엉뚱한 소리로 들릴지도 모르겠지만 실제로 탐정소설이라는 장르가 카프카가 살다 간 시대에 가장 전성기를 맞이했다는 사실을 떠올린다면 이해에 도움이 될 것이다.

셜록 홈스 시리즈가 세상에 나왔던 40년(1887년부터 1927년까지)은 카프카가 살았던 40년(1883년부터 1924년까지)과 거의 겹친다. 카프카는 아서 코난 도일이 태어난 지 24년이 지난 시점에 태어났으며, 그로부터 7년 후에 애거서 크리스티가 태어났다.

당시 사람들이 탐정소설을 진정으로 즐길 수 있었던 까닭은 소설의 화자는 신뢰할 수 있다는 이해가 세상에 충분히 침투되어 있었기 때문이다. 그는 결코 거짓말을 하거나 사기를 치지 않는다. 그러한 신뢰가 있었기에 비로소 사람들은 수수께끼 풀이에 열중할 수 있었다.

이것은 일종의 신앙이라 할 수 있을지도 모른다. 신이 죽었다고 하나 거기에는 아직 신이 존재한다. 무슨 까닭에서인지 소설의 세계, 문학의 세계에서는 현실에는 더이상 존재하지 않는 완벽한 선량함과 그에 기초한 완전한 신뢰관계가 성립하고 있다. 카프카는 분명 이러한 사실에 눈을 뜨고 있었다.[54]

진짜 세계를 글로 옮기려면 어떻게 해야 할까. 화자가 선량하지 않다면 어떻게 될까. 화자가 처음부터 독자를 속일 의도를 갖고 있다면 그때는 어떻게 해야 하나.

진짜 신을 그 자리에서 끌어내릴 것, 그리고 그로 인해 생긴 빈자리에 현실 세계와 동일한 존재를 앉힐 것. 현실 세계에서 그 자리에 앉아 있는 것은 더이상 허구의 존재가 아닌 살아 있는 인간이다. 강렬한 욕망과 막대한 에너지를 가진 개인이 번갈아가면서 그 위험한 자리에 앉는다. 신이 아닌 인간을 그 자리에 앉혀 소설을 성립시키려면, 즉 독자로 하여금 소설에서 이야기되는 모든 인과관계를 액면 그대로 믿도록 만들려면 어떤 방법을 취해야 하는가. 아마도 그는 이러한 방책을 찾는 과정에서 그만의 시점을 획득했을 것이다.

그는 완전히 숨어 있어야만 한다. 그가 인간인 이상 독자의 완벽한 신뢰를 얻으려면 그의 의도를 들키면 안 된다.

그는 자신의 분신인 주인공을 앞세우고 뒤에서 정보를 조작한다. 독자에게는 자신에게 유리한, 전하고자 하는 정보만을 전달하고 말하고 싶지 않은 불리한 정보는 알리지 않는다. 그는 신이 갖고 있는 선량함과는 거리가 먼 인간다운 인간, 자기의 이해(利害)만을 따라 말을 취사선택하는 인간이다.

이렇게 신뢰할 수 없는 화자인데도 독자는 그가 눈에 보이지 않기에 지금까지 그래왔던 것처럼 이야기되는 것만을 전부 믿고 그것들을 사실로 받아들인다.

오직 한 사람의 강력한 화자와 수신자인 다수의 독자, 정보를 숨기고 조작하는 한 사람의 인간과 양심적인 다수의 독자, 이들 사이의 커뮤니케이션. 소설을 통한 이러한 커뮤니케이션 구도 자체가 현실 사회의 중요한 어느 한 부분을 반영하고 있다.

모든 인간다운 허위를 철저하게 이야기함으로써 **진짜** 허위로 가득한 현실 세계를 **진짜**로 아무런 허위 없이 문학의 구조로 재현해냈다. 카프카의 예술을 제대로 평가하려면 오히려 이런 점에 주목해야 하지 않을까.

「판결」

요컨대 「판결」은 이런 식으로 이야기하는 데 성공한 최초의 작품이다. 따라서 이 소설은 지금까지와는 정반대로 모든 것을 의심하면서 읽어야만 한다.

앞에서 이야기한 것처럼 「판결」은 '젊은 상인' 게오르크가 러시아에 사는 친구에게 편지를 써서 타국에서 전락해가는 그를 염려하면서 시작한다. 그런데 여기서 '친구'로 불린 이 남자는 과연 '친구'일까. 게오르크는 정말로 친구를 걱정하고 있는 것일까.

텍스트를 신중하게 읽어보면 이런 사실조차 확신할 수 없음은 이미 앞에서 이야기했다. 적어도 게오르크는 그 친구에게 단 한 번도 본심에서 우러나온 편지를 쓴 적이 없다.

먼 곳의 '친구'를 떠올리는 과정에서 게오르크의 **현재** 상황이 독자

카프카답지 않은 카프카

에게 서서히 전달된다. 이에 따르면 2년 전에 어머니가 죽은 이후 아버지는 장사에서 손을 떼기 시작했다. 게오르크가 주도권을 잡은 사업은 예상외로 번창하여 2년 동안 '사원 수는 두 배, 매상은 다섯 배'[55]로 늘었다. 나아가 게오르크는 한 달 전에 약혼도 했는데 그 일을 '친구'에게 처음으로 보고한 것이 그날의 편지이다. 자신의 약혼녀를 '유복한 가정의 딸'로 소개한 편지 쓰기를 마친 뒤, 게오르크는 그 편지를 주머니에 넣고는 아버지의 방으로 간다.

'몇 달째 들어가본 적이 없는' 아버지의 방으로, 추억이 깃들어 있는 어머니의 물건이 가득한 어둠침침한 방으로 들어간 게오르크는, 잠옷 차림의 힘없는 아버지의 모습을 보게 된다. 아버지는 시력이 나빠진 듯하며 음식에도 그다지 손을 대지 않았다.

지금까지 이러한 약한 아버지의 모습은 작자 카프카의 **강한 실제** 아버지를 반전시킨 모습으로 간주되어왔다. 그러나 이와는 정반대라는 사실은 이미 이해했을 것이다. 그리고 앞서 이야기했듯이 상인으로서 자신감이 넘치는 주인공 게오르크 역시 기존의 해석대로라면 예술가 카프카가 현실에서 실현할 수 없었던 이상적인 아들이다. 그러나 이 또한 정반대로 실제 카프카와 닮은꼴이다.

이어지는 아버지와 자식이 나누는 대화 장면은 아들에 대한 아버지의 강한 불신을 드러낸다. 게오르크가 '편지를 우체통에 넣기 전에 아버님께 사연을 말씀드리려 했다'[56]고 방을 찾은 이유를 설명했지만, 아버지는 '그건 물론 칭찬할 일이다. 그렇지만 네가 지금 진실을 숨김없이 말하지 않는다면 그건 아무것도 아니다'라고 대답한다.

아버지는 아들이 가게에서 부정을 저질렀을 가능성도 넌지시 내비치고 있다. "상점에서 내가 모르는 일이 있어. 그런 일들은 내게 숨겨지지야 않을 테지. 지금 나로서는 그런 일들이 내게 숨겨진다고 가정할 생각은 전혀 없단다."57

'날 속이지 말라'며 분명한 어조로 말한 아버지는 '정말 페테르부르크에 그런 친구가 있기나 하니?'라고 묻기도 한다. 게오르크는 질문에 이렇게 대답한다. "제게 친구들이 있다고 쳐요. 수천 명이라도 아버지를 대신할 순 없습니다."58

아들이 아무리 **배려심** 깊은 말을 늘어놓아도 아버지는 아들을 믿으려 하지 않는다. "넌 늘 농담을 잘하더니만 나한테까지 그러는구나."59

못된 장난을 좋아하는 아들.

게오르크는 역시 현실의 아들에 가까운 존재라고 할 수 있다. 그는 아버지가 친구의 존재를 떠올렸으면 하는 마음에서 3년 전에 친구가 자신의 집을 방문했을 때, 그가 러시아혁명에서 목격했다던 이야기를 꺼낸다.

"[…] 그가 사업차 키예프로 갔을 때 폭동이 일어났는데, 한 신부가 발코니에 서서 자기 손바닥에 칼로 십자를 새겨 그 손을 쳐들며 군중들에게 호소하는 광경을 보았다는 얘기를 했지요. 후에 아버지 스스로가 이 얘기를 가끔 되풀이하곤 하셨지요."60

아버지는 이에 대해 아무런 답변도 하지 않는다. 게오르크는 이렇게 말하면서 아버지의 옷을 벗기더니 그를 안아 침대로 옮긴다.

여기에서 인용한 러시아에서 친구가 봤다는 인상적인 사건은 필시 뜻밖이라는 느낌을 주었을 것이다. 실제로 소설을 읽어봐도 어째서 이 장면에서 이 인상적인 이야기가 갑자기 화제가 되었는지 이상할 따름이다. 이런 난해함은 카프카 작품에서 흔히 보이며 그에 대한 궁금증은 마지막까지 전혀 해소되지 않는다.

이 수수께끼에 한 걸음 다가서보자.

이 에피소드가 1905년 러시아의 상트페테르부르크에서 발생한 '피의 일요일'을 모델로 했다는 사실은 이미 지적되었다.[61] '피의 일요일'은 노동자 시위에서 군이 발포하여 수천 명의 사상자가 나온 사건이었다.

당시 수만 명 규모의 집회를 선도한 가폰Georgy Gapon 신부는 한 손에는 십자가를, 다른 한 손에는 황제에게 보내는 청원서를 들고 선두에서 걸었다고 전해진다.

실제 사건과 소설에 나오는 사건 사이의 연관성은 앞서 이야기한 대로 이미 지적되었지만 왜 이 사건이 등장하는가에 대해서는 내가 아는 바로는 아직 아무도 답하고 있지 않다. 비약이 심하다는 비판을 감수하면서 여기서 감히 해석해본다면 카프카는 이 이야기를 함으로써 당시 독자에게 하나의 힌트를 준 것이 아닐까.

「판결」이 집필된 해는 1912년이다. 전 유럽을 뒤흔든 피의 일요일 사건이 발생한 지 7년이 경과한 시점이었다. 더욱이 당시에는 사건 발생 이듬해에 가폰 신부를 덮친 충격적인 운명에 대해서도 널리 알려져 있었다. 가폰 신부는 사건 발생 이듬해인 1906년, 사회혁명당원에게 암살당했다. 러시아 제국 비밀경찰의 스파이라는 의혹을 받았기 때문이었다.

노동자의 구세주인 고결한 성직자는 사실 배신자 스파이였다. 이런 반전이 당시 사람들을 얼마나 뒤흔들어놓았을지는 쉽게 상상할 수 있다. 단, 결국 진상은 미궁에 빠진 듯하며 **사실**은 이중스파이였다는 설도 있다.

어쨌든 이러한 일련의 사건은, 현실은 일목요연하게 정리할 수 없다는 사실을 사람들에게 알려주었을 것이다. 미담이나 비극을 경솔하게 믿어서는 안 된다는 교훈이 되었다고도 할 수 있다.

가폰 신부는 매우 매력적인 인물로 전해지고 있다. 성자다운 풍모와 능숙한 연설로 노동자 사이에서 절대적인 인기를 얻었다고 한다. 이 가폰 신부의 이름은 '게오르기' 독일어로는 '게오르크'다.[62]

요컨대 어느 일요일, 성인 같은 얼굴을 한 게오르크의 교묘한 말에 이끌려 양심적인 많은 사람들이 그가 가리키는 방향으로 줄지어 걸어가고 있다. 이러한 그림은 실로 **지금** 게오르크가, 아니 카프카가 실현하고자 하는 매력적인 한 사기꾼이 무엇이나 잘 믿는 수신자로서의 독자를 속이는 **문학적** 커뮤니케이션의 구도와 완벽한 병렬을 이루고 있다고 할 수 있지 않을까.

다시 소설로 돌아가면 침대에 눕힌 아버지의 변모는 익히 알려져 있다. 아버지가 '이불이 잘 덮였느냐' 하고 묻고, 게오르크가 '걱정 마세요. 잘 덮였으니까요'[63]라고 답하자, 아버지는 이불을 힘차게 걷어 찬다. 몸집이 큰 아버지는 침대 위에 선 채로 한 손을 천장에 댄다. 그는 러시아에 있는 남자야말로 '내 마음의 아들'이라고 내뱉으며, '넌 그를 여러 해 동안 속여왔다'[64]고 게오르크를 나무란다.

아버지는 게오르크의 약혼녀에게도 비난의 화살을 돌린다. "그년 이 치마를 들어올렸기 때문에, 그 지긋지긋한 년이 치마를 들어올렸 기 때문에."[65] 셔츠를 걷어올리면서 흉내를 내는 아버지의 넓적다리 에서 전쟁 때 입은 상처가 보인다.

오랫동안 친구를 속여온 아들의 약혼녀는 구토가 날 지경의 음탕 한 여자다. 이것이 아버지 눈에 비친 현실이다.

아버지가 판결로서 내린 말을 살펴보자.

"넌 이제 너 이외에도 무엇이 있는지 알고 있어. 지금까지 넌 너밖에 몰랐지. 정확히 말하면 넌 순진한 아이였지. 하지만 더 정확히 말하 면 넌 악마 같은 인간이었어. 그러니까 알아둬. 나는 지금 너에게 빠 져 죽을 것을 선고한다."[66]

아버지는 아들이 악마 같은 인간이라고 꿰뚫어보고 있다.

그런 아버지의 말을 들은 게오르크는 '방에서 쫓겨난' 듯한 느낌을 받는다. '아버지가 뒤에서 침대 위로 쓰러지는 소리가 울리지만' 그는 그곳을 빠져나온다. 계단을 내려갈 때, 청소하러 올라오는 '그의 하녀' 와 부딪칠 뻔한다.

그녀는 "맙소사Jesus!"라고 소리치면서 앞치마로 얼굴을 가렸지만, 그는 이미 사라지고 없었다.67

마지막에는 하녀가 나온다. 그것도 '그의 하녀' 말이다. 이 소설의 **현실** 세계에 등장한 이는 게오르크와 아버지, 창밖에서 인사한 지인, 그리고 그의 하녀뿐이다. 그의 세계는 이들만으로 성립하고 있다.

그의 하녀가 내뱉은 놀라움을 나타내는 말은 단순한 감탄사이지만 동시에 구세주의 이름이기도 하다. 악마 같은 남자가 그녀에게는 구세주이며, 게다가 그녀는 자신의 주인을 눈앞에 두고 순간적으로 앞치마로 얼굴을 가린다.

게오르크는 무엇에 끌리듯 강 쪽으로 가더니 다리 난간을 꽉 잡는다. 마치 '굶주린 자가 음식물을 움켜잡듯이'. 그러고는 난간을 훌쩍 뛰어넘는다. '소년 시절에는 부모가 자랑스러워하는 뛰어난 체조 선수였던 그'가 난간을 붙잡은 손에서 점점 힘이 빠져나간다. 그는 난간 기둥 사이로 버스가 오는 것을 지켜본다.

[…] 그는 난간 기둥 사이로 자기가 물에 떨어지는 소리를 쉽사리 들리지 않게 해줄 것 같은 버스를 보면서 "부모님, 전 항상 부모님을 사랑했습니다"라고 나지막이 외치면서 떨어졌다.68

마지막은 **사랑**의 고백이다.

그러나 고백은 그 누구의 귀에도 들리지 않는다. 다가오는 버스의 굉음이 그가 말한 사랑의 말도, 그리고 물에 빠지는 소리도, 모두 지우고 말았을 것이기 때문이다.

게오르크의 자기희생은 철저하다. 이런 해석은 일찍이 조켈이 내린 바 있다. 게오르크는 스스로 죽음에 이르면서도 마지막 사랑의 고백뿐만 아니라 추락하는 소리조차 그 누구도 듣지 못하도록 마음을 쓰고 있다는 것이다.

> 작자는 스스로에 대한 처형이 순교자 숭배로 왜곡되지 않도록 심혈을 기울여 장치를 고안해내고 있다. [···] 그는 아무도 알아차리지 못하게 몰래 죽기를 염원한다. 자기희생이라는 형태의 자기 또한 완전히 말소하는 [···].[69]

스스로를 희생함으로써 가족이나 주위 사람들의 생생한 삶의 흐름을, 그들의 **행복**을 실현시키고자 했다. "그가 자기를 희생함으로써 다리 위의 영원한 삶이 보증된다."[70] 이것이 이 유명한 마지막 줄에 대한 조켈의 해석이다. "사랑과 진정한 자기말살은 동일한 것이다."[71] 조켈은 이 소설에서 이러한 감동적인 **사랑**의 메시지를 읽어냈다.

그러나 과연 그럴까? 이 마음을 뒤흔드는 **사랑**의 결말이 사실은 마지막 대형 **사기**일 가능성은 전혀 없는 것일까.

버스가 다가온다. 게오르크는 정확한 순간에 손을 놓는다. 조켈이 말한 대로 그가 추락하는 소리는 들리지 않는다.

그는 **진짜로** 추락했을까?

게오르크는 체조의 명수다. 만약 아래 보이는 강이 말라 있다면 그는 여봐란듯이 땅 위에 착지했을 것이다. 반대로 강이 불어나 있다 하더라도 운동신경이 뛰어난 그는 헤엄쳐서 물가로 건너갔을 것이다. 그가 죽었다는 말은 어디에도 씌어 있지 않다.

앞의 '떨어졌다'는 표현에 이어 바로 작품을 매듭짓는 문장이 나온다.

이 순간, 다리 위에는 실로 무한한 교통이 끊이지 않고 있었다.[72]

지금껏 몸을 숨기고 있던 화자가 여기서 처음으로 모습을 드러낸다. 다리 위의 교통을 바라보는 시점의 소유자는 게오르크일 수 없다. 역시 화자는 존재했던 것이다.

적어도 그는 살아남았다.

타인을 속이는 것과 문학

이것이 바로 처음으로 펠리스에게 편지를 쓴 지 이틀 후에 쓴 소설이다. 결혼에 대한 혐오가 넘치는 가운데 한달음에 써내려간 이야기. 글쓰기를 마친 직후에 펠리스에게 바치기로 결심한 이야기. 그녀에게 보내는 또 하나의 편지인 셈이다.

무엇을 전하고 싶었던 것일까? 속여서는 안 된다. 아마도 그런 내용일 것이다. 마치 **배려하는** 듯한 내용을 담은 편지를 신용해서는 안된다. **사랑하고** 있다는 말을 믿어서는 안 된다. 자신은 '악마의 자식'이며, 사기꾼 같은 남자다.

무서울 정도의 성실함이라고 할 수 있다. 오직 한 통, 지극히 성실해 보이지만 못된 장난과도 같은 **유혹**의 편지를 쓰되 정체를 밝히는 편지여야만 한다. 그러나 그러한 성실함은 무서운 악의와 동전의 양면 같은 관계이다. 정체를 알리기 위한 이야기는 문학에서 동원할 수 있는 모든 기교를 구사하여 쉽사리 간파할 수 없도록 쓰여 있다.

내가 전하고자 하는 바는 결코 당신에게는 전달되지 않는다. 그러한 자신과 확신을 바탕으로 쓰여 있다.

카프카에게 **문학**이란 무엇이었을까.

진실을 탐구하는 예술, 진실을 향한 길을 걸어나가는 구도의 과정. 종종 볼 수 있는 이러한 해석은 틀린 것이 아니다. 그러나 그 진실이란 과연 무엇인가. 이후(1918년경) 카프카가 진실에 대해 다음과 같이 언급한 글이 있다.

진실의 길은 높은 곳이 아니라 거의 지면에 닿을 듯 말 듯 한 곳에 쳐진 한 가닥의 밧줄 위에 있다. 걷거나 건너거나 통과하기 위해서가 아니라 오히려 거기에 걸려 넘어지게 하려는 것인 듯하다.[73]

진실을 향한 길이 **높은** 곳이 아닌 지면과 스칠 듯한 장소에서 보인다. 그리고 밧줄은 건너기 위해 존재하는 것이 아니라, 걸려 넘어지게 하려고 존재한다고 간주한다. 이러한 **낮음**과 **좌절**에 대한 인식은 눈여겨볼 필요가 있다.

거꾸로 말하자면 그에게 **높음**과 **도달**은 진실을 향한 길과는 아무런 상관이 없다. 거칠게 표현해서 땅에서 나뒹굴고 속는 것이야말로 자신이 그러한 도정 위에 놓여 있다는 사실을 증명한다.

동일한 시기에 그가 쓰고, 그리고 **지운** 말에 다음과 같은 대목이 있다.

> 진실은 알 수 없다. 따라서 진실이 스스로를 알 수는 없다. 진실을 알
> 고자 하는 이는 오직 허위로만 그것을 알 수 있다.[74]

진실이라고 말하는 순간 그것은 거짓이 된다.

이는 상당히 무서운 자기 언급이다.

이러한 인식하에서는 진실을 말하려면 거짓말을 해야만 한다. 그러나 진실을 말하는 거짓을 거짓이 아니라고 말하기란 과연 가능할까.

만약 그러한 거짓으로 **진짜** 진실을 말하고 싶다면, 그것이 결코 거짓임을 밝혀서는 안 된다. 왜냐하면 그러한 거짓을 거짓이라고 말하는 즉시 진실을 말하게 되기 때문이다.

어쨌든 이러한 인식을 말하는 이 아포리즘조차 만약 이 진실을 말한다면, 이 역시 거짓이 되고 만다. 진실이 되기 위해 그것은 지워져야만 한다. 아마도 이 말이 지워진 까닭은 그래서일 것이다.

지워짐으로써 전달되는 **무언가**. 노트에 쓰인 이 말은 그 위에 그어진 삭제 표시까지 포함하고서야 하나의 의미를 형성한다. 말만으로는 성립할 수 없는 말.

혹은 거짓을 거짓이라고 깨닫게 하지 못하며 그러나 결코 진실로 위장하지도 않는, 믿을 수 없으나 믿을 수밖에 없는 말.

카프카의 **문학**이 만약 **진짜** 진실에 다가가기를 추구한 것이라면, 이들 중 어느 한 쪽, 어느 쪽이든 상관없지만 이미 성립 불가능한, 전

241

달 불가능한 말을 쓸 수밖에 없다.

　「판결」을 쓰기 두 달 전인 1912년 여름, 카프카는 진정한 문학이 무엇인지를 보여주는 글을 입수하고는 흥분한 나머지 브로트에게 편지를 써서 보낸다.

　그해 6월, 카프카가 브로트와 함께 여행길에 나섰다는 사실은 앞서 이야기했다. 카프카는 라이프치히에서 출판사 사장과 만난 뒤, 둘이서 바이마르를 방문했다.

　카프카는 바이마르에서 한 주 정도 머물면서 괴테관 관리인의 딸 그레테와 얄팍한 **사랑**놀음에 빠졌다. 여행 일기를 보면 남자 친구가 있는 그녀에게 여러 번 데이트를 청하고 초콜릿을 사주기도 했다는 사실을 확인할 수 있다.

　그로부터 며칠이 지나 융보른의 요양소로 간 카프카는 그레테의 엽서를 받는다. 이때 받은 엽서는 그를 몹시 감동시켰다.

　브로트에게 보낸 7월 13일자 편지에서 카프카는 이렇게 이야기한다. "자네는 키르히너 양(그레테를 말함)을 어리석다고 했네." 그러나 그런 그녀가 나에게 보낸 엽서는 '독일어권에서 조금 벗어난 아래쪽 천국에서'[75] 온 것이다.

　그러고는 편지에 그녀가 보낸 엽서를 통째로 옮긴다.

　친절하게도 선생님의 엽서와 우정 어린 회상을 보내주신 데 대하여 저는 최선의 감사를 하고자 합니다. 저는 무도회에서 즐거운 시간을 보냈고, 새벽 네시 반에야 부모님과 함께 귀가했답니다. 티푸르트에서 보낸 일요일 역시 매우 좋았고요. 제가 선생님의 엽서를 받는 것이 즐거운 일인지 선생님은 묻고 계시는데, 저와 제 부모님은 선생님에게서 소식을 듣는 것이 큰 즐거움이라고 대답할 수 있을 뿐입니다. 저는 즐겨 파빌리옹 전시관 옆의 정원에 앉아서 선생님을 회상합니다. 어떻게 지내세요? 잘 지내시길 희망합니다. 저와 제 양친의 진정한 작별 인사와 우정 어린 안부를 보내며.[76]

카프카는 위의 글을 옮겨 적은 뒤에 나아가 '마가레테 키르히너'라는 그녀의 서명까지 그대로 모사했다.[77] 그리고는 이어서 이렇게 쓴다.

서명까지 모사했네. 어떤가? 무엇보다도 이 행들이 시작에서 끝까지 문학임을 생각해보게. 왜냐하면 만일 내가 그녀에게 불쾌한 존재가 아니라면, 난 꼭 그렇게 생각되었는데, 그렇다면 나는 어쨌거나 그녀에게는 항아리처럼 냉담한 존재일세. 하지만 왜 그녀는 마치 내가 그걸 바라는 것처럼 편지를 쓴단 말인가?[78]

'시작에서 끝까지 문학이다.'

카프카는 그레테가 써서 보낸 엽서가 **문학**이라고 강조하고 있다. 그러나 그중 어느 부분이 '문학'인 것일까? 그녀가 쓴 글의 **무엇**을 문학으로 간주하는 것일까.

이에 대한 실마리는 그녀가 카프카를 '항아리처럼 냉담한 존재'로 생각하고 있다는 사실밖에 없다. 그럼에도 그녀는 위와 같은 글을 보냈다.

그렇다면 그것은 이런 사실을 가리키는 것이 아닐까.

그녀가 엽서에 적은 말은 어느 것도 거짓이 아니지만 그렇다고 해서 진실의 소재(所在)를 가르쳐주지도 않는다.

내용을 보아 카프카는 이 엽서를 받기 전 그녀에게 엽서를 보냈다. 그리고 그 엽서에서 자신이 보낸 엽서를 그녀가 받아보고 기뻐했는지 물어본 모양이다. 그러한 질문은 완곡한 유혹이며 그녀가 자신에게 호의를 갖고 있는가를 묻기 위한 말이라 할 수 있다.

이러한 그의 질문에 그녀는 직접적으로는 부정하고 있지 않다. 오히려 '큰 즐거움'이라고 긍정적인 답신을 보낸다. 단, '저와 제 부모님'이라는 단서가 붙는다. 기쁘다고 하면서도 오히려 부정하는 듯한 기색이 완연하다고 볼 수도 있지만, 이어지는 다음 한 줄이 이러한 사실을 다시금 역전시킨다. "선생님을 회상합니다."

결국은 애매하다. 과연 그녀는 카프카에게 호의를 품고 있는 것일까? 진실은 무엇 하나 포착할 수 없다. 어쩌면 거절의 편지로 받아들여야 하겠지만 절대적으로 그렇다고 말할 수도 없다. 절묘한 얼버무림이라고 할 수 있을 것이다.

이것이 '문학'일 것이다. 당시 카프카가 친구인 브로트에게 '문학'이라는 말로 가리킨 것은 그러한 얼버무림의 기교, 커뮤니케이션 상대를 농락하는 말의 속임수다.

이 인용문 바로 다음에는 이해할 수 없는 중얼거림 같은 말이 적혀 있다. "편지를 씀으로써 여자를 매어둘 수 있음이 진정이란 말인가!"79

편지를 씀으로써 여자를 매어둔다. 카프카는 몇 달 뒤에 이 말을 정말로 실천했다고 할 수 있다. 카프카는 그로부터 한 달이 지난 어느 날, 처음 만난 여성에게 자신이 동원할 수 있는 모든 '문학'적 기교를 구사하여 편지를 쓴다. 모순이 가득한, 온통 얼버무리기만 하는 엄청난 양의 모호한 말을 상대에게 보내고 계속해서 글로 속박한다.

당시 카프카는 아직 젊었다. 서른이 되기 전이었고 게다가 인생이 오르막길에 접어들었다고 여기고 있었다. 그는 아직 자신감을 잃지 않았다. 결혼해서 가정을 꾸리는 것도, 장편소설을 써서 작가로서 입신출세하는 것도 아직 좌절되지 않은 상태였다.

그는 아직 충분히 자신이 있었다. 무엇보다 남을 속이는 일, 말로 속이기와 연기로 속이기 모두 능숙하게 할 수 있다고 믿고 있었다. 자신에게 사업가로서의 기량이 충분하다고 자만하고 있었다.

서명 위조쯤이야 식은 죽 먹기보다 간단하다. 어쩌면 그레테의 서명을 흉내내서 친구에게 보낸 것도 이러한 자신을 과시하고 싶어서였는지도 모른다.

카프카 문학의 이러한 악의 측면에 대해서는 좀더 신중히 음미해볼 필요가 있다. 젊은 시절의 그의 문학, 특히 카프카가 펠리스를 적극적으로 속이고 있었던 때의 작품은 그러한 악을 분명히 인식하면서 읽어야만 한다.

타인을 속이기—이를 둘러싼 선과 악의 관계성에 대해 카프카는 이런 말을 남기고 있다.

모든 것이 기만이다. 속임수를 최소한으로 하든, 적당히 하든, 그도
아니면 최대로 늘리든 결국에는 모두 기만이다. 첫번째 길은 선을 간
단히 손에 넣으려고 한다는 점에서 선을 속이고, 싸움에서 지나치
게 불리한 조건을 부과한다는 점에서 악을 속인다. 두번째 길은 세
속적인 만큼 선을 추구하려 들지 않는다는 점에서 선을 속인다. 세번
째 길은 가능한 한 선에서 멀어지려고 한다는 점에서 선을 속이고,
가장 높은 곳으로 올라감으로써 무력화(無力化)를 바란다는 점에서
악을 속인다. 그렇다면 두번째 경우를 선택할 수밖에 없다. 왜냐하면
선은 언제나 우리를 속이고 있지만, 적어도 겉보기에는 악을 속이지
않기 때문이다.[80]

'모든 것이 기만이다.' 이것이 근원적인 인식이다.

그렇다면 그러한 기만으로 가득한 세상 속에서 선과 악을 최소한
으로 속이기 위해서 어떻게 하면 좋을까?

이러한 아포리즘은 앞서 나온 진실을 둘러싼 아포리즘과 마찬가지
로 1919년에 작성되었다. 다시 말하자면 당시는 펠리스와의 두 번에
걸친 약혼 또한 그의 객혈로 인해 종지부를 찍었을 즈음에 해당한다.
즉, 이것은 큰 좌절을 겪은 뒤에 다다른 통찰인 셈이다.

이러한 통찰에 따르면 결국 선택은 두번째 길만 남는다. 이를 따르
면 선은 보통 수준으로 속이겠지만, 악은 속이지 않고 끝난다. 여기

서 주의할 점은 세 가지 길 가운데 선을 속이지 않는 선택지는 없다는 사실이다.

거듭 이야기하지만 이러한 통찰은 하나의 희망이 무너진 뒤, 좌절을 맛본 뒤 그에게 형성된 인식인 동시에 선택이다. 지나친 해석일지도 모르겠지만 젊은 시절의 카프카는 이와 동일한 인식을 갖고 있었지만 다른 길을 선택했던 듯하다.

모든 것이 기만이다. 이러한 통찰 자체는 아마 상당히 이른 시점에 이루어졌을 것이다. 아니, 오히려 이것이야말로 모든 일의 출발점이다. 너무나도 절망적인 그 현실이 그를 표현의 길로, 글쓰기로 몰아갔다. 따라서 「어느 투쟁의 기록」과 「관찰」 두 작품 모두 기만, 허위의 만연, 그리고 그로 인해 인간 사이에 완전한 커뮤니케이션이 성립되지 않음이 주제가 되었다.

초기 작품에서 이 문제는 과도하게 전면에 드러났다고 할 수 있다. 그러한 까닭에 계속된 격투를 마감하는 의미의 작품에 즉각적으로 「사기꾼의 탈을 벗기다」라는 제목이 붙여졌다.

그레테가 보낸 엽서를 둘러싼 에피소드는 앞서 나온 아포리즘에서 엿보이는 심각함보다는 좀더 가볍고, 천박하고, 야심이 느껴진다.

어쩌면 당시 카프카는 제3의 길을 모색하고 있었던 것이 아닐까. 악을 가능한 한 높임으로써 무력화하려 한 것은 아닐까.

생각이 여기까지 미치면 「판결」을 성공적으로 마무리하고 며칠 후 바로 착수한 작품이 소년의 이야기이며 순진한 아이가 주인공으로 등장하는 이야기라는 사실의 의미에 대해 재검토가 필요함을 깨닫게 될 것이다.

『실종자』

지금까지 『실종자』는 이상하리만치 일관되게 죄 없는 소년에 관한 이야기로 읽혀왔다.

베르너 크라프트Werner Kraft는 1960년대에 「혼탁한 세상에 살아 있는 순수함」[81]이라는 제목의 글을 발표하기도 했다. 제목에서 알 수 있듯이 이 글에서 카를은 철두철미하고, 순수하고, 천진한 소년으로 간주되고 있다.

'로스만과 K, 죄 없는 자와 죄지은 자.'[82] 1915년 9월 30일자 카프카의 일기에서 볼 수 있는 이 부분 또한 카를의 순수함과 죄 없음의 근거가 되고 있다. '아무런 잘못을 저지르지 않았다'는 요제프 K를 '죄 지은 자'로 간주하는 한편, 카를을 '죄 없는 자'로 부른다는 사실—작자 자신의 이러한 뒷받침은 영향력이 크다고 할 수 있다.[83]

요제프 K나 게오르크 벤데만이 수상쩍은 인물이라는 사실은 지금까지 여러 번 지적되었지만, 내가 알기로는 카를의 수상함에 대해서는 아무런 지적도 나오지 않았다.

『실종자』는 이렇게 시작한다.

> 열일곱 살의 카를 로스만은 하녀의 유혹에 빠져 그녀에게 아이를 갖게 했다. 이 때문에 가난한 양친은 그를 미국으로 보냈다. 그가 타고 온 배가 속도를 낮추어 뉴욕 항에 들어오고 있을 때, 그는 멀리서부터 관찰하고 있던 자유의 여신상을 쳐다보았다. 자유의 여신상은 갑자기 더 강렬해진 햇빛을 받는 듯했다.[84]

이 부분을 평범하게 읽으면 카를의 불운을 이야기하고 있는 듯하다. 하녀에게 '유혹' 당해 아이가 생겼다. 그 때문에 부모를 떠나 홀로 이국땅인 미국으로 오게 되었다.

그러나 이러한 사실이 **진짜로** 불운일까.

하녀가 유혹해 아이가 생겼다. 이 대목에는 『소송』의 첫머리에서 확인한 것과 동일한 문제가 있다.

이 '유혹'은 과연 누구의 시점으로 보았을 때 나온 말일까. 카를 자신일까 아니면 화자일까. 만약 화자라면 보통 이런 판단은 절대적으로 **옳다**. 그러나 카프카의 경우 이런 부분이 늘 애매하게 서술된다. 화자와 주인공 사이의 거리가 매우 가깝기 때문에 앞서 이야기했듯이 이런 부분에는 전혀 객관성이 보장되지 않는다.

카프카가 카를의 나이를 정할 때 꽤 고민했다는 사실은 잘 알려져 있다.

앞에서 인용한 부분은 카프카가 일기용 노트에 적은 텍스트에서 발췌했는데 여기에서는 열일곱 살이지만 이를 타자기로 정서한 원고에는 열다섯 살로 나온다.[85]

앞서 살펴본 것처럼 카프카는 결국 미완으로 끝난 『실종자』에서 제1장만을 따로 떼어 『화부—어느 단편』이라는 책으로 만들었다. 그렇게 출판된 텍스트에서 카를의 나이는 한 살 더 많은 열여섯 살로 나온다.[86]

왜 카프카는 이렇게 나이를 두고 고민했던 것일까?

아마도 그 까닭은 위에 이야기한 '하녀가 유혹했다'는 판단에 대한 신빙성 때문일 것이다.

처음 그대로 열일곱 살로 하면 이미 성인에 가까워진 나이이므로 하녀가 유혹한다는 설정에 무리가 생긴다. 달리 말하자면 독자에게 의심의 여지를 주게 된다. 한편 열다섯 살이라면 '하녀가 유혹했다'는 말이 곧이곧대로 받아들여질 가능성, 죄가 아예 없다는 인상을 줄 가능성이 있다. 죄의 유무를 애매하기 그지없게 만들기 위해 출판할 때는 열여섯 살로 정한 게 아닐까.[87]

지금까지 카를의 순수함으로 이해되어온 측면은 이를 뒤집어보면 카를이 만만찮은 인물이며 어떤 의미에서 수상쩍다는 증거가 될 수 있다.

카를이 타인의 말을 지나치게 잘 믿는다는 사실은 자주 지적되어왔다. 우선 화부와 외삼촌, 폴룬더 씨, 로빈슨과 들라마르쉬, 호텔의 여자 주방장 등 만나는 사람마다 그들이 하는 말을 곧이곧대로 받아들이고 쉽게 그들을 따른다. 마치 사람에 대한 의심 자체를 모르는 사람처럼 행동하는 그러한 수동적 자세에서 천진난만함 내지는 어린아이 같은 순수함을 발견하는 이들은 많다.

그러나 과연 그는 **진짜**로 그렇게 순수할까. 그는 그렇게 간단히 사람을 신용했을까.

예를 들면, 분명 카를은 화부가 호소하는 **부정(不正)**에 곧바로 '분노'하며, 즉시 담판을 지으러 가자고 제안한다. 이러한 솔직한 '분노' 순진함, 그리고 소년다운 정의감 또한 여러 차례 확인되었다. 그러나 카를은 그때 **진짜**로 분노했던 것일까? 이를 주의깊게 살펴보기 위해 다음 부분을 인용해보자.

"그런 일을 감수해서는 안 되죠" 하고 카를이 흥분한 어조로 말했다. 그는 자신이 미지의 대륙 연안에 정박하고 있는 위험한 배에 타고 있다는 사실을 거의 느끼지 못했다. 그만큼 이곳 화부의 침대가 편안하게 느껴졌던 것이다.[88]

명백히 '분노하고' 있지만, 동시에 집에 있는 것 같은 편안함을 느끼고 있다. 물론 이러한 유유자적함을 어린아이의 단순함으로 받아들일 수도 있다. 만난 지 얼마 되지도 않은 타인의 침대에서 마음 편히 쉴 수 있는 무방비함에 절로 미소 짓게 되는 것이다.

그러나 조금만 달리 생각해보면 분노함과 동시에 침대에서 편안함을 느낀다는 것은 어딘지 이상하지 않은가.

사실 카를은 세상 물정에 꽤 밝은 면도 있는 소년이다.

잠시 뒤 항의하러 가자는 카를의 제안을 화부가 선뜻 받아들이지 않자 카를은 트렁크에 들어 있던 소시지가 자신의 손안에 없음을 안타까워한다. 왜냐하면 '아주 조그마한 것만 베풀어도 이런 사람들의 마음은 쉽게 끌 수 있기 때문'[89]이다. 게다가 아버지는 사업상 상대해야 하는 사람들에게 엽궐련을 나누어줌으로써 그들의 마음을 끌었음을 생각한다.

화부가 항의하는 장면에서도 카를은 나이에 비해 상당한 교섭력이 있음을 보여준다.

화부의 주장이 점점 혼란스러워지자 카를은 마치 연장자처럼 화부에게 좀더 간단히 말하고자 하는 바를 정리해서 중요한 사항을 가장 먼저 말하라고 충고한다. 이어서 그에게 이렇게도 말한다. "당신은 나한테 그런 불평을 언제나 아주 명쾌하게 설명하지 않았어요?"[90]

이 말은 분명 거짓이다. 그때까지 화부가 카를이 알기 쉽게 구체적으로 이야기를 한 장면은 없다. 그러므로 거짓말이다. 그리고 바로 다음에 이런 문장이 이어진다. "미국에서 트렁크를 훔칠 수 있다면 때때로 거짓말도 할 수 있다고 카를은 핑계삼아 생각했다."[91] 그러나 이러한 변명도 사실은 거짓이다. 왜냐하면 카를은 아직 트렁크를 도둑맞았다는 사실을 모르기 때문이다. 물론 이보다 앞선 시점에 화부가 카를이 다른 사람에게 맡긴 트렁크를 분명 도둑맞았을 것이라고 추측하는 대목이 나온다. 그러나 어째서인지 카를은 이때만큼은 화부의 말을 곧이곧대로 믿지 않는다("[…] 카를은 미심쩍은 듯 물었다. 빈 배에서 자기 물건을 찾는 것이 제일 쉬울 거라는 생각은 평상시라면 납득할 수 있을 테지만 지금의 카를은 이 생각에 미심쩍은 점이 있다고 여겼다").[92]

그럼에도 불구하고 그렇게 의심하면서도 귀에 들리는 대화의 일부를 마치 확신하고 있는 것처럼 자기 거짓말에 대한 변명으로 삼으며 혼잣말을 한다.

어쩌면 카를은 모든 것을 계산하고 있지 않았을까.

말을 곧이곧대로 듣지는 않았어도 액면 그대로 받아들이는 편이 유리하다고 판단하면 짐짓 믿는 척한다. 거짓말에 대한 변명을 거짓으로 얼버무려서라도 자신을 정당화한다.

앞에 나온 '분노'도 어쩌면 동조해 화를 내면 내 편을 한 사람 얻을 수 있다고 생각했기에 했던 행동 아닐까.

실제로 작품 내에서 화부가 카를에게 호소했던 **부정**을 읽어낼 수 있는 것은 다음과 같은 이야기뿐이다. 그들이 탄 배는 독일 배인데도 루마니아인 일등 기관사가 독일인을 부려먹고 있다. 그 슈발이라는 일등 기관사는 화부를 두고 '게으름뱅이이고 쫓겨나는 것이 당연하다'[93]고 불만을 말한다. 그러나 나(화부)는 배에서 일한 경력이 많고 선장들의 마음에 드는 일꾼이었다.

이것은 다 화부의 주장일 뿐이고 어디까지나 그의 눈으로 본 **부정**이다. 이럴 때 세상 물정을 다소 아는 사람이라면 오히려 슈발의 주장이 **옳을** 가능성이 있음을 알 것이다. 그러나 카를은 그런 가능성을 생각지 못한다. 화부의 이야기가 진실인지 전혀 의문을 품지 않은 채 즉시 그에게 동조하며 **부정**을 바로잡기 위한 행동을 하라고 부추긴다.

실은 언뜻 정의감이 넘치는 듯한 그의 이러한 행위, 오로지 선의에서 비롯된 것처럼 보이는 행위가 실제로는 **진짜 부정**을 조장할 가능성이 있음이 텍스트 곳곳에서 시사된다.

이후 슈발은 스스로 반론에 나서는데 그때 그의 발언은 '사나이답고' '명쾌했다'. 게다가 슈발의 말을 들은 주위 사람들은 '오래간만에 처음으로 사람의 목소리를 들은 듯한'[94] 표정을 짓기까지 한다.

그리고 외삼촌과 함께 상륙용 보트에 올라탄 카를이 배를 돌아보았을 때, 방금 전까지 자신이 있었던 경리실의 세 개의 창은 '모두 슈발의 증인들이 차지하고 있었다'.[95] 화부의 편에 선 이는 카를뿐이었지만 슈발의 편은 '넘쳐났다'. 다시 말해 카를을 제외한 거의 대부분의 사람이 슈발의 편이었던 셈이다.

즉, **사실**은 슈발이 옳고, 화부의 말이 엉터리였을 가능성이 충분하다.

그렇다면 다시금 주인공과 화자 모두 신용할 수 없을지도 모른다. 「판결」에 숨어 있는 **사기**의 구조는 여기서도 확인할 수 있다.

이렇게 의심하면서 세부적인 부분을 주의깊게 다시 읽어보면, 곳곳에 주인공과 화자의 공범 관계에서 비롯하는 교묘한 눈속임이 이루어졌다는 사실을 깨달을 수 있다.

슈발의 명쾌한 반론은 독자에게 구체적인 사항은 아무것도 전달하지 않는다. 대신에 카를이 슈발의 이야기를 들으면서 그 이야기의 '허점'을 생각하는 다음과 같은 내용을 전한다. 슈발은 주방 아가씨가 화부가 여기로 온다는 보고를 듣고는 그 사실이 무엇을 의미하는지 재빨리 눈치챘다는 건데, '그의 신경을 날카롭게 한 것은 바로 죄의식이 아니었을까?' 슈발은 편견 없는 공정한 증인이 문 뒤에서 기다리고 있다고 말하지만, 어떻게 자신이 데리고 온 증인을 두고 '편견 없는 공정함'을 말할 수 있을까. "이건 속임수다. 속임수 이외엔 아무것도 아니다. 그런데도 높은 분들은 그 말을 인정하고, 그것을 옳은 행동이라고 시인한단 말인가?"[96]

그러나 이렇게 소리 높여 외치는 소년다운 **정의**의 항변은 **사실** 정의에 기초한 것이 아닐지도 모른다. 다시 말해 이 이야기 또한 일단 뒤집어서 읽기 시작하면 모든 것이 뒤집히고 그럼으로써 무서운 **진짜** 죄가 떠오르게 된다고 할 수 있다.

카를은 아마 순수하지도, 선량하지도 않을 것이다.[97]

그렇기에 상원의원이 외삼촌이라며 자신의 이름을 댔을 때, 자신이 알고 있던 외삼촌과 성(姓)이 다르다는 사실을 알면서도, 바로 '아마 이름을 바꾼 모양이야'라고 납득하며 외삼촌이 맞다고 인정한다.

카를은 그 외삼촌이 자신의 아이를 낳은 하녀가 쓴 편지를 읽어주었을 때에도 전혀 동요하지 않는다. 태어난 친자식이나 그 아이를 낳은 여자를 동정하거나 안쓰러워하는 기색이 눈곱만큼도 없다. 오히려 앞에서 인용한 것처럼 그러한 문제를 일으킨 성행위를 불쾌한 것, 역겨운 것으로 떠올린다.

이야기가 진행됨에 따라 카를은 외삼촌에게 **버려지고** 그린 씨에게도 속는다. 게다가 어렵게 얻은 호텔 일도 수위장의 **오해**로 **빼앗기면**서 점점 궁지로 내몰린다. 미국에 도착했을 때는 깨끗했던 옷이 점점 더러워지고, 제대로 된 이유도 모르는 채 경찰에 쫓기고, 결국 옛날에 여가수였던 뚱뚱하게 살찐 브루넬다의 쓰레기장 같은 방에서 그녀를 돌봐주며 지내게 된다.

독자는 잇달아 속임수에 넘어가고, 덫에 걸리고, 영락하는 **것처럼 보이는** 카를의 처지를 깊이 동정하고, 세상의 불합리함과 더러움에 점점 분노한다. 카를이야말로 '혼탁한 세상의 순수함'으로 간주되어왔다.

그러나 그는 처음부터 충분히 더러웠다. **진짜**로 더러웠기에 '진짜'로 더러운 세계를 속이기 위해 그러한 세계로 '보내졌다'.

사람들은 믿고 싶어서 믿는지도 모른다. 거꾸로 말하자면 속고 싶어서 속는 것이다.

카를에게 죄가 있을 가능성은 지금까지 살펴봤듯이 다양한 부분에서 드러난다. 그런데도 사람들은 이러한 부분을 놓쳤다. 이런 신호를 액면 그대로 받아들이려 하지 않았다. 무언가 이유를 붙여 자신들이 해석하고 싶은 대로 해석해왔다.

주인공은 선량하지 않으면 안 된다. 화자 역시 선량해야만 한다.

카프카는 그런 사람들의 문학에 대한 맹목적인 신뢰를 역이용했다.

사람들의 신뢰를 이용하면서 우리가 살펴본 불가능한 문학을 하고자 했다. 거짓이 거짓임을 알아차리지 못하게 했지만 그렇다고 진실이라고 속이지도 않았다. 카를의 거짓이 완벽한 진실이라고 결코 거짓말하지 않는다. 거짓이 거짓이라는 진실 역시 말하지 않았다. 거짓이 거짓이 아닐 가능성도, 거짓이 거짓일 가능성도 모두 충분히 보여주면서, 읽는 이가 믿지 않을, 그러나 믿을 수밖에 없는 이야기를 계속해 썼다.

성실과 불성실

여기서 중요한 사실을 떠올리지 않으면 안 된다.

카프카는 아버지가 된 소년의 이야기를 쓰고 있을 때, 동시에 펠리스에게 많은 편지를 쓰고 있었다.

제1장에서 인용한 것처럼 카프카는 1912년 11월 11일자 편지에서 펠리스에게 소설 집필 상황에 대해 보고했다. 이에 따르면 그는 9월 말부터 한 달 반이 채 안 되는 기간 동안 소설의 제6장까지 썼다.

동시에 썼던 작품과 편지를 비교해보면, 이들이 세부적으로 기묘하게 일치하는 부분이 있음을 알아차리게 될 것이다. 제1장에서 살펴본 것처럼 이제 막 편지를 주고받기 시작한 카프카에게 펠리스가 초콜릿을 보냈는데, 『실종자』 제5장에는 이런 부분이 나온다. 카를이 일하기 시작한 호텔의 여자 동료로 '가끔 조그마한 선물을 가지고 와서

그를 깜짝 놀라게 했던' 테레제가 오늘은 '커다란 사과 하나와 초콜릿을 가져왔다'.[98]

그리고 이 장면의 조금 앞부분에서 카를은 테레제의 방에서 상업 통신 교본을 발견한다. 카를은 매일 밤 부지런히 이 책에 나오는 문제를 풀고 이 책을 다 공부한 테레제에게 검사를 받는다. 허구의 소설 세계에서 주인공이 사업상의 편지 문안을 연습하고 있을 때, 현실 세계의 작자 또한 매일 밤 열심히 탁월한 여성 사업가인 펠리스에게 사업을 제안하는 편지를 썼다.

1912년 11월 11일은 두 사람의 교제에 중요한 전환점이 되는 날이었다.

카프카는 이날 쓴 세번째 편지에서 드디어 펠리스를 존칭 'Sie'가 아닌 비칭 'du'로 불렀다.

이들의 교제는 오로지 편지로만 이루어졌음에도 불구하고 순조롭게 가까워져 이날을 경계로 두 사람은 순식간에 크게 친밀해졌다.

그리고 그로부터 엿새 뒤인 펠리스의 생일 전날 밤, 카프카는 작은 이야기의 착상을 얻어 집필중인 장편소설을 중단하고 작은 이야기에 착수하기로 마음먹는다.

정확히 날짜가 11월 18일로 바뀌어 그녀가 스물다섯 살이 되려는 심야에 카프카는 그 한 줄을 적어둔다. 아침에 눈을 뜨자 벌레로 변했다는 사실을 알아차렸다는. 마치 꿈에서 깨어났더니 그녀야말로 독충이 되었다는 상상을 한 것 같은 그 순간에 카프카는 그 소설을 쓰기 시작했다.

앞에서 이야기했듯이 벌레로 변신한다는 아이디어 자체는 이미 7년 전에 문장으로 썼다. 1905년부터 쓰기 시작한 「시골의 결혼 준비」에서 주인공 에두아르트 라반은 자신이 벌레로 변하는 것을 몽상한다. 결혼하고 싶지 않은데도 시골로 결혼을 준비하러 가야 하는 것은 정말이지 싫다. 주인공은 이러한 현실에 부아가 치민 나머지 **진짜** 자신은 벌레가 되어 침대에 누워 있는 채로 '그럴 필요야 없지. 내가 보내는 것은 옷을 걸친 이 몸뿐'이라고 생각한다.

왜 카프카는 그때 이런 소설을 쓴 것일까? 그 계기는 무엇이었을까?

바겐바흐는 이 소설의 집필이 당시 스물두 살이었던 카프카의 연애와 관계가 있다는 사실을 지적하고 있다. 이야기에서 묘사되고 있는 철도 여행이 추크만텔까지의 여행에 해당한다는 것이다(소설에 등장하는 '철교'는 실제 노선의 '엘베 강에 놓인 철교'를 가리킨다고 생각된다).[99]

추크만텔. 일기에서 이 지명이 나오는 부분들은 이미 이 책의 앞쪽에서 인용했다. 펠리스에게서는 '추크만텔과 리바'에서 느낀 달콤한 기분을 한 번도 느낀 적이 없다. 카프카는 자신의 감정을 노골적으로 밝힌 이런 문장을 약혼을 파기한 이후 그녀와 처음으로 재회한 날에 썼다. 요컨대 1915년 1월까지 그가 경험한 감미로운 사랑은 단 두 번뿐이다. 그 가운데 첫번째 사랑, 추크만텔에 있는 요양소에서 어느 여름날의 짧은 사랑이 끝난 뒤 그가 쓴 것이 바로 이 「시골의 결혼 준비」다.

이러한 사실로 미루어보아 아주 단순하게 말하자면 연애와 결혼 간의 큰 차이를 통감한 것이 카프카가 이 작품을 쓰도록 만든 동기라고 할 수 있다. 연애 뒤의 결혼이란 남녀 간의 사랑의 성취를 의미하는 결혼이 아니라 그와는 전혀 별개인 사회적 차원에서의 결혼이라는 사실을 새삼스레 인식한 것이 그의 혐오감을 부추겨 결혼 준비에는 분신을 보내고 **진짜** 자신은 벌레가 되는 아이디어를 얻었다.

잠시 옆길로 새는 이야기가 되겠지만 여기서 카프카의 또다른 진지한 사랑, 리바에서의 연애에 대해서도 살펴보자. 카프카가 리바에 있는 요양소에서 10대 후반의 그리스도교인 여자아이와 사랑에 빠진 것은 1913년 9월이었다.

추크만텔에서 경험한 어느 여름날의 사랑에 대해서는 카프카의 육성다운 육성이 전혀 남아 있지 않지만, 리바에서의 사랑에 대해서는 상당히 솔직하게 이야기한 글을 찾아볼 수 있다. 대략 한 달간의 여행에서 돌아온 직후에 해당하는 10월 15일 일기에서 카프카는 그녀를 잊지 못해서 무언가 쓰려고 했으나 그조차 쓰지 못했다고 적고 있다.[100] 또한 20일에는 그녀의 표정이나 몸짓에 대해 쓰려고 하면 몸이 긴장해 마음 깊은 곳에서부터 고통이 끓어오르는 것이 무섭다는 글도 엮고 있다.[101]

나아가 22일에는 그의 심정을 이런 식으로 토로하고 있다.

이미 늦었다. 슬픔과 사랑의 감미로움. 그녀가 보트에서 내게 미소 지었다. 최고의 순간이었다. 언제나 그저 죽고 싶다, 아직 살고 싶다는 생각뿐—이것이야말로 사랑이다.[102]

카프카답지 않은 정직한 열정을 엿볼 수 있다. 그가 이러한 찰나적이고 감미로운 사랑 때문에 괴로워하던 시기는 거듭 이야기하지만 1913년 9월부터 10월, 즉 펠리스와 편지를 주고받기 시작한 지 정확히 1년 뒤이며 본격적으로 그녀와의 결혼이 거론되기 시작했을 무렵이다.

이야기가 나온 김에 좀더 옆길로 빠져 당시 결혼 이야기가 어떻게 진전되고 있었는지 살펴보자.

카프카는 1913년 6월 8일부터 16일까지 대략 일주일에 걸쳐 펠리스에게 장문의 편지를 쓴다. 이 편지에서 카프카는 의사에 따라 병에 대한 진단이 다르다는 사실을 이야기하더니, 이렇게 묻는다. "유감스럽게도 제거할 수 없는 위의 전제조건하에서 내 아내가 되고 싶은지 숙고해보시겠습니까? 그대는 그러기를 원하나요?"[103]

이는 이른바 프러포즈일 것이다. 그러나 카프카는 며칠 동안 이 질문 다음을 쓰지 못한 듯하다("며칠 전에 이 부분에서 편지를 중단했고 그후 계속하지 못했습니다"). 다시 편지를 쓰기 시작한 그는 이 질문이 '근본적으로 범죄에 해당'[104]한다고 스스로 말하더니, 자신이 얼마나 무가치한 인간인지, 그리고 얼마나 사교성이 없는지 장황하게 늘어놓는다.

그는 결국 편지의 끝부분에서 결혼에 따른 이해득실을 계산하자는 제안을 하기에 이른다. "펠리스, 우리의 결혼을 통해서 어떤 변화가 일어나고 각자가 무엇을 잃고 얻을지에 관해서 곰곰이 생각해보세요."[105] 카프카가 말하기를 자신은 '고독을 잃지만' '그 누구보다 사랑하는 그대를' 얻는다. 한편 당신은 베를린을 잃고, 사무실을 잃고, '건강하고 활달한 좋은 남자와 결혼해 바라 마지않던 예쁘고 건강한 아기를 낳을 전망'을 잃는다. '이처럼 상상하기 힘든 손실'과 맞바꿔 펠리스가 얻을 것은 '병약하고 비사회적이며 말이 없고 우울하며 경직되어 있을 뿐 아니라 거의 희망이 없는 남자'[106]라는 것이다.

나아가 카프카는 펠리스의 금전적인 손실도 크다는 점을 지적하고 있다. 자신의 수입은 펠리스보다 분명 적을 것이고, 연봉은 4588 크로네, 연금을 받을 자격은 있지만, 수입이 많이 늘어날 가망은 별로 없고, 부모로부터 받을 지원 역시 기대할 수 없으며, 문학으로 돈을 벌 전망 또한 없다.

마치 자신과는 절대로 결혼하면 안 된다고 설득하는 듯한 편지라고 할 수 있겠다. 아니, 오히려 미리 이런 불리한 조건을 납득시킨 연후에 결혼하고 싶다는 **공격적인** 바람을 담은 편지일까. 어느 쪽이든 모순이 가득하며 진의를 파악하기 어려운 글이다.

펠리스는 이러한 카프카의 뜻을 존중하여, 혹은 존중하지 않기에 결혼하겠다는 답장을 보낸 듯하다. 그로부터 나흘 후인 6월 20일자 펠리스의 편지는 이렇게 시작하기 때문이다. "그렇지 않아요, 절대로.

당신은 자신이 불행해질지도 모른다는 사실에 자신을 내던져서는 안 돼요. [···]"107

카프카는 성실한 남자일까 아니면 악마 같은 남자일까.

놀랍게도 이 불가해한 프러포즈 이후 보름이 지난 7월 3일에 쓴 편지에는 이런 내용이 있다. 그날은 카프카의 서른 살 생일로서 점심 식사 자리에서 어머니가 '축하한다'고 말했다. 그때 그가 '결혼할 사람이 있다'108고 말하자, 어머니는 '한 가지 부탁이 있다'면서 아버지도 같은 의견이니 그녀 가족의 신상을 확인하도록 허락해달라고 한다. 이러한 요청을 들은 카프카는 그의 말을 빌리자면 '죄의식'에서 허락했다. "정확한 이유는 모르겠지만 어머니는 자신의 부탁을 고집하셨습니다. 아마도 부모님에 대한 지속적인 죄의식으로 인해 나는 굴복했고 어머니에게 그대 아버지의 이름을 적어드렸습니다."109

그로부터 한 달 후인 8월 1일에 쓴 편지(편지의 날짜는 7월 1일이지만)에 따르면 그는 그날 어머니로부터 흥신소의 보고서를 받았다("지금 어머니에게 흥신소 보고서를 넘겨받았습니다"). 그는 건네받은 보고서를 향해 '마치 그대와 사랑에 빠진 누군가에 의해 쓰인 것 같다'라고 야유하면서 모든 낱말은 진실과는 거리가 멀고 그 편지를 쓴 증인은 '뻔뻔스럽게도 그대를 위한답시고 거짓말을 했다'고 적고 있다. "'그대가 요리를 잘한다는 소문이 자자합니다.'"110 카프카는 이렇게 비아냥거리는 말투로, 게다가 꽤 즐거워하면서 이렇게 말을 잇는다.

물론 증인은 그것이 우리 살림에 전혀 쓸모가 없으리라는 것, 또는 그대가 적어도 완전히 다른 것을 배워야 하리라는 것을 알지 못합니다. 〔…〕 우리 식단은 채식 위주가 되리라고 믿습니다. 그렇지 않은가요? 사랑하는 요리사 아가씨, 그대의 요리 솜씨에 대해서 '소문이 자자합니다'.[111]

앞서 쿤데라가 카프카의 작품에는 로맨틱한 성이 아닌, 성의 추함과 우스꽝스러움이 묘사되어 있다고 평했음을 이야기했다. 이러한 견해를 흉내내서 말하자면 카프카의 편지는 로맨틱한 사랑이 아니라 사랑의 추함, 우스꽝스러움, 사랑의 실존을 전하고 있다고 할 수 있을 것이다.

여기서 주의해야 하는 것은 보통 숨기려 하는 **지저분한 사실**을 카프카가 어떻게든 상대에게 알리고 이해시키려고 노력했다는 사실이다.

앞서 나온 서른 살 생일에 쓴 편지에는 이런 내용도 있다. 만약 당신의 부모님이 우리 가족에 대해 흥신소에 조사를 의뢰했다 하더라도 분명 좋은 내용만 보고할 것이다. 그렇게 생각하니 조금 우스꽝스럽기도 하다. "그대 아버지는 「판결」을 알고 계신가요? 만약에 모르신다면 그 책을 읽으시도록 전하세요."[112]

이는 우리가 지금까지 살펴본 「판결」의 독해 방법이 타당함을 뒷받침하는 말이다. 요컨대 「판결」에는 펠리스의 가족이 흥신소의 조사 보고서보다 더 많이 알아두어야 할 일들이 적혀 있다. '좋은 말'만 쓰여 있을 보고서보다 그 자신과 그의 가족의 **진정한** 모습, 필시 추하고도 우스꽝스러운 모습이 적혀 있는 것이다.

카프카는 펠리스의 요구에 따라 8월 들어 그녀의 아버지에게 편지를 쓴다. 그녀의 아버지에게 이에 대한 답장을 받기는 하지만 카프카는 거기에 '결혼이라는 모험에 대해 그대와 대화를 나눴다는 말은 조금도 없다'[113]고 8월 28일 펠리스에게 보낸 편지에서 지적한다. 카프카는 그녀의 아버지가 이러한 사실을 반드시 알아두어야만 한다면서, 당일 펠리스의 아버지에게 다시 쓴 편지를 그녀에게 보낸 편지에 동봉한다. 펠리스의 아버지에게 보낸 편지에는 다음과 같은 내용이 들어 있다.

첫번째 편지에서 제가 따님과 저의 관계에 대해 썼던 내용은 사실이며 앞으로도 그럴 것입니다. 그러나 그 편지에는 어르신이 아마도 알아차리지 못한 어떤 암시, 즉 결정적인 어떤 것이 빠져 있습니다. 아마도 그것에 관심을 보일 필요가 없다고 생각하신 모양입니다. 제 성격 때문에 생겨난 다툼이 전적으로 따님의 문제고 또한 완전히 해결되었다고 믿으셨기 때문이겠지요. 그러나 사실은 그렇지 않습니다. 언제나 저는 그렇게 믿어왔습니다. 다툼은 생기지도 않았고 생길 수도 없었다는 것이 수시로 밝혀졌습니다. 저는 편지로 따님을 현혹했습니다. 대체로 기만하려고 그런 것은 아니었지만(가끔은 제가 그녀를 사랑했고 사랑하고 있으며 헤어지는 것이 끔찍했기 때문에 기만하려고 했습니다) 아마도 그럼으로써 그녀의 두 눈을 가렸을 것입니다. 잘 모르겠습니다.[114]

저는 따님을 속일 작정은 아니었지만 그럼에도 눈을 가렸는지 모르겠다. 아니, 사랑하기에 때때로 속였다. 물론 펠리스는 이 편지를 아버지에게 건네지 않았다.

그것이 무엇이든 간에 **사실**을 말할 수밖에 없다, 가령 자신에게 불리해도 거짓을 거짓으로 둘 수는 없다. 여기까지 확인한 사실만 놓고 보면 카프카는 매우 성실한 남자라는 인상을 받을지도 모르겠다.

그러나 카프카는 그렇게 단순하지 않다.

성실한 것일까 불성실한 것일까.

성실과 불성실이라는 범주로 말하자면 오히려 그는 단연코 후자에 속한다고 할 수 있지 않을까?

결혼 이야기가 점점 혼돈에 빠지는 와중에 카프카는 휴가 차 이탈리아로 가서 리바에서 정열적인 **진짜** 사랑에 빠진다. 그리고 1년 전 펠리스와 편지를 주고받기 시작한 이래 처음으로 오랜 기간 동안 편지 교환이 중단된다. 적어도 9월 20일부터 10월 29일 사이에 카프카가 그녀에게 보낸 편지는 남아 있지 않다.

결혼 이야기가 암초에 부딪혔다는 사실을 불안하게 여긴 펠리스는 반 년 전쯤 알게 된 친구 그레테 블로흐에게 중재를 부탁한다. 그레테는 스물한 살로서 펠리스보다 다섯 살 아래이며 카프카보다는 아홉 살 아래로서 당시 사무기기 회사에서 비서로 일하고 있었다.

카프카와 그레테는 10월 말에 프라하에서 실제로 만난다. 그런데 이번에는 이들이 만난 직후부터 이들 사이에 편지가 자주 오가게 된다. 그레테와 카프카의 교류는 이듬해인 1914년 6월에 펠리스와 카프카가 약혼하고 7월에 이를 파기한 이후까지 대략 1년 동안 지속된다.

펠리스와 그레테, 그리고 카프카의 이 삼각관계가 『소송』에—약혼 파기 직후에 쓰기 시작한—커다란 그림자를 드리우고 있을 가능성에 대해서는 앞서 살펴본 엘리아스 카네티의 저서 『또하나의 심판』에서 이미 상세하게 지적한 바 있다. 따라서 여기서는 그 문제에까지 들어가지는 않겠다.

그레테가 둘 사이를 중재하기 시작한 지 두 달 후쯤인 1913년 연말의 12월 29일, 카프카는 이런 내용의 편지를 쓴다.

> 요양소에서 한 처녀와 사랑에 빠졌습니다. 열여덟 살의 그녀는 국적은 스위스지만 이탈리아의 제노바 근처에서 살고 있습니다. 그녀는 기질적으로 나와는 딴판이며 아주 미숙하지만 눈길을 끌고 병치레에도 진중하고 속이 깊었습니다. 어쩌면 당시 공허하고 절망적인 상태의 나를 사로잡은 만큼 훨씬 더 보잘것없는 처녀였는지도 모르지요.[115]

즉, 석 달 전 리바에서의 사랑에 대해 펠리스에게 털어놓고 있다. 카프카는 당시를 이렇게 회상한다. '나와 그녀는 이 열흘의 휴가 뒤에는 모든 것이 끝난다는 사실, 단 한 줄의 편지도 써서는 안 된다는 사실을 잘 알고 있었다. 헤어질 때 우리는 남들 앞에서 우는 모습을 보이지 않기 위해 애를 먹었다.'

"그 이탈리아 여자도 그대에 대해서뿐만 아니라 내가 근본적으로 그대와 결혼하는 일에만 온 신경을 쓰고 있다는 것을 알고 있었습니다."[116] 이 사건을 계기로 그는 '겉보기에는 몰상식에 가까운' 일이지만 펠리스에 대한 자신의 마음이 더 명확해졌고 베를린에 가 모든 일을 결정짓겠다는 생각을 했다고 적고 있다.

　그로부터 반년이 지난 1914년 6월 1일, 카프카는 베를린에서 펠리스와 정식으로 약혼식을 올린다.

「변신」

「변신」은 이런 남자가 쓴 이야기다.

이런 남자가 가장 창작열을 불태울 때 쓴 작품이다.

앞서 살펴본 대로 이 소설은 그레고르 잠자가 아침에 눈을 떴을 때 자신이 벌레로 변했다는 사실을 알아차리면서 시작된다.

이야기 첫머리에서 벌레로 변한 배나 다리 등을 확인한 다음, 이어지는 문단에서 그레고르의 시선은 책상 위에 흩어져 있는 옷감 견본으로 향한다. 이 부분에서 그의 직업은 옷과 관련된 직종의 출장 영업사원이라는 사실을 엿볼 수 있다. 이어서 그레고르는 벽에 걸려 있는 그림을 본다. 그것은 그가 최근 화보 잡지에서 오려냈고 금박의 예쁜 액자 안에 들어 있다. "모피 모자를 쓰고 모피 목도리를 두른

채 꼿꼿이 앉아 있는 한 여인의 그림"이다.[117]

이러한 카프카의 「변신」이 레오폴트 폰 자허마조흐Leopold von Sacher -Masoch의 소설 『모피를 입은 비너스Venus im pelz』(1870)를 염두에 둔 작품이라는 사실은 1970년에 지적된 이후 연구자들 사이에서 거듭 검토되어왔다.[118] 잠자Samsa라는 이름은 자허마조흐sacher-Masoch의 애너그램anagram이고, 『모피를 입은 비너스』의 주인공 제베린이 애인 반다의 노예가 되고 나서 댄 이름은 그레고르다. 『모피를 입은 비너스』의 그레고르는 애인의 발밑에 벌레처럼 납죽 엎드리고, 「변신」의 그레고르는 실제로 벌레가 되어 방바닥을 기어다닌다. 이처럼 이들 텍스트 사이에는 많은 공통점이 발견된다.

일반적으로는 낯선 이러한 유사성에 대해서는 좀더 상세한 설명이 필요하겠지만, 여기서는 다음과 같은 중요한 물음에 초점을 맞추고자 한다. 이들의 연관성은 무엇을 의미하는 것일까.

이에 대해서는 앞서 나온 마크 앤더슨의 저서 『카프카의 의상』에서 이미 유력한 견해를 제시했다. 여기서 앤더슨은 우선 마조흐의 소설에서 묘사된 마조히즘적인 욕망이 이미지에 의존한 욕망이라고 지적한다. 주인공 제베린은 마치 굴욕적인 상황을 견디고 있는 듯 보이지만, 사실은 애인인 반다를 조종하고 있다. 반다에게 역할을 부여하여 그녀가 연기를 하도록 만들고 정작 자신은 관객이 되어 결코 충족되지 않는 자신의 욕망을 무한히 증식시킨다. "이런 식으로 연인 사이에 침범할 수 없는 한 줄의 선을 그음으로써, 주인공은 이 여성을 예술작품으로서 '액자' 속에 넣는 것이다."[119] 이어서 앤더슨은 이와 마찬가지로 그레고르 또한 여성에 대한 욕망을 '액자'에 넣어 이를 예술로 승화시키고 있다고 주장한다. 이어지는 이야기를 보면 그의 방에 걸려 있는 액자는 자기 손으로 직접 만들었다. 앤더슨에 따르면 벌레로의 변신은 현실 세계라는 의상(衣裳)을 벗어던졌음을 의미하며, 이어지는 이야기는 동물=어린아이가 되어 원초적인 자유와 무구함을 회복하면서 '미를 추구하고 자기를 현시(顯示)하고 싶다'는 순수하게 예술적인 요구가 커지는 과정이다. "변신—이를 끝까지 파고들면 의상으로 가려진 인간의 신체를 순진무구하고 자율성을 갖춘 예술작품으로 변화시키는 것에 대한 발견일 뿐이다."120

이러한 독해는 앤더슨 자신도 밝히고 있듯이 기존의 비극이라는 해석, 가족을 위해 희생했던 아들이 그들로부터 해방되는 이야기라는 기존의 해석과는 크게 다르다. 앤더슨은 사람들이 몹시 싫어할 만한 외양으로의 변신을 부정적으로 바라보지 않고 거꾸로 자신의 의지가, 자신의 욕구가 발생시킨 혹은 야기한 결과로서 긍정적으로 파악하고 있다.

그의 말을 빌리자면 벌레의 신체는 '전위적 내지는 모더니즘적 예술작품'121의 표현이며, 도발적이고도 자극적인 표현의 결과이다. 통설을 뒤집는 이러한 '독해'는 이 책에서 지금까지 제시한 작품의 이면을 독해하는 방법과 곧바로 연결되어 있다고 할 수 있다.

「변신」에 그레고르의 격한 욕구, 도착된 욕망이 그려져 있다면, 이 욕망은 두말할 필요도 없이 작자 카프카의 욕망이기도 하다. 우리는 이미 제1장에서 카프카가 펠리스에게 보내는 편지를 쓰면서 나날이 이미지를 부풀리고, 과대망상을 하고, 몹시 거친 욕망을 드러내고 있다는 사실을 간파했다. 그녀와는 결코 만나지 않고 그녀를 오직 망상 속 존재로만 남긴 까닭에, 즉 '액자'에 넣어두기만 했기에 그의 욕망은 끝없이 부풀었고, 쾌감 또한 한없이 지속되었다.

달리 말해서 「변신」은 망상을 불러일으킴으로써 맛볼 수 있는 황당하기 짝이 없는 쾌감—카프카의 경우 그것은, '글쓰기'에 극도로 집중함으로써 찾아오는 쾌감에 다름 아니다—그 자체를 표현한 작품이라고 할 수 있을지도 모른다.

단, 위의 물음으로 다시 돌아가서 『모피를 입은 비너스』와 「변신」의 관련성이 갖는 의미라는 측면에서 보자면 솔직히 말해 이렇게 미적인 깔끔한 해석만으로는 무언가 부족한 듯하다.

너무 관념적이라고 할 수 있기 때문이다.

실제로 이 두 작품을 읽은 사람이 받는 느낌은 좀더 생생한 감각, 역겨움 내지는 불쾌함 같은 혐오감일 것이다. 이런 강한 느낌을 받는 추한 부분, 더러운 부분이야말로 이들을 잇고 있는 가장 중요한 사항이 아닐까.

카프카는 어째서 그날 밤, 다시 말해 자신의 결혼 상대로 여기고 있던 여성의 생일날 밤에 이런 이야기를 쓰기 시작했을까? 왜 마치 그녀에게 보내는 선물이기라도 한 것처럼 마조흐의 소설을 염두에 두면서 역겨운 벌레로 변한 남자에 관한 이야기를 썼을까?

사실 마조흐의 소설에서 주인공인 제베린은 **일찍이** 여자의 노예였지만, **지금은** 여자를 노예로 삼고 있다. 그는 소설 첫머리에서 검은 비단옷을 입은 금발의 아름다운 여성에게 식사가 마음에 안 든다며 채찍을 휘두른다. 그리고 이렇게 호언장담한다. "여자들을 길들이기 위해서는 이 방법밖에 없다."[122]

이때 제베린은 '사람은 모름지기 망치가 아니면 모루가 되어야 한다'는 괴테의 격언은 남녀 관계에 딱 들어맞는 말이라는 한마디를 덧붙인다. 그리고 자신이 일찍이 여자의 노예였던 경험을 살려 지금은 여자를 채찍으로 훈육하고 있다. 그가 보여주는 자신이 일찍이 썼던 일기는 곧 노예 그레고르에 관한 이야기인 것이다.

끝에 가서 이야기는 다시 제베린의 **지금**으로 돌아가며, 그는 재차 경험에서 배운 교훈에 대해 이렇게 말한다.

> 자연이 창조한 대로, 요즘 남자들 말대로 여자는 남자의 적이라는 것, 그리고 여자는 남자의 노예나 주인이 될 수는 있겠지만 결코 남자의 동반자가 될 수 없다는 것이지.[123]

이러한 제베린=그레고르의 말에 어쩌면 카프카는 크게 공감했을지도 모른다. 자신이 지금 끌리고 있는 여자는 적이다. 그 여자는 자신의 노예 아니면 폭군이 될 수밖에 없다.

하녀에게 아이를 낳게 한 죄 없는 소년에 관한 이야기를 중단하면서까지 어떻게든 쓰고 싶었던 것은 여자에게 처음으로 진심으로 반했을 때 떠올린 생각을 형상화한 작품이다. 결혼은 **사랑**의 성취가 아니라 이해관계를 따지는 사업 그 자체다. 이렇게 통감했을 때 했던 바

카프카답지 않은 카프카

로 그 생각. 그런 역겨운 결혼식에는 그저 허물에 불과한 자신의 분신을 보내면 그만이고 **진짜** 자신은 침대 속에서 벌레가 되자.

펠리스는 태어나서 처음으로 진심으로 신부로 맞이하고 싶었던 여자다. 그러한 미래의 신부의 생일에 진심에서 우러나온 선물로 이렇게 충고하고 싶었다. 정신 차려요! 당신이 결혼하려는 그 남자의 모습은 진짜가 아니야. 「변신」 또한 카프카가 아무런 숨김없이 자신의 마음을 전하려고 쓴 **사랑**의 메시지가 아닐까.

마조흐의 소설에는 카프카가 공감했을지도 모를 주인공의 말이 또 있다.

"베나레스의 성스러운 원숭이나 플라톤의 수탉이 인간이라고 거짓 주장은 하지 않을 걸세."[124] 『모피를 입은 비너스』의 마지막 줄이다.

간단히 주석을 달자면 '베나레스의 성스러운 원숭이'는 쇼펜하우어가 여자를 형용한 말이며, '플라톤의 수탉'은 디오게네스가 털 뽑힌 수탉을 아카데미에 집어던지면서 '이것이 바로 플라톤이 말한 인간이다!'라고 외쳤다는 데서 비롯한 말이다. 즉 이를 극히 단순하게 다시 말해보자면 자신은 이제 더이상 여자에게, 그리고 학자에게 속지 않겠다는 뜻이다. 이것이 마조흐 소설의 주인공이 마지막으로 남긴 교훈이다.

카프카 역시 허식과 허위가 가장 중요한 주제라는 사실은 이미 여러 차례 이야기했다.

여자의 노예가 됨으로써 쾌감을 느끼게 된 경험에 대해 '속았다'고 말한 마조흐의 총평은 카프카에게도 강한 공감을 불러일으켰을 것이다. 오해를 피하기 위해 말해두자면 이 경우 **진짜**로 속인 이는 여자가 아니다. 여자에게 그러한 역할을 부여한 자기 자신, 좀더 자세히 말하자면 여자를 액자에 넣은, 즉 예술작품으로 만듦으로써 끝없는 쾌감을 맛보려 했던 탐욕스러운 예술가 남자 쪽이다.

예술의 도착(倒錯)을 충분히 맛본 뒤에 얻은 교훈은 이제는 더 이상 여자, 학자, 예술가, 그 누구에게도 절대로 속아넘어가지 않겠다는 것이다.

『모피를 입은 비너스』를 염두에 둔 「변신」은 어쩌면 우리에게 완벽히 속는다는 쾌감을 맛본 탐욕스러운 예술가의 이미지도 동시에 전달하는 게 아닐까. 그리고 그러한 쾌감을, 교훈을 독자도 느끼게끔 이를 평범한 예술로, 문학으로 읽는 독자를 철저하게 속여넘기려 했던 것은 아닐까?

일반적으로 「변신」의 그레고르는, 성실하고 가족을 생각하는 마음이 깊은 월급쟁이로 이해되어왔다. 5년 전 아버지의 사업이 망하자 가계를 일으키고자 결심한 그는 수수료로 돈을 벌 수 있는 영업사원이 되었다. 그리고 남들의 몇 배나 일해 많은 돈을 벌어 가족을 부양했다.

이런 그가 벌레가 된 날, 아버지는 곧바로 집안의 재정 형편과 앞으로의 전망을 따진다. 아버지는 비밀 금고를 꺼내 복잡하게 생긴 자물쇠를 열고 증서나 장부 따위를 펼쳐보면서 옛날에 몰래 남겨두었던 재산과 그레고르한테 받은, 만일을 위해 남겨둔 돈에 대해 어머니와 여동생에게 설명한다. 문 저편에서 이러한 사실을 처음으로 알게 된 그레고르는 이런 생각을 한다.

"그 정도의 돈이면 사장에게 진 아버지의 빚을 더 많이 갚을 수 있었을 테고, 그렇게 되었다면 그가 직장을 그만둘 수 있는 날도 훨씬 빨리 왔을 테지만." 그러나 곧바로 이런 생각도 한다. "지금으로서는 말할 나위도 없이 아버지의 처사가 훨씬 더 훌륭했다."[125]

이 부분을 평범하게 읽으면 독자는 그레고르보다는 그의 가족, 특히 아버지에게 불신을 품을 것이다. 왜냐하면 완고한 아버지가 근면한 자식을 속이고 돈을 숨겨둔 것이 분명하기 때문이다.

성실하게 가족을 위해 일하는 그레고르의 비애는 벌레가 되었음에도 불구하고 일하러 갈 시간을 신경쓰는 모습을 통해 전달된다. 다섯시 전차를 타려고 네시에 자명종을 맞춰두었는데도 지금은 여섯시 반이다. 늦잠을 잤다는 사실을 깨닫고는 놀라서 어떻게든 일하러 가려고 이리저리 고민한다. 다음 기차는 일곱시에 있다. 그러나 눈 깜짝할 사이에 여섯시 사십오분이 되어 어머니를 포함한 가족들이 문 너머에서 깨우기 시작한다. 벌레가 된 자신의 모습을 성가셔하면서 몸을 움직이는 사이에 이번에는 일곱시가 되고 어느새 오분만 지나면 일곱시 십오분이다. 그 순간 현관 초인종이 울린다. '회사에서 사람이 온 모양이군.' 그레고르는 그렇게 중얼거리는데 '몸이 거의 굳어버

렸다'.[126]

그레고르는 회사 지배인이 곧바로, 그것도 직접 그를 찾아오자 이렇게 한탄한다.

왜 유독 그레고르만이 조금만 직무에 태만해도 곧장 엄청난 의심을 사게 되는 그런 회사에서 근무해야 하는 신세가 된 것일까? 도대체 회사원들이 죄다 건달이기라도 하단 말인가? 도대체 그들 중에는 아침 한두 시간만이라도 회사를 위해 봉사하지 않으면 양심의 가책이 너무 큰 나머지 정신이 이상해져 그야말로 침대를 떠날 수도 없는 그런 충성스럽고 헌신적인 인간은 하나도 없단 말인가?[127]

독자는 동정을 금치 못할 것이다. 벌레의 몸이면서도 어떻게든 회사에 늦지 않으려 노력한다. 그럼에도 직장 상사는 비정하게도 그를 의심하고 있다.

그러나 과연 그럴까?

참고로 카프카는 지각을 밥 먹듯 했다.

그가 쓴 일기나 편지를 보면 그가 상습적으로 지각을 하는 사람이었다는 사실을 쉽게 알 수 있다. 예를 들어 1907년 10월 21일에 브로트에게 보낸 편지에는 '우리는 불성실과 부정확성의 경주를 거행하고 있네그려'[128]라는 구절이 나온다. 그리고 1912년 10월 27일 펠리스한테 보낸 편지에서는 그녀를 처음 만난 밤에 '늘 그렇듯이 저는 한 시간 늦게'[129] 브로트 집을 방문했다고 적고 있다. 일기를 예로 들면

1912년 12월 18일에는 '나는 시간을 지키는 것이 불가능하다. 왜냐하면 기다리는 괴로움을 느끼지 못하기 때문이다'.[130] 또 12월 24일에는 '거의 매일 밤 30분 동안 뢰비가 나를 기다린다'[131]라고 쓰여 있다.

그레고르가 **사실**은 성실한 영업사원이 아니었을지도 모를 가능성이 이야기의 세부적인 부분을 신중히 읽어가는 가운데 서서히 부각된다. 현관 초인종이 울리자 곧바로 회사에서 누가 왔다고 생각하고 '몸이 굳어지며' 긴장하는 장면은 수상하다고 보면 수상하다. 그리고 그레고르가 '영업을 하러 여행을 다니면서' 생긴 조심성 때문에 자기집에서도 잠잘 때에는 문이라는 문은 죄다 닫아걸고 잔다는 사실 또한 알려주고 있다. 나아가 집으로 찾아온 지배인은 그레고르의 방 앞에서 사장이 걱정한다면서 다음과 같이 말한다.

> "[…] 사실 오늘 사장님께서 당신이 이렇게 직무를 태만히 할 이유를 짚어보시며 내게 슬쩍 그럴듯한 언질을 주시긴 했지만 말이오. 그건 얼마 전 당신에게 맡긴 수금 일에 관한 것이었는데, 나는 진정으로 거의 내 명예를 걸고 그런 이유는 절대 아닐 거라고 맹세를 했소. 하지만 이제 이렇게 이해할 수 없는 당신의 옹고집을 대하고 보니 당신을 위해 조금이라도 애써주고 싶은 마음이 싹 달아나버렸소. […]"[132]

요컨대 회사 사장은 그레고르의 횡령을 의심하고 있다.

그레고르가 회사에서 **진짜로** 그렇게까지 나쁜 일을 벌였을까. 사실은 전혀 알 수 없다. 극히 일부만을 내비치고 있을 뿐 확실한 사실은 아무것도 나오지 않는다. 단, 큰 죄가 아닌 사소한 죄는 사실일 가능성이 좀더 드러난다.

어쩌면 그레고르는 지각뿐만 아니라 결근도 상습적으로 했을지 모른다.

그는 기차를 놓친 사실을 깨닫자 우선 몸이 아프다고 연락하려는 생각을 한다. 그러나 그러한 변명은 '지극히 궁색하고도 수상쩍다'고 그 즉시 생각을 고친다. 왜냐하면,

> [⋯] 그 회사에 5년이나 근무하는 동안 그레고르는 아직 한 번도 아파본 적이 없었기 때문이다. 사장은 틀림없이 의료보험조합에서 나온 의사를 대동하고 나타나 게으른 아들을 두었다고 부모님께 비난을 퍼부어댈 것이고 의사의 말을 빌려 어떤 이의도 묵살해버릴 것이다. 의사가 보기에는 건강하면서도 일하기 싫어 아픈 척하는 사람들이 세상에 너무나 많을 테니까.[133]

이 부분을 아주 평범하게 읽으면 그레고르는 입사하고 나서 5년간 결근이 없었음을 암시하는 것처럼 보인다. 그럼에도 딱 한 번 병으로 쉬었을 뿐인데 의심 많은 사장이 의사를 대동하고 그를 찾아온다.

그러나 그 반대일 가능성은 전혀 없을까. 여기서 주의해야 하는 것은 '한 번도 아파본 적이 없었'다고 적혀 있긴 하지만 결근하지 않았다고는 적혀 있지 않다는 사실이다. 나아가 여기서 전하고 있는 사장의 기분은 이 부분대로라면 앞으로 쉬기만 하면 의사를 대동하고

카프카답지 않은 카프카

집에 나타나 '게으른 아들'을 둔 부모에게 비난을 퍼붓고 싶을 만큼 화가 나 있다. 어째서 이렇게까지 부정적인 생각을 하는 것일까? 만약 **정말**로 그가 결근한 적이 없다면 그의 짐작에 약간의 의혹이 생겨난다. 어쩌면 그는 **실제**로는 '한 번도 아파본 적이 없음'에도 불구하고 결근을 거듭하지 않았을까.

여기서 우리는 제1장에서 살펴본 사실을 떠올릴 수 있다. 추측이 길 하지만 실제로 카프카 자신이 거짓 진단서를 제출하고 특별 휴가를 얻었다.

그의 병을 상사가 늘 의심했을 가능성은 밤새워 「판결」을 쓴 이튿날 아침 그가 상사에게 보낸, 뒷면에 메모를 적은 명함에서 확인할 수 있다. 가벼운 기절을 했고 약간의 열이 있지만 '반드시' 오후에는 출근하겠다고 전한 그 글에는 그가 이튿날에야 출근했다는 사실을 적은 직장 동료의 메모가 첨부되어 있다. 앞에서 이야기했듯이 이 명함은 두꺼운 종이에 붙여 보관하고 있는데, 명함과 종이를 겹쳐서 맞붙인 곳에는 사실 봉인에 사용된 관공서의 직인이 찍혀 있다. 이는 이 명함이 공식적인 서류로 다루어졌음을 분명히 보여주며 여기에서 부하의 거듭되는 거짓말을 기록해두어야겠다는 상사의 심정을 읽어 낼 수 있다고 한다면 지나친 생각일까.

잘 알려진 대로 이 소설 마지막에 그레고르는 죽는다. 「판결」과 달리 여기서는 그의 콧구멍에서 '마지막 숨'[134]이 흘러나온다는 사실을 이야기하고 있다. 그리고 이제까지 그레고르의 시점에서 아버지와 어머니로 불린 두 사람이 그레고르가 죽은 뒤부터는 화자의 시점에서 잠자 씨와 잠자 부인으로 불리게 된다.

그레고르가 죽은 이튿날은 '3월 말'이었다. 잠자 씨와 잠자 부인, 그리고 그들의 딸 그레테는 '오늘 하루를' '푹 쉬면서 산책이나 하며 보내기로' 한다.

> 그들은 오늘 하루를 푹 쉬면서, 산책이나 하며 보내기로 결정했다. 그들에게는 그렇게 일을 잠시 그만두고 휴식을 취할 만한 이유가 있었다. 아니, 휴식이 절대적이라 할 만큼 꼭 필요했다. 그들은 식탁에 앉아서 세 통의 결근계를 썼다. 잠자 씨는 지배인에게, 잠자 부인은 일거리를 맡긴 사람에게, 그레테는 상점 주인에게.[135]

도대체 그들은 어떤 편지를 쓰고 있었을까? 좋은 날씨에 산책을 하기 위해 그들이 직장에다 내야 하는 그 편지에.

분명 꾀병에 관한, 거짓을 말하는 편지일 것이다.

각자의 편지를 마무리하자 세 사람은 따스한 햇볕 아래 전차를 타고 교외로 나간다. 전차 안에서 잠자 부부는 어느새 딸이 '아름답고 탐스러운 처녀로 피어났다'는 사실을 깨닫는다.

> 부부는 점점 말수가 적어지더니 거의 무의식적으로 눈길로 대화를 나누며 이제는 슬슬 딸에게 착실한 신랑감도 구해주어야 할 때가 된 것 같다고 생각했다. 목적지에 이르자 딸이 제일 먼저 일어나 젊은 몸을 쭉 펴며 기지개를 켰을 때, 그들에게는 그 모습이 그들의 새로

운 꿈과 아름다운 계획의 보증처럼 여겨졌다.[136]

이렇게 「변신」은 끝난다.
부모의 '꿈'과 '계획'이란 물론 딸의 결혼이다.

이 책은 헌사에 관한 이야기로 시작했다.

「판결」은 '당신에 관한 이야기' 펠리스의 이야기이다.

이 헌사에서 그런 메시지를 읽어냄으로써 여기까지 읽기를 진행할 수 있었다.

여기서 다시 한번 확인해두자.

스물아홉 살의 여름, 카프카는 펠리스를 만난다. 그 자리에서 그는 '판단'을, '판결'을 내린다. 그녀야말로 나의 결혼, 삶에서 가장 중요한 사업 파트너로 적합한 사람이다. 그리고 악수를 나눈다.

그로부터 5주 후에 타자기로 업무용 편지지에 첫 편지를 쓴다. 이틀 후 하룻밤 만에 「판결」을 완성한다. 내 참모습을 올바르게 이해해주기 바라면서 써내려간 소설을 완성하자마자 그가 내심으로 의도한 독자인 펠리스에게 바친다.

　그로부터 두 달 반이 지난 후 성난 파도처럼 편지를 써 보내면서 『실종자』와 「변신」을 동시에 집필한다. 이 소설들 또한 편지다. 편지보다 더 중요한 사실을 전하는 진짜 편지다. 내가 쓴 편지에 절대로 속지 마라, 당신에게 편지를 쓰는 나에게 결코 속아서는 안 된다. 그렇게 경고하는 성실한 편지, 편지를 배신하는 편지인 것이다.

　카프카는 이들 세 작품을 모아 한 권으로 내고 싶었던 듯하다.
　1913년 4월 11일, 『실종자』 제1장에 해당하는 「화부」를 단행본으로 출판할 즈음, 언젠가는 이 작품과 「판결」 「변신」을 묶어 책으로 내고 싶다고 출판사에 편지를 썼다. 왜냐하면 이들 세 작품은 '외적으로 보나 내적으로 보나 일체를 이루고' 있고 이들 사이에는 '명백하고도 보다 은밀한 연결'[1]이 있기 때문이다. 그리고 그 책의 제목은 『아들들』로 하자고 제안하기도 한다.
　『아들들』. 이 제목은 두말할 필요도 없이 부자관계, 현실의 아버지 헤르만과 아들 프란츠의 관계라는 관점의 독해를 뒷받침한다고 여겨져왔다. 분명 「판결」에, 그리고 「변신」에 부자간의 대립(『화부』에서는 외삼촌과 조카의 대립)이 그려져 있으며, 이들 사이의 역학관계가 공통적인 주제 가운데 하나라는 독해의 방향은 틀리지 않았다(이 책에서는 이 역학관계 구도를 역전시킬 수 있는 가능성을 시사했지만).
　그러나 지금까지 살펴본 것처럼 그러한 부자의 의미에 또다른 차원의 가능성도 있을 수 있다. 작품이 마치 자신의 진짜 분신인 것처럼 펠리스의 수중에 들어가도록 애쓰는 작자의 모습은 간단히 말해 작자=아버지, 그리고 그가 만든 작품=아들로 파악할 수 있다.

실제로 그로부터 몇 년 후인 1917년, 카프카는 그러한 작자=아버지, 작품=아들이라는 관계성을 메타적으로 표현했다고 볼 수 있는 작품을 썼다. 단편집 『시골 의사*Ein Landarzt*』에 수록되어 있는 「열한 명의 아들*Elf Söhne*」은 오랫동안 이 작품 외에 여기 수록된 11편을 열한 명의 아들로 보고, 각각의 특징을 열거했다고 이해되어왔다.[2] 또한 이 단편집에 수록된 「가장(家長)의 근심*Die Sorge des Hausvaters*」은, 수수께끼의 생물 오드라덱의 장래를 걱정하는 '나'=아버지에 관한 이야기다. 이 작품 또한 수십 년 전에 제출된 설득력 있는 해석에 따르면 오드라덱은 당시 여러 차례 시도했지만 완성할 수 없었던 단편군(斷片群) 「사냥꾼 그라쿠스*Der Jäger Gracchus*」의 형상화이며, 요컨대 여기서도 작자=아버지, 작품=아들이라는 구도가 성립한다.[3]

아들로 보이는 당사자가 사실은 아버지였다. 생각해보면 이러한 조작은 『실종자』가 이미 보여준 속임수이기도 하다. 천진난만한 소년 카를은 아버지에게 버림받은 자식이며, 일찍이 외삼촌이 거두어 보살핀 조카이기도 하지만, 처음부터 자식을 버린 아버지이기도 하다.

카프카가 작품을 자신의 아들로 간주했다는 사실은 「판결」을 집필한 밤을 회고하는 글을 통해서도 확인할 수 있다.

이 이야기(「판결」)는, 진짜 출산처럼 오물과 점액투성이가 되어 내 몸에서 빠져나왔다. 그리고 그러한 실체에 닿는 손을, 그러려고 하는

손을 가진 이는 오직 나뿐이다.[4]

이 글은 「판결」의 교정쇄를 입수한 1913년 2월 11일 일기 가운데 한 부분이다. '출산'이라는 말을 사용하고 있으므로, 이 경우 이야기를 낳은 이는 아버지가 아닌 어머니가 되겠지만, 어쨌든 작품을 자신의 아이로 간주하고 있다는 사실은 마찬가지다.

이 일기는 그 아이의 성질에 대한 또 한 가지 중요한 사실을 알려준다. 그 아이는 '오물과 점액투성이'이며, 즉 그의 내부에 있는 더러움을 뒤집어쓰고 있다.

자신의 깊은 곳에 자리한 더러움을 자신의 손으로 끄집어내는 것. 카프카에게 글쓰기란, 역시 자신의 더러운 비밀을 폭로하는 행위라고 할 수 있지 않을까.[5]

만약 그렇다고 해도 이상하게 생각되는 부분이 있다.

왜 카프카는 사람들이 그 작품들을 읽기를 그렇게 간절히 바랐던 것일까? 그저 작품으로서 공표하고 싶었던 것이 아니었다. 분명 그와 동시에 그 작품들의 수수께끼를 풀 수 있는 열쇠까지 전하려고 했다.

펠리스에게 바치는 헌사가 그러하다. 이것은 미혼 여성에게 보내는 선물이라는 의미가 있는 이야기이고, 그러한 메시지를 전하면서 사람들에게 이를 읽히려 했다.

그리고 「판결」 「화부」 「변신」을 한 권에 모은다는 것. 이 역시 커다란 힌트일 것이다. 앞서 언급한 1913년 4월의 편지에는 언젠가 세 작

카프카답지 않은 카프카

품을 모아 한 권으로 낸다는 사항을 출판계약서에 명기해주기를 바라는 말까지 적혀 있다.[6] 그만큼 그는 확실하고 분명하게 자기 작품들 사이의 비밀스러운 연관성을 사람들이 알아차리기를 원했다.

이 얼마나 복잡한 자기현시욕인가. 읽어주고 알아주기 바란다. 왜냐하면 절대로 알 수 없도록 썼으니까. 아무리 읽어도 이해할 수 없을 것이다. 어떤 힌트를 주어도 모를 것이다. 이렇게 쉽게는 이해할 수 없는 것을 쓸 수 있다는 사실을 알아주면 좋겠다.

내 안으로 깊이, 더 깊이 들어오기 바란다. 깊게, 더 깊게 내 글을 이해해주기 바란다. 감히 상상할 수 없을 만큼 깊게 사람들과 얽히고 싶다. 폭력적이라 할 만큼 강한 유혹이다.

「판결」을 완성한 날 아침, 앞에서도 이야기했듯이 카프카는 즉시 작품을 여동생들 앞에서 낭독했다. 아침 여섯시까지 쓰고 곧바로 동생들의 방으로 갔다. 그리고 잠자리에서 일어난 동생들의 사정은 아랑곳하지 않고 이제 막 완성한 소설을 낭랑하게 들려주었다.[7]

그로부터 이틀 후의 일기에는 친구인 오스카 바움의 집에서도 낭독했다는 사실을 적고 있다("어제 바움의 집에서 그의 가족, 내 여동생들, 마르타, 그리고 블로흐 박사 부인과 그녀의 두 아들들 〔…〕 앞에서 낭독했다"[8]).

더욱이 두 달 뒤에는 홀에서 열리는 낭독회라는 형태로 더욱 많은 청중들 앞에서 「판결」을 낭독한다. 이 일을 보고하는 12월 4일부터 5일에 걸쳐 펠리스에게 보낸 편지에는 이런 부분이 나온다.

나는 마음의 준비를 하고 열중하고 있는 청중의 귀에 대고 부르짖듯이 낭독하는 것을 좋아합니다. 낭독은 가련한 마음에 즐거움을 줍니다. 게다가 나는 유능하게 부르짖습니다. 그래서 나의 낭독하는 수고를 빼앗아가려는 옆방의 음악 소리를 간단히 무시해버립니다. 사람들에게 호령하든지 아니면 적어도 호령할 수 있다고 믿는 것보다 육체적으로 더 큰 쾌감을 주는 것은 없습니다.[9]

분명 카프카는 쾌감을 느끼고 있다. 얌전하게 귀를 기울이는 사람들에게 호령하면서 기쁨을 느끼고 있다. 사람들의 귀에 자신의 이야기를 불어넣고, 그럼으로써 그들을 유도하고, 그리고 그것이 가능하다는 믿음. 육체적으로 이보다 더 큰 쾌감은 없다며 딱 잘라 말하고 있는 것이다.

자기 안의 깊은 어둠으로 사람들을 끌어들인다.

악마 같은 남자다.

아니, 그렇지 않다. 카프카는 읽히기를 바라지 않았다. 카프카만큼 자신의 작품을 공표하기를 거부한 사람은 없다. 더구나 자신이 쓴 글을 모두 태워달라는 유언까지 남겼다. 어디선가 이런 이야기가 들려오는 것 같다.

분명 카프카는 메모를 남겼다. 유고로 '읽지 말고 남김없이 태워달라'[10]고 쓴 종잇조각을 책상 속에 넣어두었다.

카프카의 유언으로 알려진 이 메모가 공표된 것은 그가 사망한 직후였다. 카프카가 사망한 날은 1924년 6월 3일이다. 브로트는 그로부터 한 달이 지난 7월 17일에 발행한 잡지에서 「카프카의 유고Franz Kafkas Nachlass」라는 에세이를 발표했다.

브로트는 이 에세이에서 책상 서랍에서 발견한 두 장의 메모 전체를 공개했다. 그는 이를 근거로 카프카의 순수하고 엄격하면서도 '올바른 길을 추구했던' 태도, '타협하지 않고 최고만을 바라는 자의 터무니없는 정열'[11]을 강조했다.

그러나 동시에 이들 유언이 이제 더이상 유효하지 않다는 변명 아닌 변명도 하고 있다. 브로트의 말에 따르면, 카프카는 2년 전에 이미 메모의 '겉면'[12]을 살짝 보여주었지만, 그것을 본 그는 그 자리에서 즉시 그런 지시를 따를 수 없다고 거부했다. 따라서 만약 카프카가 정말로 자신의 유서가 태워지기를 바랐다면, 다른 사람을 유언 집행인으로 지명했을 거라고 브로트는 주장한다.

어쨌든 이 에세이의 취지는 '양심의 격투'에 괴로워하면서도, 카프카의 유고를 정리하고 편집하여 공표하겠다는 결심을 알리는 것이다.

준비가 지나친 듯 보인다.

다시 말하지만 카프카가 세상을 떠난 것은 6월 3일, 이 에세이가 게재된 잡지가 간행된 날은 7월 17일이다. 집필이나 인쇄 등에 걸리는 시간을 생각하면, 브로트는 친구가 사망한 뒤 불과 한두 주 사이에 친구 방에 들어가 책상 서랍을 열고는 거기서 2년 전에 딱 한 번 본 메모를 찾았다는 얘기가 된다. 그리고 곧바로 메모를 공표하기로 결심하면서 동시에 이를 배신하기로 마음먹은 글을 썼다.

여기서 지적하고 싶은 것은 자신에게 배신자라는 오명을 씌우기에 충분한 문제의 유언을 공표한 이가 바로 당사자인 브로트라는 사실이다. 그가 **진짜로** 유언이 효력이 없다고 생각했다면, 설령 그 종잇조각을 발견했다 하더라도 구겨버리면 그만이다. 혹은 숨기면 문제가 해결된다. 그 말고는 종이의 존재를 아는 사람이 없기 때문이다. 그런데도 무효하다고 말하면서도 한편으로는 일부러 2년 전에 본 메모에 무겁고 심각한 의미를 부여하면서, '읽지 말고 남김없이 태워달라'는 충격적인 말과 **태워버렸어야** 할 유고를 세상에 내보냈다.

덧붙여서 이 에세이의 대부분이 이듬해인 1925년, 유고 가운데 첫번째 작품으로 출판된 『소송』의 후기로 재수록되었다. 갑작스러운 체포로 시작하여 수수께끼 같은 처형으로 끝나는 미완의 이 소설이 사람들의 눈에 들어왔을 때, 심각하고, 엄격하고, 그러나 어쩌면 **사실은 무서우리만치 무책임한** 메모 형식의 '유언'이 반드시 덧붙어 있다는 사실. 이 사실은 매우 중요하다.

못된 장난.

모든 것이 못된 장난일 가능성은 없을까?

'태워달라'며 절대로 태울 리 없는 상대에게 메모를 쓰고 이를 살짝 보여주고는 책상 서랍 속에 넣어둔다. 그 종잇조각이 자신의 사후에 어떤 효력을 발휘할지 그는 충분히 잘 알고 있다. 그것을 본 상대방 역시 자신이 수행해야 할 역할을 잘 알고 있다.

장대한 못된 장난, 둘이서 준비한 또하나의 '백만장자 계획'. 그러나 여기서 그들이 노린 것은 돈이 아니다. 명예, 좀더 막대한 영향을 미칠 문학상의 명예다.

도박의 성공은 신뢰할 수 있는 협력자를 고를 수 있는가에 달려 있다. 자신의 사후에도 자신의 못된 장난에, 자신의 게임에 충성을 다할 동업자, 진정한 공범자는 과연 누구인가.

'모든 것이 기만이다.' 기만만이 존재하는 이런 세상에서 가장 신뢰할 수 있는 사람은 가장 세밀하게 이해관계를 계산할 수 있는 사람. 카프카는 분명 그렇게 생각했을 터이다. 사랑이나 우정이라는 말에 속아넘어가지 않는 그는, 인간을 가장 깊이 붙들어 매어둘 수 있는 욕망의 실체를 잘 알고 있었다.

그렇기에 펠리스와 브로트를 선택했다.

펠리스에게 보낸 그 많은 편지는 언젠가 반드시 사람들의 눈에 띌 것이라고 확신했다. 서재에 남긴 많은 노트와 종잇조각은 브로트가 이것들을 꼭 정리해서 세상 밖으로 내보내줄 것이라고 확신했다.

친한 벗과 연인의 신뢰를 그들은 결코 배신하지 않았다.

브로트는 나치스가 프라하를 침공하기 전날 밤, 죽지 않고 간신히 도망쳐서 망명했을 때에도 한 손에는 카프카의 유고로 가득한 트렁크를 들고 있었다. 펠리스도 카프카와 헤어지고 부유한 은행가와 결혼해 스위스로 이주한 다음, 미국으로 건너간 뒤에도 카프카에게 받은 편지가 가득한 상자를 곁에 두었다.

그리고 그들은 적절한 시기에, 적절한 사람들에게 그들이 갖고 있

던 종이 뭉치를 팔았다.[13]

어쩌면 우리는 이 유쾌한 덫에 걸려들었는지도 모른다.

이 덫에는 쿤데라도 꼼짝없이 걸려들었다. 앞에서 이야기한 그의 책은 제목부터가 『배신당한 유언들』이다. 제목에서 알 수 있듯이 이 책은 브로트를 격렬히 비판한다. 쿤데라는 브로트가 작자의 '수줍은 천품에 반(反)해' 일기나 편지, 그리고 '개인으로서의 수치'를 '이것저것 가리지 않고 모조리 간행했다'며 '브로트의 무분별은 변명의 여지가 전혀 없다'[14]고 단언하고 있다.

그러나 그는 이 책의 다른 부분에서 브로트가 검열을 했다면서 화를 냈다. 일기에서 '성(性)'과 관련된 부분은 모두 삭제했다고 비난했다. 그러는 한편 그는 다음과 같이 주장했다. '성'이라는 인간이 할 수 있는 가장 은밀한 교류의 실존의 양상을 드러낸 것이 바로 카프카의 문학이라고.

이는 분명 모순이라고 할 수 있을 것이다. 우스꽝스러울 만큼 명백한 모순.

지나치게 노골적이기에 덫에 걸린 척하면서 실은 쿤데라가 더욱 튼튼한, 자신에게 유리한 덫을 놓은 것처럼 보이기도 한다.

뻔뻔한 장난과도 같은 모순의 연쇄.

그러나 바로 그것이 문학의 모순이다.

무언가를 쓰고 싶다는 욕망에 휩싸인 인간이 토해내듯 세상에 내놓은 방대한 양의 기록을, 읽고 싶다는 욕망에 불타는 인간이 핥듯이 구석구석 읽어나간다.

비밀이니까 보여주고 싶다. 비밀이니까 알고 싶다. 사람과 깊게, 더 깊게 사귀고 싶은 지독한 욕망을 가진 이들의, 끝없는 욕망의 **교통**. 이것이 문학일 것이다.

카프카는 문학의 이러한 성질을 철저하게 간파하고, 이용하고, 그리고 즐겼다.

타인의 욕망뿐만 아니라 자신의 욕망 또한 갖고 놀면서 세상을 농락했다.

지나치게 깊고 강렬한 욕망은 언뜻 보기에는 금욕과도 같다.

카프카가 죽음을 맞이하는 순간에도 교정쇄를 보고 있었던 단편 「단식 광대」 마지막 부분에는 이런 장면이 있다.

남몰래 단식을 계속하던 남자가 갇혀 있는 우리를 발견한 감독이 그 남자에게 말을 건넨다. "도대체 언제 끝낼 건가?" 남자는 이렇게 대답한다. "언제나 저는 제 단식을 경탄하기를 바랐습니다." 감독이 "우리는 벌써 경탄하고 있네"라고 대답하자 단식 광대는 이번에는 이렇게 말한다. "그렇지만 여러분은 경탄할 필요가 없습니다." 왜냐하면 "저는 단식을 할 수밖에 없기 때문이지요. 저는 그렇게밖에 달리 하는 수가 없습니다".[15] 숨이 끊어지는 순간, 단식 광대는 '마치 입맞춤을 하려고 내민 듯이 입술을 바싹 내밀어' 감독의 귀에 대고는 '아무 말도 새어나가지 못하게 하면서' 이렇게 말한다.

"왜냐하면 저는 입에 맞는 맛있는 음식을 발견하지 못했기 때문입니다. 만약 그것을 찾아냈다면, 저는 결코 세인의 이목을 끌지는 않았을 테고, 당신이나 다른 모든 사람들처럼 배가 부르게 먹었을 것입니다." 그것이 그의 마지막 말이었다.[16]

자신에게 **진짜**로 맛있는 것이 무엇인지, 그는 너무나도 잘 알고 있었다.

그가 추구하던 쾌감은 깊었고 끝이 없었다.

이 세상의 욕망을 잘 알고 있었던 남자. 그는 있을 수 없는 문학, 오직 죽음만이 가져다줄 수 있는 황홀한 문학을 몽상했다.

자신이 죽는 순간에 흘러나오는 무한의 문학.

일생일대의 판단은 틀리지 않았다.

이 순간, 그야말로 무한한 교통이 다리 위를 흐르고 있었다.

나는 이 이야기를 글에 적혀 있는 그대로 전했을 뿐이다. 거기에
는 기만에 대해서는 아무것도 적혀 있지 않았다.

이것은 『소송』에서 신부가 요제프 K를 설득하는 말이다.

당신은 그 글을 제대로 존중하지 않고 이야기를 바꾸고 있다.

이것 역시 K의 해석에 대해 신부가 회답하면서 이야기한 대사다.
이 책을 쓰면서 얼마나 자주 이러한 말들을 떠올렸던가. 과도한 것은
아닐까. 지나치게 사실만을 찾으려 한 나머지 왜곡한 것은 아닐까. 늘
불안했다.

K는 법의 문 앞에서 그것이 열리기만을 기다리는 어느 한 남자에
관한 이야기를 해석한다. 신부는 대성당에서 K에게 법의 서문에 적

혀 있는 이야기를 들려준다.

법 앞에 문지기가 서 있다. 거기에 한 시골 남자가 찾아왔다. 남자는 문지기에게 안으로 들여보내달라고 부탁한다. 그러나 문지기는 지금은 안 된다며 거절한다. 남자는 문지기와 교섭하면서 그 자리에서 기다린다. 죽음이 눈앞에 다가왔을 무렵, 남자는 비로소 이렇게 묻는다. "그 긴 세월 동안 나 말고는 아무도 입장을 요구하는 사람이 없으니 도대체 어떻게 된 건가요?" 문지기는 대답한다. "여기는 자네 말고는 아무에게도 입장이 허락되지 않아. 왜냐하면 이 입구는 단지 자네만을 위한 것이었거든. 이제는 가서 그 입구를 닫아야겠네."

이야기를 다 듣고서 요제프 K는 이렇게 말한다. "그러니까 문지기가 그 남자를 기만한 것이군요." 여기에서 앞에 나온 신부의 말로 이어진다.

이 책 앞부분에서 어느 날 일기의 한 부분을 인용했다. 약혼을 파기한 뒤 펠리스와 처음으로 재회하던 날, 카프카는 그때까지 그녀와의 사이에서 단 한 번도 달콤함을 느낀 적이 없다고 회고하고 있다. 그러나 일기에는 그러한 재회의 자리에서 쓰다 만 소설을 그가 그녀에게 들려준 사실 또한 적혀 있다. 낭독이 '문지기의 이야기' 장면으로 접어들 무렵 그녀가 '보다 열심히 귀 기울여' '날카롭게 관찰'하는 모습을 보였다고 적고 있기도 하다.

위에 소개한 일종의 극중극은 우리에게 「법 앞에서Vor dem Gesetz」라는 제목으로 잘 알려져 있는 이야기다. 카프카는 생전에 이 짧은 이야기를 미완으로 그친 『소송』에서 따로 떼어내 제목을 붙이고 이것만을 세상에 발표했다. 그가 낭독한 것은 아마도 이제 막 쓰기를 마친 『소송』의 절정에 해당하는 장면인 「법 앞에서」와 이를 둘러싼 등장인물들의 논의 부분일 것이다.

어느 쪽이 **진짜**로 속였을까.

펠리스는 그러한 논의에 열심히 귀 기울이면서, 그에 대해 적확한 통찰을 제시했다. 일기에는 이런 내용도 적혀 있다. "나에게 이 이야기의 의미는 이제야 분명해졌다. 그녀 역시 이 이야기를 올바르게 이해하고 있다."

그렇다면 그들의 **사랑**의 본질은 역시 여기에 있을 터이다. 그러니까 **지금** 쓰고 있는 해석은 분명 **틀림**이 없다. 불안을 불식시키기 위해 일기에서 이 부분을 여러 번 다시 생각했다.

그러나 아무리 **증거**를 쌓아본들 여기서의 옳음은 결코 **절대**가 될 수는 없다. 해석이 해석인 이상, 그것은 절대적으로 **옳을** 수는 없는 것이다.

신부는 그의 해석에 설득 당하려는 K에게 이런 말을 한다. "당신이 그런 의견들에 너무 신경을 쓸 필요는 없어요. 글은 불변하는 것이고, 해석들은 종종 글에 대한 절망의 표현인 경우가 많습니다."

이 책을 마친 지금, 분명 해석이 '절망의 표현'임을 통감한다.

카프카가 **진짜**로 쓴 것은 무엇일까.

나의 경우에는 해석의 기본이 되는 텍스트를 믿을 수 없었다는 것이 출발점이었다.

브로트가 편집한 텍스트에는 자의적으로 손을 댄 부분이 너무 많다. 오랜 세월 왜 그렇게 냉엄한 비난을 받아왔는지 텍스트를 처음 읽은 그 순간 바로 알 수 있었다. 마침 내가 **연구**에 몰두하기 시작했을 때, 이 **신뢰할 수 없는** 텍스트를 대신하여 학자들이 엄격하게 편집한 전집이 본격적으로 간행되고 있었다. 이제야 **진짜** 카프카를 읽을 수 있게 된 것이다. 그러나 그러한 기쁨은 점차 불만으로 변해갔다. 전집의 편집자들은 아직도 중요한 부분을 **숨기고** 있었다. '비평판'이라 불리는 새로운 텍스트를 읽으면 읽을수록 읽지 못한 부분이 신경쓰였다.

불신을 품은 것은 나만이 아니며 '편집문헌학Editionsphilologie'이라 불리는 학문을 전문으로 연구하는 많은 독일 연구자가 이런 불신을 공유하고 있다. 얼마 지나지 않아 손으로 쓴 원고를 사진으로 **복제한** 새로운 전집도 간행되기 시작했다. 이 전집의 편집을 맡은 연구자는 이것이 **맞다고** 소리 높여 주장했다. 그러나 나는 그렇게 나온 사진판에서도 실망했다. 연구자라면 당연히 읽어야 할 텍스트란 손으로 쓴 원고의 사진인가? 사진으로 내면 **맞는** 것인가? 그리고 사실 내게는 사진으로 내도 해결되지 않는 문제가 가장 풀고 싶은 문제였다.

어느새 나는 대부분의 카프카 유고를 보관하고 있는 옥스퍼드 대학에도 계속 드나들게 되었다. 그러나 거기에서도 만족할 만한 성과는

카프카답지 않은 카프카

얻을 수 없었다. 내가 단서로서 알고 싶었던 유고의 **사실**은 노트나 루스 리프(loose-leaf. 종이를 마음대로 빼고 끼울 수 있는 노트나 장부. —옮긴이)가 과거 **자료**로 **정리**되는 과정에서 소실되었기 때문이다.

나는 무엇을 찾고 있었던가. 내가 쫓고 있는 **사실**은 과연 무엇인가. 지금까지 이와 관련한 단편적인 이야기들을 몇몇 지면에 쓰기는 했지만 언젠가는 좀더 알기 쉽고 포괄적으로 설명해야 한다고 생각했다. 하지만 이 과정에 관한 이야기는 매우 복잡하므로 여기서는 일단 생략하려고 한다.

그러나 간단히 말하자면 내가 간신히 **발견**할 수 있었던 것은 다음과 같다. 과거의 **사실**은 영원히 잃어버렸다. 이 사실을 깨닫자마자 엄숙하고 고요한 분위기로 뒤덮인 대학 도서관에서 느닷없이 웃음이 터졌던 기억이 아직도 생생하다.

시골에서 온 남자는 법 안으로 들어가려고 문지기와 끊임없이 교섭하는 가운데 어느새 문지기 연구자가 되어 있었다. 여러 해 동안 관찰한 끝에 문지기의 모피 외투에 벼룩이 있다는 사실을 발견한 그는 그 벼룩에게조차 도와달라고 애원하는 신세가 된다.

애초에 남자는 왜 그곳을 찾아왔을까. 왜 시골에서 법의 문 앞으로 온 것일까. 어째서 그렇게까지 문 안으로 들어가고 싶어했을까.

소설에는 문지기가 남자를 '속였다'고 요제프 K가 주장하는 근거가 분명히 드러나 있지 않지만 아마 다음과 같은 이유에서일 것이다.

시골 출신의 이 남자는 너무나도 어리석게도 문지기의 말을 그대로 믿었다. 나는 힘이 있지만 말단 문지기에 불과하다. 홀 안으로 들어갈수록 점점 더 힘이 센 문지기가 지키고 서 있다. 세번째 문지기만 해도 그 모습을 똑바로 쳐다볼 수조차 없다. 남자는 이러한 문지기의 '협박'을 그대로 믿고, 그리고 문지기의 겉모습에 압도된다. '모피 외투'와 '그의 커다란 뾰족코' 그리고 '길고 숱이 적은 타타르풍의 검은 수염'을 보고는 얌전하게 기다리기로 결심한다.

한편 신부가 문지기를 옹호하는 이유 중 하나는 그가 단순한 사람이기 때문이다. 세번째 문지기를 쳐다보지도 못한다는 말은 문지기가 아직 안으로 들어가본 적이 없음을 의미한다. 게다가 그는 계속 문을 등진 채로 서 있지 않은가. 따라서 그는 남자가 죽음에 즈음하여 볼 수 있는 '법의 문에서 꺼질 줄 모르고 흘러나오는 광채'조차 본 적이 없다.

신부는 이런 말도 한다. 힘이 다해 움직일 수 없게 된 남자는 손짓으로 문지기를 자신의 곁으로 불러들인다. 남자에게 몸을 깊숙이 기울인 문지기는 이렇게 말한다. "자네는 정말 만족을 모르는 끈질긴 사람이야." 이 대사는 해석하는 이에 따라 '낮추어 보는 의미도 없지 않다'고 간주되기도 하지만, 한편으로는 '다정한 감탄의 표현'으로 받아들여지기도 한다. 따라서 문지기라는 인물은 '어쨌든 당신이 생각하는 것과는 상당히 다르다'.

그러나 요제프 K는 납득하지 못하여 이렇게 주장한다. 문지기의 망상, 틀린 해석이―그것이 악의에서 비롯되었든 단순해서이든―남자에게 엄청난 해를 끼쳤으므로 적어도 직무에서 쫓겨나야 마땅할 것이다.

신부는 반론한다. 문지기는 법에 봉사하는 사람이고 법에 속해 있으므로 인간의 판단을 초월하고 있다. 법에 따라 직무에 임명되었으니 '그의 존엄성을 의심하는 것은 법을 의심하는 것과 같다'.

물론 K는 설득되지 않는다. 그런 의견에 동조하면 문지기가 말한 것은 모두 진실로 간주해야만 한다. 그러나 그것이 가능하지 않음은 신부가 스스로 이미 상세하게 논증하지 않았는가.

"그것은 그렇지가 않아요." 신부가 말했다. "모든 것을 진실이라고 생각할 필요는 없어요. 그것을 다만 필연적인 것이라고 생각하기만 하면 됩니다." "우울한 의견이로군요." K가 말했다. "허위가 세계 질서가 되어 있으니까요."

솔직하게 말하자면 나는 좀 지쳤다.

지난 10여 년간 나는 표면상으로는 카프카와 떨어져 있었다. 나는 카프카에서 시작한 학술 연구용 텍스트의 **공유**를 둘러싼 사고를 다른 작가들로, 그리고 문학 텍스트 전반으로 부연하며 넓혀갔다. 특히 유럽과 미국의 편집문헌학 영역에서 나온 논의에서 많은 것을 배우고, 그들의 **편집**에 관한 이론을 일본에 소개하는 데 중점을 두었다. 세계화, 디지털화가 진행되는 현대사회에서 연구 기반이 되는 텍스트의 유통은 앞으로 대단히 중요한 과제가 될 것이라고 보았기 때문이다. 일본에서 그러한 논의를 어떻게 도입하고 전개하면 좋을까.

요컨대 문 안을 들여다보고 싶어서 시골에서 올라온 사람이 어느새 문지기가 되었다는 이야기가 될지도 모르겠다. 문지기가 맞는지는 둘째 치고, 적어도 자신이 이미 법 쪽에 선 사람이라는 자각하에 가능한 한 직책에 충실하려고 노력했다. 내 탐구의 위험성을 통감하면서도, 아니, 그렇기에 더욱 후진 연구자들에게도 이어질 길을 정비해야만 한다고 생각했다.

물론 그러는 한편 카프카를 계속 읽었다. 단, 웃으면서 읽었다.

최근 몇 년 동안 공적인 일의 성과로 두 권의 번역서를 냈다. 책을 만들면서 나는 틈만 나면 편집자에게 카프카 이야기를 했다.

"카프카의 진짜 모습은 이럴지도 몰라요. 사실 무척 장난을 잘 치고 나쁜 남자일지도 몰라요. 만약 그렇다면 이 작품은 사실 이렇게 읽혀요." 이런 망상을 질리지도 않고 계속 입에 담았던 까닭은 그때마다 재미있다며 열심히 맞장구를 쳐준 사람들이 있었기 때문이다.

인내심이 강한 그들의 입에서 "이번에는 카프카에 관한 책을 내시지요"라는 말이 나오기를 전혀 기대하지 않았다고 한다면 거짓말이다.

이 책에서 제시한 해석은 어딘가에 연재한 것이 아니며 대부분 새로 썼다.

비평판에 불만을 갖고 있으면서도 이를 읽어나가는 사이에 내가 이해하고 있는 카프카가 사람들이 떠올리는 카프카와 크게 다르다는 사실을 알아차리게 되었다. 그러한 카프카답지 않은 카프카에 대해 나는 지금까지 전무하다고 해도 좋을 만큼 글로 남기지 않았다. 이런 비상식적인 카프카를 이야기해도 될까. 이를 밝히는 것이 두려웠다.

해석하기가 두려웠다. 아니, 해석을 공유하기가 두려웠다. 왜냐하면 수많은 해석 가운데 하나에 불과한 것이 사람들이 공유하면서 어느새 정설이 되고 상식이 된다. 그리고 그 누구도 의심하지 않는 지식이 되고, 의심해서는 안 될 사실로 변해가는 것을 그 누구보다도 잘 알고 있었으니까.

물론 내 해석에 그만한 영향력이 있다고 자만하지는 않았다. 그러나 반대로 전혀 힘이 없다며 시치미를 뗄 수도 없었다. 내가 떠맡고 있는 직함은 세상의 눈으로 보면 분명 법 쪽에 선 사람이라는 지표다.

아무리 하찮은 해석이라도 세계를 형성하는 하나의 작은 요소가 될 수 있다. 세상은 사실이 아닌 해석으로 성립하는 것이 아닐까? 어쩌면 진실이 아니라 필요에 따라 구성되는 것이 아닐까? 이렇게 생각한 이상, 새로운 해석을 사회에 내보내는 죄는 충분히 의식하고 있었다.

동시에 두렵다고 해서 침묵하는 것 또한 죄라고 생각했다. 해석의 두려움은 해석함으로써만 전달할 수 있다. 그렇게 확신하기도 했다.

어차피 쓰기로 한 바에는 나름대로 납득할 수 있는, 근거가 있는 말을 전달해야 한다고 생각했다.

가능한 한 많은 사람들에게 읽히게끔 이 책에서는 여러 가지 면에서 내게 익숙한 글쓰기, 연구자들 사이에서 통용되는 학술적 글쓰기에서 약간 이탈했다. 그러나 이것만큼은 내 방식을 고수했다. 어디까지나 카프카가 작성한 말만 읽을 것. 나아가 분명히 카프카가 썼다고 신뢰할 수 있는 것에만 기초하여 해석을 내릴 것. 이러한 기본 방침에 따라 이 책에서는 오직 『비평판 카프카 전집』만을 사용했다.

앞서 비평판에 대해 여러 번 불만을 이야기했지만, 이는 어디까지나 편집을 연구하는 사람이라는 입장에 서면 저절로 입 밖으로 튀어나오게 되는 사치에 지나지 않는다. 현시점에서 이 비평판 이외에 신뢰할 수 있는, 공유 가능한 카프카 텍스트는 없다. 그리고 특히 일기나 편지에는 비평판에서만 읽을 수 있는 부분, 아직 공표되지 않은 글들이 꽤 있다(불안하게 들리겠지만 독자를 위해 잠시 보충 설명을 하자면, 이 책에서 주로 다루고 있는 「판결」이나 「변신」은 카프카가 생전에 출판했으므로 내가 중요시해온 유고 편집의 난문에서 벗어나 있다).

카프카는 바로 90년 전까지만 해도 살아 있었다. 생전에 그를 직접 알고 있었던 이들의 증언도 많이 남아 있다. 카프카의 됨됨이를 둘러싼 생생한 기억 가운데에는 이 책에서 제시한 카프카상을 뒷받침하는 것이 있는가 하면, 이를 뒤집는 것도 있다. 이러한 증언을 받아들여 그의 생전의 모습을 상세하게(때로는 허실虛實을 섞어서) 그린 전기나 평전 또한(이 책에서 언급한 브로트나 바겐바흐의 저서가 출간된 이후) 출간되었다. 그러나 이러한 저서를 근거로 고찰을 발전시키는 방법은 거의 완벽하게 피했다.

거듭 이야기하지만 내가 해석하고 싶은 것은 카프카가 쓴 텍스트이다. 카프카는 무엇을 썼을까? 카프카가 썼다고 확신할 수 있는 말만 읽고, 그것들을 서로 연관시키면서 그의 텍스트를 해석해보고 싶었다. 왜 카프카는 그것을 썼는가. 그는 무엇을 이야기하고 싶어했는가. 철저히 이것만을 생각하고 싶었다.

내 나름대로 아슬아슬하게 경계선 안에서 내가 최선을 다해 옳다고 생각한 장난스러운 해석을 가능한 한 많은 사람들에게 전달할 수 있도록 썼다. 마지막까지 나를 부추기면서 꿈에서, 망상에서 깨어나 현실을 보지 않게끔, 원숭이가 계속 나무 위에 머무를 수 있게끔 도와준 게이오기주쿠대학출판회의 우에무라 가즈마(上村和馬) 씨에게 진심으로 감사의 마음을 전한다.

내가 카프카에게 매료된 까닭은 어디까지나 그의 진지함 때문이다. 한없이 진지했기에 장난스럽기 때문이다. 어떤 심각한 물음이나 결론도 결코 심각한 채로 놔두지 않는다.

거짓이 세계의 질서가 된다.

슬프고도 우울한 이 결론 또한 그것을 입에 담은 K 자신이 그 자리에서 바로 취소하고 있다.

앞서 인용한 부분 바로 뒤에는 다음과 같은 문장이 나온다. "K는 결론적으로 이렇게 말했지만, 그것이 그의 최종 판단은 아니었다." 그리고 이야기에서 나온 모든 추론을 전체적으로 파악하기에는 '그는 너무 지쳐 피곤했다'. 게다가 그에게는 생소한 추론들이고 비현실적이라며 이런 말까지 하지 않던가. "소박한 이야기가 형체가 없는 것이 돼버렸다. 그는 그것에 대한 생각을 떨쳐버리고자 했다."

너무 지쳐서 단순한 이야기를 왜곡시키고 말았다. 그러니까 버리고 싶다.

나 역시 사실은 버리고 싶었다.

그러나 더 솔직히 이야기하자면 누가 알아주기를 바랐다.

이 책에서 사용한 카프카 텍스트

이 책에서는 『비평판 카프카 전집』을 텍스트로 사용했다. 『비평판 카프카 전집』은 1982년부터 간행되고 있는 학술 연구용 전집이다. 참고로 2014년까지의 간행 현황도 알 수 있도록 기존에 간행된 모든 책의 서지정보를 날짜순으로 열거했다. 아울러 『비평판 카프카 전집』에서 인용한 부분 및 참조한 부분은 약어와 쪽수를 사용해 각주로 달았다.

Franz Kafka, *Das Schloß*, Hrsg. von Malcolm Pasley, Bd. I: Text, New York/ Frankfurt a. M., 1982(Schriften Tagebücher Briefe, Kritische Ausgabe).

————*Das Schloß*, Hrsg. von Malcolm Pasley, Bd. II: Apparat, New York/ Frankfurt a. M., 1982(Schriften Tagebücher Briefe, Kritische Ausgabe).

————*Der Verschollene*, Hrsg. von Jost Schillemeit, Bd. I: Text, New York/ Frankfurt a. M., 1983(Schriften Tagebücher Briefe, Kritische Ausgabe).=KKAV

────────*Der Verschollene*, Hrsg. von Jost Schillemeit, Bd. Ⅱ: Apparat, New York/Frankfurt a. M., 1983(Schriften Tagebücher Briefe, Kritische Ausgabe).

────────*Der Proceß*, Hrsg. von Malcolm Pasley, Bd. Ⅰ: Text. New York/ Frankfurt a. M., 1990(Schriften Tagebücher Briefe, Kritische Ausgabe).=KKAP

────────*Der Proceß*, Hrsg. von Malcolm Pasley, Bd. Ⅱ: Apparat, New York/ Frankfurt a. M., 1990(Schriften Tagebücher Briefe, Kritische Ausgabe).

────────*Tagebücher*, Hrsg. von Hans−Gerd Koch, Michael Müller and Malcolm Pasley, Bd. Ⅰ: Text, New York/Frankfurt a. M., 1990(Schriften Tagebücher Briefe, Kritische Ausgabe).=KKAT

────────*Tagebücher*, Hrsg. von Hans−Gerd Koch, Michael Müller and Malcolm Pasley. Bd. Ⅱ: Apparat, New York/Frankfurt a. M., 1990(Schriften Tagebücher Briefe, Kritische Ausgabe).

────────*Tagebücher*, Hrsg. von Hans−Gerd Koch, Michael Müller and Malcolm Pasley. Bd. Ⅲ: Kommentar, New York/Frankfurt a. M., 1990(Schriften Tagebücher Briefe, Kritische Ausgabe).

────────*Nachgelassene Schriften und Fragmente* Ⅱ, Hrsg. von Jost Shillemeit. Bd. Ⅰ: Text, New York/Frankfurt a. M., 1992(Schriften Tagebücher Briefe, Kritische Ausgabe).=KKANS Ⅱ

────────*Nachgelassene Schriften und Fragmente* Ⅱ, Hrsg. von Jost Shillemeit. Bd. Ⅱ: Apparat, New York/Frankfurt a. M., 1992(Schriften Tagebücher Briefe, Kritische Ausgabe).=KKANS Ⅱ App.

────────*Nachgelassene Schriften und Fragmente* Ⅰ, Hrsg. von Malcolm Pasley. Bd. Ⅰ: Text, New York/Frankfurt a. M., 1993(Schriften Tagebücher Briefe, Kritische Ausgabe).=KKANS Ⅰ

────────*Nachgelassene Schriften und Fragmente* Ⅰ, Hrsg. von Malcolm Pasley, Bd. Ⅱ: Apparat. New York/Frankfurt a. M., 1993(Schriften Tagebücher Briefe, Kritische Ausgabe).

────────*Drucke zu Lebzeiten*, Hrsg. von Wolf Kittler, Hans−Gerd Koch und Gerhard Neumann, Bd. Ⅰ: Apparat, New York/Frankfurt a. M., 1994(Schriften Tagebücher Briefe, Kritische Ausgabe).=KKAD

────────*Drucke zu Lebzeiten*, Hrsg. von Wolf Kittler, Hans−Gerd Koch und

카프카답지 않은 카프카

Gerhard Neumann, Bd. Ⅱ: Apparat. New York/Frankfurt a. M., 1994(Schriften Tagebücher Briefe, Kritische Ausgabe).=KKAD App.

─────────*Briefe 1900~1912*, Hrsg. von Hans-Gerd Koch, New York/Frankfurt a. M., 1999(Schriften Tagebücher Briefe, Kritische Ausgabe).=KKAB(1900~1912)

─────────*Briefe 1913~März 1914*, Hrsg. von Hans-Gerd Koch, New York/Frankfurt a. M., 1999(Schriften Tagebücher Briefe, Kritische Ausgabe).=KKAB(1913~1914)

─────────*Amtliche Schriften*, Hrsg. von Klaus Hermsdorf und Benno Wagner, Frankfurt a. M., 2004(Schriften Tagebücher Briefe, Kritische Ausgabe).=KKAAS

─────────*Briefe April 1914~März 1917*, Hrsg. von Hans-Gerd Koch, New York/ Frankfurt a. M., 2005(Schriften Tagebücher Briefe, Kritische Ausgabe).

─────────*Briefe 1918~1920*, Hrsg. von Hans-Gerd Koch, New York/Frankfurt a. M., 2013(Schriften Tagebücher Briefe, Kritische Ausgabe).=KKAB(1918~1920)

* 본문 중에 나오는 카프카의 실제 인생의 '사실'에 관한 기술은 하나하나 자세히 주를 달지는 않았지만, 주로 위의 학술판 전집의 「일기」 및 「편지」 각 권의 주석이나 해설, 그리고 아래의 문헌을 바탕으로 삼았다.
  R. Hermes, J. Waltraud, H-G. Koch und A. Widera, *Franz Kafka: Eine Chronik.* (Berlin, 1999).

* 「비평판 카프카 전집」의 「편지」 부분은 2013년에 「1918~1920」 권이 출판되었는데, 1920년 이후를 수록한 책은 아직 나오지 않았다. 편집이 시작된 지 대략 40년이 지난 현재, 전집의 완결을 보기까지는 추후 수년이 더 걸릴 전망이다.

* 이 학술 연구용 전집의 일본어 번역본은 엄밀히 말해서 아직 존재하지 않는다. 단, 비평판을 기초로 제작한 보급판의 일부를 번역한 책은 있다. 이에 관한 자세한 사정은 아래의 글에서 검토한 바 있으니, 관심 있는 분은 참고하기 바란다.
  明星聖子, 「境界線の探求—カフカの編集と翻譯をめぐって」, 「文學」 第13卷 第4號, 2012, 112~126쪽.

주

프롤로그

1) 여기서 '펠리스'라고 표기하고 있는 여성의 이름은 일본에서는 일반적으로 '펠리체'로 쓰고 있다. 그러나 미국과 유럽 연구자들 사이에서 'Felice'는 통상 '펠리스'로 발음되고 있으며, 이에 대해 빈더는 "Felice'는 프랑스어 이름으로 이탈리아어로 발음해서는 안 된다'라고 지적한 바 있다. H. Binder, *Kafka-Handbuch Band I: Der Mensch und seine Zeit*(Stuttgart, 1979), 418쪽. 이에 대해 나카자와 히데오(中沢英雄) 또한 자신의 저서 『カフカ・ブーバー・シオニズム』(オンブック, 2011, 364쪽)에서 지적하면서 일관되게 '펠리스(フェリス)'로 표기하고 있다.

2) KKAT, 460쪽.

3) 여기서 잠시 일기 노트에 소설이 적혀 있는 상황에 대해서 해설을 덧붙이겠다. 엄밀히 말해 카프카 텍스트는 '일기'와 '작품'이라는 카테고리로 나누기 매우 어렵다. 일기용 노트로 보이는 것에 소설이 섞여 있는가 하면 창작 노트로 보이는 것에도 일기 같은 단편이 많이 섞여 있다. 브로트가 편집한 기존 전집에는 '일기 노트'로 분류한 노트의 단편들에서 작품 텍스트로 간주할 수 있는 것을 제외한 글을 『일기』 권에 수록했다. 『비평판 카프카 전집』에서는 노트를 충실하게 재현한다는 방침하에 「판결」이나 「실종자」 등의 텍스트도 노트의 순번대로 『일기』 권에 수록했다. 단, 「실종자」는 『실종자』(KKAV)라는 제목을 붙인 별도의 권에, 그리고 「판결」은 『생전 간행 작품집』(KKAD)에도 중복하여 수록했다. 그리고 비평판에서 어느 노트를 '일기 노트'로 간주하여 『일기』 권에 수록할지는 브로트판의 판단을 그대로 따르고 있다.
또한 『비평판 카프카 전집』의 각 권은 기본적으로 '본문(Text)'과 '자료(Apparat)' 2권이 한 세트이며, 이중 '자료'는 문헌자료에 대한 각종 정보를 제공하고 있다. 단, 『일기』 권은 '주석(Kommentar)' 권을 덧붙여 3권이 한 세트이다. 본문 중에 나오는 '이 부분'이나 '다음 단락에서'와 같은 노트상의 표면적 상황에 관한 기술은 주로 『비평판 카프카 전집』 각 권에 있는 「자료」에 나오는 정보를 바탕으로 작성했다. 『비평판』의 편집 방침이나 기존 판본과의 차이 등 카프카 텍스트의 편집 문제에 관해서는 明星聖子, 『新しいカフカ—'編集'が變えるテクスト』(慶應義塾大學出版會, 2002)에서 상세하게 논한 바 있다. 이 책은 지금으로부터 10년 전에 간행되었으므로 최근 상황의 검토나 고찰에 대해서는 明星聖子, 「カフカ研究の憂鬱―高度複製技術時代の文学作品」(松田隆美 編譯, 『貴重書の挿絵とパラテクスト』慶應義塾大學出版會, 2012, 1~29쪽) 및 「이 책에서 사용한 카프카 텍스트」에서 소개한 저자의 글을 참조하기 바란다.

4) KKAT, 461쪽.

5) KKAT, 464쪽.

6) KKAB(1900~1912), 225쪽. 여기서 한 가지 『비평판 카프카 전집』의 『편지』 권에서 처음으로 인용한 부분과 구(舊) 전집의 중요한 차이점에 대해 일러두겠다. 지금까지 카프카의 편지는 대체로 수신인별로 편집되어 있었는데, 비평판에서는 일괄적으로 편년체로 열거하고 있다. 그리고 1920년 이후의 편지를 수록한 권은 아직 간행되지 않았으며, 『편지』 각 권은 '본문' '자료' '주석'을 각각의 권에 나누어 싣지 않고 전부 한 권 안에 실었다.

7) KKAT, 430쪽. 이 책에서 이루어질 고찰과 관련하여 중요하다고 생각되는 비평판과 구판의 차이점을 한 가지 더 지적해두겠다. 이 책의 인용들에 나오는 펠리스 바우어 Felice Bauer는 구판에는 F. B.라는 머리글자로 적혀 있다. 이는 일찍이 브로트가 편집한 『일기』에 다양한 배려, 이른바 **검열**이 이루어졌음을 나타내는 작은 사례다.

8) KKAT, 431f쪽.

9) KKAT, 432쪽.

10) KKAT, 723쪽. 여기서 인용한 부분 및 다음에 인용할 부분에 나오는 머리글자 F는 카프카 자신이 쓴 것이다.

11) KKAT, 795쪽. 이와 동일한 내용이 같은 시기 브로트에게 보낸 편지에도 적혀 있다. KKAB(1914~1917), 173쪽. 덧붙여서 주) 7에서 언급한 **검열**의 또다른 사례를 들자면, 인용한 부분에 나오는 'F와는 그저' 이하의 부분은 기존에는 공표되지 않았다. 이처럼 비평판과 구판 텍스트의 상이함은 어구(語句), 문장, 자료 단위에 이르기까지 다기(多技)에 걸쳐 있다. 이들 사이의 모든 공통점과 차이점에 대한 열거는 너무 번거로운 일이므로 여기서는 생략하겠지만, 최근 이 비평판이라는 **신뢰할 수 있는** 카프카 텍스트가 출판됨으로써 이 책에서 제시하려는 해석이 가능해졌다는 사실을 알려두고자 한다.

12) KKAB(1900~1912), 188쪽.

13) KKAB(1913~1914), 90쪽.

14) 처음 잡지에 게재된 「판결」의 첫머리 부분이 나오는 쪽의 도판은 이하 문헌에 수록

되어 있는데, 이 도판을 보면 두 사람의 이름이 위아래로 나오는 것을 확인할 수 있다. M. Pasley, und K. Wagenbach, "Datierung Sämtlicher Texte Franz Kafkas," In *Kafka-symposion*. Hrsg. Von K. Wagenbach und M. Pasley〔Munchen, 1969(1965)〕, 43~66쪽. マルコム・パスリー・クラウス・ヴァーゲンバッハ, 「カフカ全作品の成立時期」, ヴァーゲンバッハ・パスリー 編, 『カフカ・シンポジウム』, 金森誠也 譯(吉夏社, 2005).

15) 같은 곳.

16) 같은 곳.

제1장

편지와 거짓말

1) KKAT, 442쪽.

2) KKAB(1900~1912), 168f쪽.

3) KKAB(1900~1912), 169쪽.

4) 같은 곳.

5) KKAB(1900~1912), 170쪽.

6) KKAB(1900~1912), 171쪽.

7) 같은 곳.

8) 같은 곳.

9) KKAB(1900~1912), 348쪽. 또한 프리드리히 키틀러는 그의 저서 F. Kittler, *Grammphon Film Typewriter*(Berlin, 1986), 322~330쪽〔『グラモフォン・フィルム・タイプライター』, 石光泰夫・石光輝子 譯(筑摩書房, 1999)〕에서 카프카의 첫번째 편지가 타자기로 작성된 데 주목하여 익명적인 기계와 **연애**의 관계를 미디어론적인 관점에서 분석했다.

10) KKAB(1900~1912), 171쪽.

11) KKAB(1900~1912), 173f쪽.

12) KKAB(1900~1912), 174쪽.

13) KKAB(1900~1912), 174f쪽.

14) KKAB(1900~1912), 175쪽.

15) 같은 곳.

16) 이러한 정보는 비평판에서 제시하고 있는 이본에서 읽어낼 수 있다. 앞서 언급한 키틀
러의 저서에서 이 편지의 팩시밀리를 도판으로 제시하고 있는데, 새로 고쳐쓴 흔적이
보다 명료하게 확인된다. KKAB(1900~1912), 828쪽 및 Kittler, 같은 책, 324f쪽.

17) KKAB(1900~1912), 176f쪽.

18) KKAD, 43쪽.

19) 같은 곳.

20) KKAD, 44쪽.

21) KKAD, 45쪽.

22) A. Wagnerová(Hrsg.), "Ich bätte zu antworten tage-und nächtelang," *Die Brife
von Milena*(Mannheim, 1996), 42쪽. 여기서 제시한 인용은 밀레나의 서간집을 바탕
으로 하고 있지만 브로트에게 보낸 이 편지가 최초로 공개된 것은 이후 이 책에서 언
급할 브로트의 전기에서다. 아울러 이 문헌에서 발췌한 부분을 포함하여 밀레나에
관한 기사나 편지의 일본어 번역서에는 ミレナ・イエセンスカー、『ミレナ 記事と手紙―カ
フカから遠く離れて』、松下たえ子編 譯(みすず書房, 2009)가 있다.

23) Wagnerová, 같은 책, 43쪽.

24) KKAB(1918~1920), 263쪽.

25) KKAB(1900~1912), 172쪽.

26) KKAT, 461쪽.

27) KKAB(1900~1912), 828쪽. 여기서 말하는 명함 뒷면 및 앞면과 두꺼운 종이 사진은
다음 사진집에 수록되어 있다. K. Wagenbach, *Franz Kafka: Bilder aus seinem
Leben*(Berlin 2008), 177f쪽.

28) KKAB(1900~1912), 154쪽.

29) KKAB(1900~1912), 508쪽.

30) KKAT, 1045쪽.

31) KKAT, 1055쪽.

32) KKAB(1900~1912), 109쪽.

33) KKAB(1900~1912), 454쪽.

34) KKAB(1900~1912), 609쪽.

35) KKAD, 402쪽.

36) KKAD, 403쪽.

37) KKAD, 406쪽.

38) KKAD, 407f쪽.

39) KKAD, 408쪽.

40) KKAD, 412쪽.

41) KKAB(1900~1912), 185쪽.

42) 같은 곳.

43) KKAB(1900~1912), 181쪽.

44) KKAB(1900~1912), 186쪽.

45) 같은 곳.

46) Wagnerová, 같은 책, 42쪽.

47) KKAB(1900~1912), 198쪽.

48) KKAB(1900~1912), 218쪽.

49) E. Canetti, *Derandere Prozeß: Kafkas Briefe an Felice*(München 1969), 15쪽. 인용은 エリアス・カネッティ, 『もうひとつの審判』, 小松太郎・竹内豊治 譯(法政大學出版局, 1971)에서.

50) Canetti, 같은 책, 8쪽.

51) KKAB(1900~1912), 195쪽.

52) 같은 곳.

53) KKAB(1900~1912), 197쪽.

54) KKAB(1900~1912), 194쪽.

55) KKAB(1900~1912), 196쪽.

56) KKAB(1900~1912), 215쪽.

57) KKAB(1900~1912), 239쪽.

58) KKAB(1900~1912), 213쪽.

59) KKAB(1900~1912), 215쪽.

60) KKAB(1900~1912), 237쪽.

61) KKAB(1900~1912), 240쪽.

62) KKAB(1900~1912), 241쪽.

63) 같은 곳.

64) KKAB(1900~1912), 222쪽.

65) KKAB(1900~1912), 225쪽.

66) KKAB(1900~1912), 227쪽.

67) 같은 곳.

68) KKAB(1900~1912), 227f쪽.

69) KKAB(1900~1912), 228쪽.

70) KKAB(1900~1912), 229쪽.

71) 같은 곳.

72) KKAB(1900~1912), 229f쪽.

73) KKAB(1900~1912), 230f쪽. 편지에서 'du'는 문장 중간에 나와도 대문자로 'Du'라고 쓰는 것이 관례이다.

74) KKAB(1900~1912), 241쪽.

75) KKAB(1900~1912), 242쪽.

76) KKAB(1900~1912), 228f쪽.

77) KKAB(1900~1912), 243쪽.

78) KKAB(1900~1912), 246쪽.

79) KKAB(1900~1912), 246f쪽.

80) KKAB(1900~1912), 247쪽.

81) KKAB(1900~1912), 249쪽.

82) KKAB(1900~1912), 253쪽.

83) KKAB(1900~1912), 554쪽.

84) KKAB(1900~1912), 253쪽.

제2장

'약한' 아버지와 사업을 좋아하는 아들

1) KKAD, 51f쪽.

2) W. H. Sokel, "Perspectives and Truch in "The Judgment,"" In A. Flores, ed. *The Problem of "The Judgment,"*: *Eleven Approaches to Kafka's Story*(New York, 1977), 193~237쪽, 198쪽. 인용은 ヴァルター・ゾーケル, 『カフカ論集』, 武田智孝 譯(同學社, 1987)에서.

3) KKANS Ⅱ, 151쪽.

4) KKANS Ⅱ, 152쪽.

5) KKANS Ⅱ, 160f쪽.

6) KKANS Ⅱ, 168쪽.

7) KKANS Ⅱ, 163쪽.

8) KKANS Ⅱ, 164쪽.

9) KKANS Ⅱ, 165쪽.

10) 같은 곳.

11) KKANS Ⅱ, 158쪽.

12) KKAT, 39쪽.

13) 브로트에게 보낸 1908년 2월 12일자 편지와 1909년 4월 11일자 편지 참조. KKAB(1900~1912), 90쪽 및 KKAB(1900~1912), 100쪽. 또한 당시 편지를 교환했

던 여성 헤트비히 바이라에게 보낸 1909년 4월 10일자 편지에도 아버지, 어머니, 할아버지가 병에 걸렸다는 사실이 적혀 있다. KKAB(1900~1912), 99쪽.

14) KKAT, 39쪽.

15) KKANS II, 169쪽.

16) KKAT, 40쪽.

17) KKAT, 309f쪽.

18) KKAT, 83쪽.

19) KKAT, 83f쪽.

20) KKAT, 86쪽.

21) KKAT, 87쪽.

22) KKAT, 91f쪽.

23) KKAT, 92쪽.

24) KKAT, 271쪽.

25) 같은 곳.

26) 러시아에 있는 친구는 조켈의 말처럼 카프카의 예술가적인 측면으로 간주하는 견해도 있지만, 당시 카프카가 가깝게 지내던 배우 뢰비가 모델이라는 견해도 종종 이야기된다. 단, 카프카는 1913년 2월 12일 일기에 "외국에 사는 지인에 대해 쓸 때, 여러 차례 슈토이어를 떠올렸다"고 적고 있다. KKAT, 492쪽. 슈토이어는 카프카보다 두 살 많은, 같은 학교에 다니던 친구 오토 슈토이어를 말하는데, 그에 대한 그 이상의 정보는 전혀 알려져 있지 않다.

27) KKAB(1900~1912), 275쪽.

28) KKAB(1913~1914), 30쪽.

29) KKAB(1913~1914), 55쪽.

30) KKAB(1913~1914), 49f쪽.

31) KKAB(1913~1914), 56쪽.

32) KKAB(1913~1914), 56~58쪽.

33) KKAB(1913~1914), 58쪽.

34) KKAB(1913~1914), 77쪽.

35) 같은 곳.

36) M. Brod, *Über Franz Kafka*, (Frankfurt a. M., 1966(1937)), 29쪽. 인용은 マックス・ブロート, 『フランツ・カフカ』, 辻瑆・林部圭一・坂本明美 外 譯(みすず書房, 1972)에서 (원주). 국내 번역본은 「프란츠 카프카 평전」, 홍경호 옮김, 문예출판사, 1981(옮긴이).

37) Brod, 같은 책, 83쪽.

38) Brod, 같은 책, 81쪽.

39) KKAB(1900~1912), 178f쪽.

40) 같은 곳.

41) Brod, 같은 책, 85쪽.

42) Brod, 같은 책, 86쪽.

43) 같은 곳.

44) KKAB(1900~1912), 178쪽.

45) KKAT, 293쪽.

46) 비평판 『편지』 권에는 등기 관련 서류도 수록되어 있다. KKAB(1900~1912), 147~151쪽.

47) KKAT, 421쪽.

48) KKAT, 422쪽.

49) KKAT, 701쪽.

50) 같은 곳.

51) KKAT, 710쪽.

52) "Brod und Kafka: Unser Millionenplan "Billig,"" In Hrsg. unter Mitarbeit von H. Todlauer von Pasley, *Eine Freundschaft: Reiseaufzeichnungen*(Frankfurt a.M., 1987), 189~192쪽, 189쪽.

53) 같은 책, 190쪽.

54) Brod, 같은 책, 106f쪽.

55) Brod, 같은 책, 186쪽.

56) Brod, 같은 책, 42쪽.

57) Brod, 같은 책, 103f쪽.

58) K. Wagenbach, *Franz Kafka: Biographie seiner Jugend*(Bern, 1958), 156쪽. 인
용은 クラウス・ヴァーゲンバッハ, 『若き日のカフカ』, 中野孝次・高辻知義 譯(筑摩書房,
1995)에서.

59) Wagenbach, 같은 책, 157쪽.

60) Wagenbach, 같은 책, 183쪽.

61) 같은 곳 및 Wagnerová, 같은 책, 40f쪽.

62) Wagenbach, 같은 책, 184쪽 및 Wagnerová, 같은 책, 43쪽.

63) Wagnerová, 같은 책, 41쪽.

64) 같은 곳.

65) Wagnerová, 같은 책, 41f쪽.

66) Brod, 같은 책, 198~201쪽.

67) Brod, 같은 책, 199쪽.

68) Brod, 같은 책, 200쪽.

69) KKANS I, 18쪽.

70) KKANS I, 13f쪽.

71) KKANS I, 40쪽.

72) KKANS I, 30쪽.

73) KKANS I, 31쪽.

74) KKANS I, 33f쪽.

75) KKANS I, 34쪽..

76) A. Northey, *Kafkas Mischpoche*(Berlin, 1988). アンソニー・ノーシー, 『カフカ家の人
々』, 石丸昭二 譯(法政大學出版局, 1992).

77) KKAB(1900~1912), 48f쪽.

78) Northey, 같은 책, 86쪽.

79) Northey, 같은 책, 83쪽. 인용은 石丸昭二 譯에서.

카프카답지 않은 카프카

80) Northey, 같은 책, 84쪽.

81) KKAAS. 비평판 『공문서집』은 2004년에 간행되었지만, 1984년에 처음으로 다음의 문헌에서 대부분의 공문이 공표되었다. F. Kafka, *Amtliche Schriften*, Mit einem Essay von K. Hermsdorf(Berlin 1984).

82) KKANS Ⅱ, 171f쪽.

83) KKANS Ⅱ, 175쪽.

84) KKANS Ⅱ, 193쪽.

85) KKANS Ⅱ, 175쪽.

86) KKAD, 21f쪽.

87) KKAD, 23쪽.

88) KKAD, 24쪽.

89) 같은 곳.

90) M. Anderson, *Kafka's clothes: Ornament and Aestheticism in the Habsburg Fin de Siécle*(Oxford 2002(1992)), 28쪽. 인용은 マーク・アンダーソン, 『カフカの衣装』, 三谷研爾・武林多寿子 譯(高科書店, 1997)에서.

91) 같은 곳.

92) 같은 곳.

93) S. Zweig, *Die Welt von Gestern: Erinnerungen eines Europäers*(Frankfurt a. M., 2010(1944)), 25쪽. 인용은 シュテファン・ツヴァイク, 『昨日の世界』, 原田義人 譯(みすず書房, 1999)에서(원주). 국내 번역본은 『어제의 세계』, 곽복록 옮김, 지식공작소, 2001(옮긴이).

94) Anderson, 같은 책, 65쪽.

95) Anderson, 같은 책, 29쪽.

96) KKANS Ⅰ, 54쪽.

97) KKANS Ⅰ, 102쪽.

98) 이를 주제로 삼은 분석은 平野嘉彦, 『プラハの世紀末―カフカと言葉のアルチザンたち』 (巖波書店, 1993) 등이 있다.

99) KKANS Ⅰ, 89쪽.

100) KKAB(1900~1912), 165f쪽.

101) KKAT, 427쪽.

102) 같은 곳.

103) KKAD, 14쪽.

104) 같은 곳.

105) KKAD, 15쪽.

106) KKAD, 16쪽.

107) KKAD, 17쪽.

108) 같은 곳.

109) KKANS Ⅰ, 72쪽.

제3장

결혼과 사기

1) M. Kundera, *Les tesaments trahis*(Paris, 1993), 61쪽. 인용은 ミラン・クンデラ, 『裏切られた遺言』, 西永良成 譯(集英社, 1994)에서(원주). 국내 번역본은 『배신당한 유언들』, 김병욱 옮김, 민음사, 2003(옮긴이).

2) Kundera, 같은 책, 58쪽.

3) 같은 곳.

4) 쿤데라의 브로트 비판 및 카프카학 비판에 대한 비판은 中澤英雄, 「通俗的伝説の再論—ミラン・クンデラのカフカ/ブロート論について」, 『外國語科研究紀要』第43卷 第1號 (東京大學敎養學部外國語科, 1996), 1~39쪽에서 이미 상세하게 다룬 바 있다. 이 문헌에서 지적한 쿤데라의 오류는 유고 편집에 관한 사항 이외에는 이 책에서 지적한 부분과 조금 다르며, 카프카 수용사를 둘러싼 이해를 주로 논하고 있다.

5) Kundera, 같은 책, 58쪽.

6) Kundera, 같은 책, 59쪽.

7) KKAV, 42f쪽.

8) Kundera, 같은 책, 60쪽.

9) 같은 곳.

10) Kundera, 같은 책, 62쪽.

11) Kundera, 같은 책, 63쪽.

12) KKANS Ⅱ, 37쪽.

13) KKANS Ⅱ, 200쪽.

14) KKAB(1913~1914), 40쪽.

15) KKANS Ⅱ, 201쪽.

16) KKANS Ⅱ, 202쪽.

17) KKANS Ⅱ, 203쪽.

18) KKANS Ⅱ, 204쪽.

19) KKANS Ⅱ, 205쪽.

20) K. Wagenbach, *Franz Kafka in Selbstzeugnissen und Bilddokumenten*(Hamburg, 1964), 120쪽. クラウス・ヴァーゲンバッハ, 『フランツ・カフカ』, 塚越敏 譯(理想社, 1967).

21) KKANS Ⅱ, 207쪽.

22) KKANS Ⅱ, 210쪽.

23) KKAD, 47쪽.

24) 같은 곳.

25) KKAD, 47f쪽.

26) KKAD, 48쪽.

27) 같은 곳.

28) KKAD, 49쪽.

29) KKAT, 213쪽.

30) KKAT, 90쪽.

31) KKAT, 237쪽.

32) KKAD, 20f쪽.

33) KKAB(1913~1914), 33쪽.

34) 같은 곳.

35) KKAB(1913~1914), 38쪽.

36) KKAB(1913~1914), 39쪽.

37) KKAT, 128쪽.

38) KKAT, 438쪽.

39) 같은 곳.

40) KKAT, 298쪽.

41) 같은 곳.

42) KKAT, 434쪽.

43) KKAT, 435쪽.

44) KKANS Ⅱ, 213쪽.

45) KKAB(1913~1914), 201f쪽.

46) KKAT, 226쪽. 잡지에 게재된 「커다란 소음」 텍스트는 KKAD, 441f쪽을 참조.

47) KKAB(1900~1912), 173쪽.

48) KKAD, 115쪽.

49) KKAP, 7쪽.

50) F. Beißner, *Der Erzähler Franz Kafka*(Stuttgart, 1952), 27쪽. 인용은 フリードリヒ・バイスナー, 『物語作者フランツ・カフカ』, 粉川哲夫 編譯(せりか書房, 1976)에서.

51) F. Beißner, *Kafka der Dichter*(Stuttgart, 1958), 25쪽. 인용은 フリードリヒ・バイスナー, 加藤忠男 譯, 「詩人カフカ」, 城山良彦・川村二郎 編, 『カフカ論集』(國文社, 1975)에서.

52) KKAT, 546쪽.

53) Beißner, 같은 책, 42쪽.

카프카답지 않은 카프카

54) 당시 여기에 주목한 이가 비단 카프카만이 아니라는 사실은 문학사적인 관점에서 덧붙여둘 필요가 있다. 20세기 초, 모더니즘 문학 활동은 19세기에 융성한 리얼리즘 소설의 안정된 세계에 대한 반발이 분명한 동기가 되었다. 애거서 크리스티 또한 나중에 화자가 독자를 속이는 작품을 시도했다. 카프카 소설의 등장인물뿐만 아니라 화자도 수상쩍다는 사실은 粉川哲夫, 『カフカと情報社會』(未來社, 1990) 등의 논의에서도 예리하게 지적하고 있다. 카프카 소설의 화자를 탐정소설의 문제 영역과 결부시켜 고찰해야 한다는 고가와의 이러한 주장은 이 책에 큰 시사점을 제공했다.

55) KKAD, 46쪽.

56) KKAD, 51쪽.

57) KKAD, 52쪽.

58) 같은 곳.

59) KKAD, 53쪽.

60) KKAD, 54쪽.

61) M. Müller, *Franz Kafka: Das Urteil. Erläuterungen und Dokumente*(Stuttgart, 1995), 11쪽. 뮐러는 이 책에서 말하고 있는 가폰 신부와의 관련성은 지적하고 있지 않지만, 앞서 펠리스에게 보낸 편지에서 언급한 '전쟁에 대해 쓰려고 했다'는 최초의 구상과 이 사건 사이의 영향관계는 시사하고 있다.

62) 주인공 게오르크 벤데만이라는 이름에 대해 카프카 자신이 1913년 2월 11일자 일기에서 게오르크(Georg)와 프란츠(Franz)는 철자 수가 동일하고, 벤데만(Bendemann)의 'Bende'는 카프카(kafka)와 동일한 부분에서 모음이 반복된다고 이야기하고 있다. KKAT, 492쪽. 앞에 이야기한 뮐러의 책에서는 게오르크가 두 살에 죽은 카프카의 동생 이름과 동일하다고 지적했다. 또한 「변신」에 등장하는 그레고르(Gregor)는 게오르크의 애너그램이다.

63) KKAD, 55쪽.

64) KKAD, 56쪽.

65) KKAD, 57쪽.

66) KKAD, 60쪽.

67) KKAD, 60f쪽.

68) KKAD, 61쪽.

69) Sokel, 같은 책, 235쪽.

70) Sokel, 같은 책, 234쪽.

71) Sokel, 같은 책, 235쪽.

72) KKAD, 61쪽. 참고로 한국에서 이 부분은 "이 순간 다리 위에는 정말 교통 왕래가 끊이지 않고 있었다"(『변신』(카프카 전집 1), 이주동 옮김(솔, 1997)), "이 순간 다리 위에는 마침 끝이 없을 것만 같이 차들이 오가고 있었다"(『변신·시골의사』, 전영애 옮김(민음사, 2006), 95쪽) 등으로 번역하고 있다(옮긴이).

73) KKANS Ⅱ, 113쪽.

74) KKANS Ⅱ, 130쪽. KKANS Ⅱ: App. 49쪽에서 연필로 그은 사선으로 삭제 표시가 들어가 있다고 설명하고 있다.

75) KKAB(1900~1912), 159쪽.

76) KKAB(1900~1912), 159f쪽.

77) 카프카가 흉내낸 서명은 KKAB(1900~1912), 514쪽에서 볼 수 있다(원주). 한국어판 전집 『행복한 불행한 이에게』에도 이 서명이 나와 있다(옮긴이).

78) KKAB(1900~1912), 160쪽.

79) 같은 곳.

80) KKANS Ⅱ, 125쪽.

81) W. Kraft, *Franz Kafka: Durchdringung und Geheimnis*(Frankfurt a. M., 1968), 78쪽. ヴェルナー・クラフト, 『フランツ・カフカ―透察と神秘』, 田ノ岡弘子 譯(紀伊國屋書店, 1971).

82) KKAT, 757쪽.

83) 나아가 제1장에서 살펴본 펠리스에게 보낸 1912년 11월 11일자 편지에 이 이야기는 '내 안에 있는 선의 관념'을 명료하게 전달한 것이라고 적혀 있다.

84) KKAV, 7쪽.

85) KKADApp., 129쪽.

86) 같은 곳 및 KKAD, 65쪽.

87) 카를의 나이를 처음 집필을 시작했을 때 설정한 열일곱 살에서 낮추기로 마음먹은 시점은 작품을 공표하기로 결심한 때는 아닐 것이다. 집필을 시작하고 얼마 지나지 않은

시점에 이미 두 살 낮추어 열다섯 살로 재설정한 듯하다. 왜냐하면 제5장에 다음과 같이 카를이 자신의 나이를 알리는 대목이 나오기 때문이다. "다음달에 열여섯 살이 됩니다." KKAV, 175쪽. 즉 카프카는 카를의 죄를 대폭 감하여 어린아이 같은 천진난만함을 전면에 내세우는 식으로 이야기를 쓰려고 했던 것이다. 아마 이런 점들이 주 83)에서 언급한 '선의 관념'이라는 말과 연관되는 듯하다.

88) KKAV, 14쪽.

89) KKAV, 15쪽.

90) KKAV, 28쪽.

91) 같은 곳.

92) KKAV, 11쪽.

93) KKAV, 14쪽.

94) KKAV, 34쪽.

95) KKAV, 53쪽.

96) KKAV, 34쪽.

97) 노시에 따르면 카프카에게는 실제로 14세 때 여자 요리사에게 '유혹 당해' 아이의 아버지가 된 사촌 형이 있었다. 그의 이름은 로베르트 카프카(Robert Kafka)로 그의 이름과 성의 첫 글자 두 자를 바꾸어 카를 로스만(Karl Roßmann)이라는 이름이 탄생했다고 노시는 추측한다. Northey, 같은 책, 47쪽. 이와 관련하여 이 책의 3장에서 언급한 변호사 로베르트 카프카 박사와는 별개의 인물이라는 설도 있지만, 동일인물이라는 설도 있다. 분명 그럴 가능성도 있지만, 당시 카프카와 함께 회사를 경영하고 있었던 매제의 이름이 카를 헤르만(Karl Herrmann)이라는 사실 또한 유의해둘 필요가 있다.

98) KKAV, 206쪽.

99) Wagenbach, 1958, 238쪽.

100) KKAT, 582쪽.

101) KKAT, 586쪽.

102) KKAT, 588쪽.

103) KKAB(1913~1914), 208쪽.

104) KKAB(1913~1914), 209쪽.

105) KKAB(1913~1914), 211쪽.

106) KKAB(1913~1914), 211f쪽.

107) KKAB(1913~1914), 214쪽.

108) KKAB(1913~1914), 228쪽.

109) KKAB(1913~1914), 229쪽.

110) KKAB(1913~1914), 246쪽.

111) 같은 곳.

112) KKAB(1913~1914), 229쪽.

113) KKAB(1913~1914), 270쪽.

114) KKAB(1913~1914), 271쪽.

115) KKAB(1913~1914), 311쪽.

116) KKAB(1913~1914), 311f쪽.

117) KKAD, 115f쪽.

118) 이러한 관련성을 주목하기 시작한 것은 1970년에 영어로 발표된 R. K. Angress, "Kafka and Sacher-Masoch: a note on The Metamorphosis," In *Modern Language notes* 85(1970, 745~746쪽) 이후부터로 판단된다. 단, 이러한 관련을 처음으로 지적한 것은 이 논문에서도 언급했듯이 1964년에 낸 조켈의 책이다(그러나 조켈은 이를 '순전히 우연'이라며 부정하고 있다). W. H. Sokel, *Franz Kafka: Tragik und Ironie: Zur Struktur seiner kunst*(München, 1964), 94쪽.

119) Anderson, 같은 책, 137쪽.

120) Anderson, 같은 책, 142쪽.

121) Anderson, 같은 책, 143쪽.

122) Leopold von Sacher-Masoch, *Venus im Pelz*〔Frankfurt a. M., 2013(1870)〕 17쪽. 인용은 L·ザッヘル＝マゾッホ, 『毛皮を着たヴィーナス』, 種村季弘 譯(河出書房, 1983)에서. 한국어판은 이선희 옮김(열림원, 2006) 참조(옮긴이).

123) Sacher-Masoch, 같은 책, 161쪽.

124) 같은 곳.

카프카답지 않은 카프카

125) KKAD, 154쪽.

126) KKAD, 124쪽.

127) KKAD, 124f쪽.

128) KKAB(1900~1912), 76쪽.

129) KKAB(1900~1912), 192쪽.

130) KKAT, 299쪽.

131) KKAT, 125쪽.

132) KKAD, 128f쪽.

133) KKAD, 118쪽.

134) KKAD, 194쪽.

135) KKAD, 198쪽.

136) KKAD, 200쪽.

에필로그

1) KKAB(1913~1914), 166쪽.

2) 다음 문헌에서 열한 명의 아들과 열한 작품 간의 관련을 지으려는 시도가 있은 이후 상호
   조합을 둘러싼 논의가 거듭되고 있다. M. Pasley, "Drei literarische Mystifikationen
   Kafkas," In Hrsg. von Wagenach et. al., *Kafka-Symposion*, 17~42쪽. マルコム·
   パスリー、「カフカにおける三つの文學的神秘化」、ヴァーゲンバッハ·パスリー 編、金森誠
   也 譯, 같은 책.

3) 같은 곳. '사냥꾼 그라쿠스'와 '오드라덱'의 관련성에 대해서는 明星聖子, 「新しいカフ
   カ」, 93~138쪽에서도 비평판 텍스트를 바탕으로 새로운 해석을 시도했다.

4) KKAT, 491쪽.

5) 패슬리는 다음의 문헌에서 「판결」을 씀으로써 카프카가 획득한 방법이 '착상과 서
   술'의 '합체'라고 지적한 바 있다. 나아가 그러한 글쓰기를 통해 카프카가 '지하'의 '원

천'을 그대로 길어올릴 수 있게 되었다는 중요한 사항 또한 지적하고 있지만, 그것이 '의미'하는 바에까지는 이르지 못했다. M. Pasley, "Das Schreibakt und das Geschriebene: Zur Frage der Entstehung von Kafkas Texten," In Hrsg. von C. David, *Franz Kafka: Themen und Probleme*(Göttingen, 1980), 25쪽. マルコム・パスリー, 「書くという行為と書かれたもの—カフカのテキスト成立の問題によせて」, クロード・ダヴィッド 編, 『カフカ=コロキウム』, 円子修平・須永恒雄・田ノ岡弘子・岡部仁 譯(法政大學出版局, 1984).

6) KKAB(1913~1914), 166쪽.

7) KKAT, 461쪽.

8) KKAT, 463쪽.

9) KKAB(1900~1912), 298쪽.

10) *Brod und Kafka: Eine Freundschaft, Briefwechsel*, Hrsg. von M. Pasley(Frankfurt a. M., 1989), 365쪽. 카프카가 '펜으로 쓴 메모'와 '연필로 쓴 메모' 이 두 가지 종류의 메모를 둘러싼 문제는 明星聖子, 『新しいカフカ』 제1장 및 제8장에서 상당히 상세하게 살핀 바 있다.

11) M. Brod, "Kafkas Nachlaß," In *Die Weltbühne* 29(1924. 7. 17), 106~109쪽, 106쪽.

12) Brod, 같은 책, 108쪽.

13) 카프카의 유고가 어떤 식으로 현대까지 전승되었는가의 역사는 상당히 복잡하다. 브로트가 갖고 있었던 유고, 즉 그에게 소유권이 있었던 것과 유족이 맡긴 것으로 여겨지던 유고가 전승된 과정은 明星聖子, 『新しいカフカ』, 80~92쪽에서 이미 개략적으로 살폈다. 이들 대부분은 옥스퍼드 대학 등 공적 기관에 기탁되어 있지만, 펠리스가 가지고 있었던 편지는 여전히 개인 소유이며, 소유자가 누구인가는 지금도 극비에 가깝다.

14) Kundera, 같은 책, 315쪽.

15) KKAD, 348쪽.

16) KKAD, 349쪽.

〔감사의 말〕

이 책에 인용한 카프카 텍스트를 번역하는 데 많은 뛰어난 번역본을 참고했다. 여기서 모두 열거할 수는 없지만, 다음의 책들만이라도 거론하고 싶다. 『결정판 카프카 전집(決定版カフカ全集)』(新潮社), 『카프카 소설 전집(カフカ小說全集)』(白水社), 『카프카 셀렉션(カフカ·セレクション)』(筑摩書房), 『카프카 자선 소품집(カフカ自撰小品集)』(高科書店). 옮긴이에게 진심으로 감사의 말씀을 드린다.

이 책에는 과학연구비보조금기반연구(A)(2011–2015년도, 과제번호 23242016) 및 도전적 맹아 연구(2012–2014년도, 과제번호 24652069)로 조성된 연구 성과의 일부가 포함되어 있다. 깊이 감사드린다.

카프카답지 않은 카프카

초판 1쇄 인쇄 2016년 12월 22일
초판 1쇄 발행 2017년 1월 2일

지은이 묘조 기요코 | 옮긴이 이민희 | 펴낸이 염현숙 | 편집인 신정민

편집 신정민 지비원 | 디자인 이효진 | 저작권 한문숙 김지영
마케팅 방미연 최향모 오혜림 함유지 | 홍보 김희숙 김상만 이천희
모니터링 이희연 | 제작 강신은 김동욱 임현식 | 제작처 한영문화사

펴낸곳 (주)문학동네
출판등록 1993년 10월 22일 제406-2003-000045호
임프린트 교유서가

주소 10881 경기도 파주시 회동길 210
문의전화 031)955-1935(마케팅) 031)955-3583(편집)
팩스 031)955-8855
전자우편 paper@munhak.com

ISBN 978-89-546-4392-4 93850

www.munhak.com